京華煙雲

上

瞬息

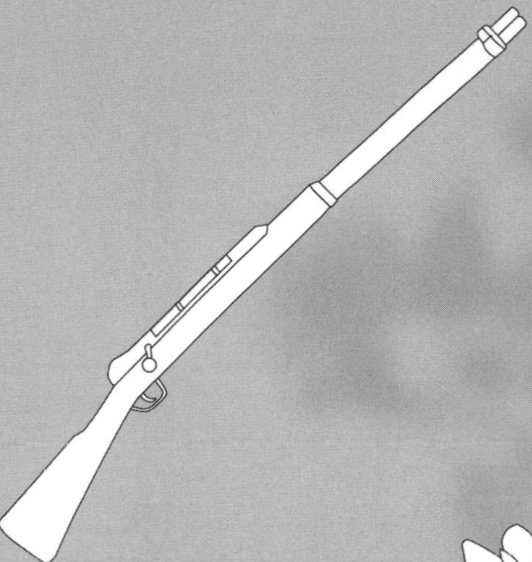

MOMENT IN PEKING

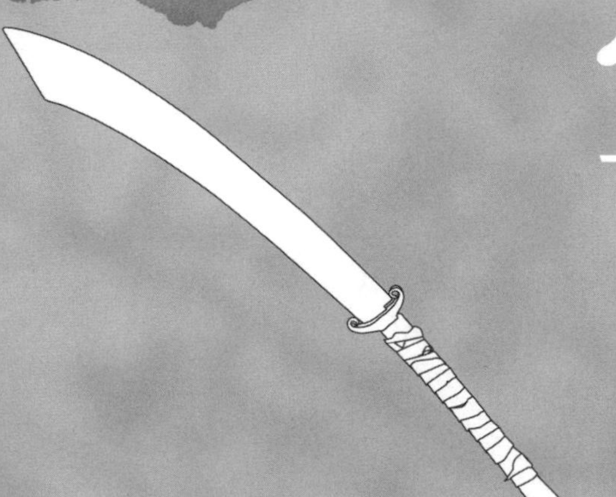

林語堂——著

王聖棻、魏婉琪——譯

導讀推薦

一個沉重的時代——林語堂《京華煙雲》導讀

東吳大學中國文學系副教授
林語堂故居前執行長
鍾正道

《京華煙雲》（Moment in Peking）是林語堂先生（一八九五～一九七六）的英文長篇小說，一九三九年在美國出版，半年暢銷五萬多冊，幾年間達二十五萬冊之多，更不用說後來翻譯成中文、日文、德文、西班牙文、法文、韓文、越南文、瑞典文、希伯來文、匈牙利文等，譯本與讀者遍及全球。這無疑是一部世界性的小說，一九三九年，紐約《時代雜誌》評選為年度最佳圖書；一九七〇年代，林語堂也因而獲得諾貝爾文學獎提名，成為華人第一位被提名者。

《京華煙雲》是林語堂繼《吾國與吾民》（一九三五）、《生活的藝術》（一九三七）在美國大賣之後，再一次向全世界介紹華人文化的巨著。他面向西方，述說了一個自晚清一九〇〇年到一九三〇年代末的北京故事，以義和團到對日抗戰的大歷史為背景，而將姚家、曾家、牛家的小日常推到前台，讓全球讀者一窺華人的生活與內化於心的生命態度。

在閱讀的過程中，可以注意幾個重點：

一、《京華煙雲》是現代版的《紅樓夢》

在人物性格與人際衝突上，《京華煙雲》明顯借鑑《紅樓夢》。木蘭—湘雲，莫愁—寶釵，迪人—寶玉—（薛蟠），曼娘—李紈—（寶釵），銀屏—晴雯，桂姐—鳳姐，紅玉—黛玉等的相似皆有跡可循。

姚思安與兒子迪人，幾乎再現了賈政與賈寶玉的矛盾，一聲「孽種」石破天驚，父親失望於兒子不知上進，那是宗法承繼在父子之間的重量。又如姚太太與丫鬟銀屏，也類似賈府王夫人與晴雯的關係，銀屏與晴雯皆風流靈巧，受到年輕公子喜愛，懷抱飛上枝頭作鳳凰的美夢，然而都碰上了愛子心切的母親從中阻隔，兩人最後也都年紀輕輕而結束了生命。

迪人對下人階級抱不平，也是寶玉曾經發表的議論。迪人認爲男女的差別，不過就是多一塊肉少一塊肉而已，爲何能招惹天大的麻煩？周邊這些丫鬟，聰明伶俐之外，天生麗質、性格溫好更勝迪人，卻爲何現下迪人是主子而她們是供人使喚的下人？人活著究竟是什麼意思？——這樣的想法，拋棄傳統的階級差異，爭取女性地位，立基於「人」生而平等，確是近代人文思想的反映了。

書名「京華煙雲」四字，出自張振玉的譯筆，但林語堂原來的選擇是「瞬息京華」。「瞬息」帶有短如一夢之嘆，呼應《紅樓夢》的人世觀；而京華「煙雲」卻將此想像空間化、視覺化，朦朧而富詩意，同時保留了煙雲空茫倏忽的隱喻，是更好的選擇。

二、《京華煙雲》是小說，也是文化文本

林語堂大量描繪華人的食衣住行之餘，還特別聚焦於園林建築、家宴行令、求道成仙、節慶、婚喪、中藥、古玩、測字、陪嫁、相面、裹小腳等，讓《京華煙雲》幾近於一部包羅萬象的文化文本。舊至河南出土的甲骨文，新至一九三〇年代的科學技術，上至官朝，下至民俗，若不是博學多聞，恐怕無法勝任這龐大的知識系統。

最可能讓西方人注意的大概是「沖喜」了，這是《京華煙雲》裡寫得極好的篇章（《紅樓夢》亦有寶釵沖喜），雖然是曼娘悲劇的開始。

曾家尚未成親的大兒子平亞，罹患傷寒瀕死，為了讓平亞獲得活下去的動力，曾家要曼娘立刻嫁進來「沖喜」，這無疑是要求年輕健康、正大仙容的曼娘獻身於死神，犧牲一生的幸福。曼娘與平亞青梅竹馬，彼此心許，她是深愛平亞的，深知平亞康復的希望渺茫，卻情願服膺沖喜這任務——活，我是曾家的人；死，我是曾家的鬼——曼娘新婚之日便守了寡。

難道曼娘的心裡沒有絲毫衝突嗎？有的，曼娘在籌備婚禮的過程中沒有喜悅，亦無抗爭，只覺得像一場空虛的夢，既然走向婚姻是已定的命運，那就是了，這也全是她自己的選擇。曼娘的悲劇，固然刻畫了她對愛情的堅定與知恩之心，但更是揭露了西蒙波娃在《第二性》中所謂女性在父權社會中的「閉縮的存在內在性」（immanence）。林語堂針砭封建迷信的愚昧與女性的從屬地位，可見一斑。

林語堂晚期離鄉背井長達三十年，從「離散」的角度觀察，一方面，中國傳統文化常以「他者」的姿態出現，而林語堂以西方視角或反諷或直刺，因此帶有更多旁觀者清的客觀與超越；另一方面，中國傳統文化又是其無法割捨的養分來源，滲入字裡行間，使小說成爲文化的強大傳播者，以流熟精美的英語展開現代中國社會的卷軸。

三、《京華煙雲》道家的思想底蘊

《京華煙雲》勾勒的是清末民初至社會轉型的現代中國圖景，然而古老文明的思索依然是其根柢，尤其是道家思想。每一部的起首，林語堂都引用《莊子》的一段話概括，尤其在姚木蘭身上特別明顯。

木蘭是道家的女兒，儒家的媳婦。她成長於傾向道家思想的家庭，父親是富商，通達世事，年輕的時候雖然放浪形骸，然而中年悟道，體應本眞，做人處世感染了女兒，也塑造了木蘭溫婉自在的性格，因此她絕不是一個如巴金《家》裡搖旗吶喊的革命青年覺慧。

木蘭暗戀孔立夫，卻不排拒已然與之敲定婚約的曾家三公子蓀亞，她甘心嫁入曾家，立夫則娶了妹妹姚莫愁。木蘭看似順從禮教，不敢聲張自己的愛欲，但與蓀亞的婚姻也不是不幸福，他們到各地遊覽名勝，過著平和而充滿情趣的生活。然而當立夫遭捕，木蘭卻也深夜獨闖駐軍司令部，重金釋出立夫，還支持立夫出版甲骨文著作，這都是在倫理之中木蘭得以實踐愛欲的方法，不強求不懦弱，平凡瀟脫，方能尋求內心的寧靜。

林語堂在《生活的藝術》中認爲：「只要能和周遭環境和諧相處，對於人生便能產生一個實用合理的觀念。」小說最末第四十五章，以逃難終，總歸姚家，木蘭的生命歷程正是這「實用合理的觀念」的外化——象徵道家的「生」，順應，充盈，自然，這便是新生命與新時代的勝利，道家文化的勝利。

八十多年來，眾多西方讀者從《京華煙雲》裡認識了神祕華夏子民的生活秩序與思維方式，因此《京華煙雲》成為全世界了解現代中國的窗口；同時，人物勇於面對苦難的自我調適，那堅韌曠達、虛靜處下的生命意識，似也為廿一世紀華人的崛起提供了答案。一個憂患的中國，一個沉重的時代，一個滿懷希望的未來，正正凝縮於此。

這是獨家正式授權的中文新譯本，勢必再掀起閱讀林語堂的熱潮，也將在林語堂的文學成就上，在《京華煙雲》文本討論與翻譯研究上，翻開嶄新的一頁。

獻給

中國英勇的戰士們
他們奉獻了自己的生命
讓我們的子子孫孫成為自由的男男女女

本書寫於一九三八年八月至一九三九年八月

序

小說除了這個詞所暗示的「小聊一場」之外，還能是什麼呢？所以，讀者們，要是你沒有更好的事情可做，就來聽聽這小小的閒聊吧。

這部小說既不是對當代中國生活的辯護，也不是許多中國「黑幕」小說所標榜的揭露；既不是對老式生活的讚美，也不是對新式生活的捍衛。它只是一個關於當代男女如何成長、如何學會和對方共同生活的故事，他們如何愛，如何恨，如何爭吵，如何寬恕，如何忍受與享受，如何形成某種生活習慣和思維方式，以及最重要的，如何調整自己以適應這個奮鬥由人，而定奪由天的現世生活。

林語堂

京華煙雲（上）瞬息

第一部　道家的女兒

（編按：本書章節名為編輯所取，非原書所有）

第一部 道家的女兒

夫道，在太極之先而不為高，在六極之下而不為深；先天地生而不為久，長於上古而不為老。

第一章 出走

光緒二十六年七月二十日那天早上，北京東城馬大人胡同西口停了長長的一排騾車，有些都沿著大佛寺的淺紅色圍牆排到那條南北向的小巷裡去了。騾車車伕來得早，天才剛亮就到了，大清早就在那兒吵吵嚷嚷，這群車伕向來是鬧哄哄的，今天也不例外。

當中有個五十來歲的老頭兒叫羅大，是雇騾車準備出遠門這一家的總管，他抽著菸斗，看著車伕們餵騾子，彼此打趣鬥嘴。當各自的畜牲和畜牲祖宗的玩笑都說盡了，他們就把玩笑開到自己頭上來。

「這種時候啊，」其中一個人說，「天曉得跑完這趟回來人是死是活呢？」

「可你這趟賺得也夠飽了，是吧？」羅大說。「一百兩銀子，都能買塊地了。」

「人都死了，銀子還有什麼用？」那個車伕答道。「洋槍的槍子兒可是不認人的，乓乓一下打穿腦袋瓜，你就翹辮子了。瞧瞧這騾子的肚皮！血肉哪擋得住槍子兒啊？可你能怎麼辦呢？人總得吃飯哪。」

「這也難說，」另一個車伕插嘴。「要是洋鬼子兵進了城，北京城可就不能待了。要說是我，倒寧願離開這兒。」

旭日東升，照上了宅邸的大門，映得那高大梧桐樹葉上的露珠閃閃發光。這座大宅便是姚府。正門並不氣派，不過是一扇當中有個紅色圓盤的黑色小門而已。梧桐的濃蔭在門口遮出一片陰影，一個車伕坐在地面露頭的一塊矮石碑上。清晨的天氣很宜人，但看來今天會是個晴空萬里的大熱天。樹旁擺著一只中等大小的陶缸，是盛夏時節給口渴的旅人奉茶用的，但這會兒還沒裝上茶。有個車伕注意到這只缸，說道：「你家老爺行善積德啊。」

羅大回說，這世上再沒有比他們老爺更心善的人了。他指了指門柱邊貼著的紅紙條，車伕不識字，羅大解釋給他聽，說紙條上寫的是：免費發送霍亂、肚痛和痢疾特效藥。

「這倒是件要緊事，」車伕說。「你最好也給我們一點兒，路上用。」

「你都跟我們家老爺一塊兒上路了，還擔心藥？」羅大說。「你帶著和我們老爺帶著，不是一樣的嗎？」

車伕們想從羅大那兒打聽點這一家的消息。羅大只說，他家老爺是開藥舖的。

沒過多久老爺出來了，想看看一切是不是都已準備妥當。他年紀四十上下，身形矮胖，生著兩道濃眉，眼下臥蠶飽滿，沒留鬍子，但氣色非常好，髮色還是烏黑的。走起路來步態年輕平穩，步伐緩慢而堅定，顯然有些習武的底子，他一面邁步，一面保持著滴水不漏的防禦姿態，無論什麼時候有人從前方、側面或背後突然襲擊，都能應付裕如。他一隻腳穩穩地踩在地上，另一條腿朝前微屈，雙腿張開，一副自衛的姿勢，這麼一來就絕對不會失去平衡。他跟車伕們打完招呼，注意到那只缸，便提醒羅大，他不在家這段日子，每天都要把缸裡裝滿茶，就和往常一樣。

車伕們齊聲喊道：「老爺眞是個大善人哪！」

他進了屋，不久又出現了一位美麗的年輕女子。她一雙金蓮小腳，黑亮的髮絲鬆鬆地挽成個髻，穿著一件舊式粉色寬袖上衣，衣領和袖口滾著三寸寬的湖綠緞子鑲邊。她和車伕自在交談，毫無一般大戶人家千金小姐的靦腆忸怩。她問過是不是所有騾子都餵飽之後，便又回去了。

「你家老爺眞是好福氣！」一個年輕的車伕說。「果然善有善報啊，這麼漂亮的一個姨太太！」

「你這爛舌根的！」羅大說。「我們家老爺根本沒娶姨太太。那位小姐是他守寡的乾女兒。」

那個車伕連忙嘻皮笑臉地給自己掌嘴，其他人都笑了。

過了一會兒，走出來另一個僕人和一群漂亮的丫頭，年紀從十二三歲到十八歲不等，手裡都拿著被褥、行李和各色小瓶罐。車伕們看得目眩神迷，但不敢再多嘴了。這群人後頭跟著一個十三歲的男孩，羅大對車伕們說，這位就是少爺。

這麼忙亂了約莫半小時，準備出門的一家人出來了。那個美麗的女子再度現身，這次帶著兩個小女孩，都穿著樸素的白棉布衫，一個綠褲，一個紫褲。要分辨大戶人家當中誰是小姐誰是丫頭，從舉止的從容大氣和溫和嫻靜上看總是錯不了的。這個年輕女子牽著兩個女孩的手，車伕一看便明白了，她們是這家的小姐。

「小姐，上我的車吧，」那個年輕車伕說。「其他人的騾子不好。」

兩個女孩中年齡大些的那個名叫木蘭，她一邊思索，一邊在心裡比較。另一輛車的騾子是小一點，但車伕的樣子比較討喜。再說，這個年輕車伕的頭上還長了個難看的爛瘡。木蘭挑的是車伕，而不是騾子。

我們一生中有些小事就是這麼重要，它們本身毫無意義，但當我們回想前因後果，把一切都串起來的時候，才會意識到這件事的影響如此之大。如果那個年輕車伕的頭上沒有爛瘡，木蘭也沒坐上那頭看上去病怏怏的小騾子拉的車，這趟行程就不會發生那樣的事，木蘭的一生也就完全不一樣了。

匆忙當中，木蘭聽見母親在責罵另一輛車上的十六歲丫鬟銀屏，說她脂粉太濃，衣飾也華麗過頭。銀屏當著所有人的面挨了罵，羞慚難當；十九歲的大丫鬟碧霞正攙著木蘭的母親上車，靜靜的沒有作聲，但面露微笑，暗自慶幸自己早聽了夫人的吩咐，知道這趟路上最好別打扮得太招搖。

任誰都能一眼看出這位母親就是當家主母。她三十多歲，寬肩方臉，略有些福態；說起話來聲音清晰，自帶威嚴。

當眾人都坐定，準備出發時，卻看見十一歲的小丫頭乳香在門口哭。因爲只有她被留下和羅大以及其他僕人待在一起，她傷心極了。

「讓她也來吧，」木蘭的父親對妻子說。「至少能幫你裝裝水菸筒。」

於是，乳香在最後一刻跳上了丫鬟們那輛車。每個人似乎都找到了自己的位置。姚夫人大聲叫丫鬟們放下車前的竹簾，別往外多張望。

帶篷的騾車總共有五輛，整群騾子當中有匹小馬。馮舅爺和小少爺的車領頭，後面跟著的是母親的車，大丫頭碧霞抱著一個兩歲大的寶寶，也坐在這輛車裡。第三輛車裡坐著木蘭和妹妹莫愁，還有姚家的乾女兒珊瑚。接下來那輛車裡坐著另外三個丫鬟：銀屏、十四歲的錦羅和小乳香。這家的父親姚先生獨自坐在最後一輛車裡。兒子迪人不肯和他同坐一輛車，他更喜歡和舅舅在一起。

姚先生的車外坐著一個叫羅東的男僕，是羅大的弟弟，他一條腿跨在車轅上，另一條腿懸空晃蕩著。姚夫人高聲向來送行的人群宣布，他們要到西山的親戚家住幾天，雖然他們其實是要往南方去。不管目的地是哪裡，過路的人都看得出，他們此行是爲了躲避因爲義和拳暴亂而向北京進發的八國聯軍。

於是，車伕大喊一聲「瓦得兒㭘……答……踏！」接著劈啪甩了幾鞭，一行人便出發了。孩子們都很興奮，因爲這是他們第一次去杭州老家，平時不知道聽父母說了多少次。

木蘭非常敬佩自己的父親。十八日晚上之前，他一直不願意逃離北京；如今決定到杭州老家避難了，他做起出行準備也極其冷靜、紋絲不亂。因爲姚先生深研黃老之道，輕易不肯令心神騷動。

「心亂傷神，」木蘭總聽父親這麼說。他還有一個論點是：「心正，則邪事無以近身。」木蘭在之後的日子裡常常想起父親這句話，成了她某種人生哲學，從這句話裡，她得到了很多樂觀的力量和勇氣。邪事不上身的世界美好歡樂，人在那樣的世界裡，自然也就有了生活和忍受的勇氣。

五月以來，戰爭的暗雲一直籠罩不去。八國聯軍已經攻佔了沿海的要塞，但通往北京城的鐵路被義和拳破壞了。義和拳的勢力越來越大，在民間聲望也越來越高，他們一群又一群地湧進了農村。

義和拳這群人有一種怪異、未知、令人恐懼的力量，他們唯一的目標就是要消滅在中國的洋人，還聲稱自己有神力護體，連洋槍的子彈都打不透。在避免與外國列強開戰和利用義和拳之間，太后也曾經猶豫不決。朝廷前一天才下令抓捕義和拳首領，親義和拳的端郡王①隔天卻又受命接管了總理各國事務衙門。鎮壓義和拳的決定遭到推翻，宮廷鬥爭扮演了極爲重要的角色。太后這時已經剝奪了她皇帝姪兒的實權，正計畫要廢帝。她屬意的是端郡王不成材的廢物兒子，打算讓他繼承大統。端郡王認爲和洋人打一仗可以增加他的個人權力，爲他兒子贏得皇帝大位，於是鼓動太后相信義和拳的神力能讓他們抵擋洋人的子彈。此外，義和拳還揚言要拿下「一龍二虎」殺了祭天，讓他們爲背叛大清付出代價。這「一龍」指的是主張變法、在兩年前「百日維新」時差點把守舊的官僚嚇壞了的皇帝；「二虎」則是年邁的慶親王奕劻②以及曾經負責洋務的李鴻章。

端郡王僞造了一份駐北京外交使團的聯名照會，要求太后還政於皇帝，因而使老太太相信外國勢力阻礙了她廢帝的計畫，於是她決定和義和拳一體同命，他們之所以得勢，秘密就在打著「扶清滅洋」的口號。有些開明的內閣大臣反對義和拳，因爲拳民主張燒掉洋人使館，這種事有違西方慣例；但這些持反對意見的人都被端郡王勢力殺了，國子監祭酒甚至因此剖腹自盡。

義和拳其實已經進京了。有個奉派前去清剿的武官中伏被殺，他手下的官兵竟全數倒戈，加入了義和拳。在大得民心又屢戰皆捷之下，義和拳席捲北京城，開始殺洋人和信洋教的中國人，燒毀教堂。外交使團提出抗議，但奉命去「調查」義和拳的剛毅③卻奏稱：「天降義和拳，以滅洋人，雪大清之

①載漪（1856—1922），愛新覺羅氏，嘉慶帝三子惇親王綿愷嗣孫，道光皇五子惇親王奕誴子，支持義和團。後八國聯軍入京，載漪被列戰犯，排名禍首。在多方折衝、營救之下，朝廷搶下了載漪、溥儁父子的性命，僅僅發配新疆。

②奕劻（1838—1917），愛新覺羅氏，清末新政代表人物、主要發起者，曾任領班軍機大臣，廢軍機處和大學士後，首任內閣總理大臣。

③剛毅（1837—1900），他他拉氏，晚清大臣。曾在戊戌政變後監斬戊戌六君子，並且支持義和團抵禦八國聯軍。八國聯軍佔領北京，剛毅隨同慈禧太后「西狩」，途中病死。

恥。」並暗中讓數萬拳民進入京城。

義和拳一進京，便獲得太后和端郡王庇護，使全城陷入恐慌。他們在街上遊蕩，搜尋「大毛子」、「二毛子」和「三毛子」，抓了便殺。「大毛子」指的是洋人；「二毛子」和「三毛子」則是信洋教、在洋人手下做事、以及其他說英語的中國人。他們到處焚燒教堂和洋人的房子，把西洋的鏡子、雨傘、時鐘和油畫盡數搗毀。事實上，拳民殺害的中國人比洋人還多。他們證明中國人是「二毛子」的方法很簡單。讓有嫌疑的人跪在大街上的義和拳祭壇前，燒一張向他們的守護神祝禱過的黃紙，紙灰要是向上飛，這人就無罪，向下飛的話就其罪當斬了。日暮時分，大街上到處架起祭壇，順服了拳民的人們一面燒香，一面跳著猴舞，因爲猴神是他們最受歡迎的一個守護神。滿街香煙繚繞，幾乎讓人以爲自己再度置身於《西遊記》中那片神妙之地。就連大官也在自家宅邸裡設祭壇，還邀請拳民頭子到府作客，僕人們更是爭相加入義和拳，好藉此反客爲主，對主人頤指氣使。

姚先生博覽群書，認同變法的皇上，認爲這整件事都是愚蠢而危險的兒戲，但這個想法他從未和外人提過。從某種意義上說，他也有自己「排外」的好理由。他討厭教會，認爲那是仗著外國優越武力保護的一種外國宗教。但他又太聰明，無法同意義和拳的作爲，對於羅大和羅東兄弟一直不和暴民摻和這件事，他也始終心懷感激。

京城裡爆發了戰事。德國公使遭到甘軍士兵襲擊喪命。使館區被包圍了，使館衛隊堅守了兩個月，等待天津的援軍。榮祿④是太后最信任的一個寵臣，曾經受命指揮武衛軍進攻使館，但他並不贊成進攻，於是秘密下令保護使館。但使館區附近街區都被夷爲平地，南城所有的街道也都被焚燬。如今的京城，與其說在朝廷治下，不如說是掌握在義和拳手中。就算是挑水和挑大糞的，要是頭上少了義和拳的紅黃頭巾，也不能在京城裡幹活。

這段期間，姚先生一直不肯考慮遷居。只同意砸碎了家裡幾面西洋玻璃鏡，和他因爲好奇而買下的一架西洋伸縮望遠鏡。他的宅邸離破壞最嚴重的街區還有點距離。妻子求他快逃，離殺戮、搶劫和騷亂越遠越好，他不置可否；他根本就拒絕考慮這件事。城外到處都是軍隊，姚先生覺得一動不如一靜。他認爲謀事在人，成事在天；不管接下來發生什麼，他都願意逆來順受。

姚夫人終於被他的冷靜和漠不關心徹底惹惱了。她指責他，說他就打算抱著他那一屋子古董和園林同生共死。一旦聯軍逼近，恐怕京城就難逃洗劫大禍了，她還說：「就算你不在乎自己的死活，也得想想孩子啊！」

這話說動了他，儘管他嘴上還是說：「你怎麼知道路上會比家裡更安全呢？」

就這樣，他們終於在七月十八那天下午做出了離開的決定。他想，如果他們弄得到騾車，直直地朝南方走個八九天，到了山東的第一個城市德州，他們就安全了。新任山東巡撫動用武力，把義和拳趕出山東，維持了此地的和平與秩序。義和拳源起於山東，因爲那裡發生了幾起所謂的「教案」，其中一件還釀成了德國租借青島，以及鼓勵義和拳生事的前巡撫毓賢⑤去職等事件。

---

④ 榮祿（1836－1903），烏喇瓜爾佳氏。晚清軍事家、政治家。末代皇帝溥儀的外祖父，慈禧太后親信。

⑤ 毓賢（1842－1901），葉赫地方顏札氏，仇教排外。八國聯軍攻陷天津後隨慈禧太后逃往西安。清廷與八國聯軍議和時，聯軍指毓賢為罪魁禍首，被革職發配新疆。後清廷下令加重對「首禍諸臣」之懲處，在發配半途被斬於蘭州。

一日，新上任的巡撫袁世凱請了一位義和拳首領來證明他們刀槍不入的神力。這首領命十個拳民在一支配備現代來福槍的行刑隊前面站成一排，一聲令下，他的手下便同時開火，令人驚奇的是，十個拳民居然毫髮無傷，原來那來福槍根本沒上膛。義和拳首領洋洋得意，喊道：「您瞧……！」話聲未落，巡撫便親自拔出手槍，把那些拳民一個接一個都打死了。這件事終結了義和拳在山東的活動，之後稍加清剿，他們便都流竄到直隸去了。

走穿過天津那條路是行不通的。如果說北京城是混亂，那天津就是地獄；京津這條路就在火線之內。從天津來到京城的難民說，大運河上的船堵了好幾里長，一整天的工夫只能前進半里。所以他們要走陸路，先往南到山東邊境的德州，然後在大運河上船；而因爲永定門外有土匪出沒，所以他們必須走蘆溝橋，沿著這條路到涿州，再往東南去。

從德州沿大運河到上海和杭州這段路也是安全的，因爲東南方的各省總督和外國領事簽下了東南互保條約，以維護和平，保護外國人的生命財產安全，因此拳匪之亂僅限於北方。

「我們什麼時候走？」姚夫人問。

「後天，」她先生回答。「我們得安排騾車，然後稍微收拾一下行李。」

建議雖已獲首肯，但一想到收拾東西，她又沮喪起來。

「我一天內怎麼收拾得完哪？」她喊道。「那一大堆箱子、地毯、皮貨和珠寶——還有你的古董。」

「就別管我的古董了，」姚先生猛地冒出一句。「房子保持原樣。除了幾件夏天衣服和路上要用的銀兩之外，也用不著收拾什麼。我們不是出門遊玩，是在逃難。我會把羅大和幾個傭人留下來看房子。首先，這房子可能會被拳匪洗劫；如若不然，也可能被官兵洗劫；更有甚者，說不定是洋兵來洗劫。再說，不管你是不是把地毯都捲了，箱子收了，也可能整座房子就被一把火燒了。這次劫難，逃得過就逃得過；要是逃不過，也只得由他。」

「那我們的皮貨和財寶呢？」他的妻子說。

「我們帶得了幾輛騾車呢？光是家裡的男人和女人就需要五輛車，還不知道我們能不能找到那麼多呢。」

隨後，他把羅大叫進廳裡。羅大在姚家多年，又是姚夫人家的遠親。老爺知道，他可以把所有財產都託付給他。

「羅大啊，」他說，「明兒個我會跟你一起收拾幾樣東西，包括瓷器、玉器和幾幅最好的畫，然後收到別處去。不過我們要讓所有的櫃子和架子保持原樣。要是有人來搶，不要反抗，任他們搶去。不要爲了那些垃圾和廢物拿自己性命開玩笑！不值得。」

他囑咐妻子的兄弟馮舅爺明天去弄點金子和銀子當作旅費，整錠的和碎銀都要。他平常負責管理姚家的生意，照顧他們的藥鋪和茶廠。馮舅爺還要去拜訪一下太醫，看能不能在路上弄到一點官方的保護。

深夜時分，獨自睡在西南角書房裡的姚先生起床叫醒了羅大。他讓羅大點上一盞燈，拿了鋤頭和鏟子和他去後花園，當心別弄出聲響。就這樣，老爺和老僕人帶著六件周漢青銅器、幾十件玉器印石出了房門，小心翼翼地把這些東西裝在檀木匣子裡，埋在花園的棗樹下。他們在燈火和夏日的繁星照耀之下足足忙了快一個時辰。

姚先生興高采烈，興奮異常，他回屋時其他人都還沒起床。夜露深重，羅大咳了幾聲，便說自己該去沏壺熱茶來。

姚先生經常自己一個人睡，也沒有納妾。身爲富裕家庭的一家之主，他除了書、古董和孩子們之外沒什麼別的興趣。他沒有納妾有兩個原因。第一，因爲妻子不會答應。第二，因爲他在三十歲那年娶了木蘭的母親，生活突然發生了翻天覆地的變化。在這之後，一個終日聲色犬馬、愛冒險的紈袴子弟兼花花公子突然成了片葉不沾身的道家信徒。在那之前，他的生活對家族來說完全是黑暗的一頁。他喝酒賭博、騎馬鬥劍、打拳狎妓、還包養過賣唱的歌女。他四處遊山玩水，結交達官貴人。但突然之間，他變了。他的父親在他成親一年後去世，給他留下了位於杭州、蘇州、揚州和北京的藥鋪和茶行，定期供應來自四川的草藥、福建和安徽的茶葉，此外還有幾家當鋪，這是一筆鉅額的財產。這個人在那段時期的精神究竟有過什麼轉變完全是個難解的謎，連妻子都不知道他是成親前就洗心革面，還是成親後才換了一個人。他不僅不再賭博，也不再因爲酒量好而不計後果地痛飲，舉凡流連花叢或任何足以因過度而傷身的事都一概戒絕。但他同時也無心經商了，幸而妻舅馮舅爺是個絕頂能幹的商人，他把生意都交給他全權掌理。

光緒二十四年到二十六年那段時間，曾經短暫領導變法那群人所倡導的「新思潮」盛極一時，但變法最後以一場災難性的政變告終，皇上也被幽禁宮中。姚先生讀了當時的報刊，也吸收了不少新思想。

羅大去沏茶了，但姚老爺並沒有往妻子的廂房去，孩子們都睡在那裡。他回到自己在西廂前院的書房，躺在圍著帘幕的土炕上，思索著當天待辦的事情。每當他展開一段養生修煉的時候，總是會睡在自己的書房裡。他會在子夜時分起床，盤腿正坐，按一定次數摩娑前額、太陽穴、臉頰和下巴，然後是手掌和雙腳，接著開始運氣，使氣沉丹田，再調節津液吞嚥。這麼一來，便可刺激氣血，控制吐納，萬籟俱寂中，他可以聽見自己腸內液體如何運行，如何滋養精氣匯聚的丹田。這套養生法他大約會做十分鐘，偶爾做十五到二十分鐘，以此練氣或者試探一下自己的精力。他會用固定的節奏反覆搓揉手腳，絕不讓自己感覺疲累，當他感覺氣血往下巡遊到雙腿，進入某種甘美奇妙、渾身舒泰的狀態，他就會停止。然後他會讓自己放鬆，躺下來睡個酣暢的好覺。

羅大掀起炕帘，帶著一只茶壺進來，倒了一杯熱茶端到床前。姚老爺用茶漱了口，然後把茶吐在痰盂裡。

羅大說：「老爺，這趟路不容易，您今天應該多歇會。我不知道我們找不找得到車伕和騾車，那人今早會來報信。」

他又給老爺倒了一杯茶。

「這事兒我左想右想，」他接著說。「還是讓馮二爺留下來吧。這責任太大了，我擔不起。不過碧霞、錦羅、銀屏和乳香最好都帶走。這種時候，姑娘家只會引來麻煩。」

「說的是，」姚先生說。「叫老丁和老張來和你一起守房子吧。不過二爺要跟我們一起走。」老丁和老張是姚家在王府井大街那家藥鋪的老伙計，藥鋪在姚家大宅南邊，離這裡有一段距離。因為姚家的店鋪賣的是中藥和茶葉，和洋人顯然無涉，所以目前爲止還沒被劫匪襲擊。

「我會去找他們的，但是就別再添人了，」羅大回答。「這屋裡人越少，就越不惹事兒。可是鋪子怎麼辦？」

「讓老陳兄弟倆留在那兒吧。反正除了一些草根、胡椒和草藥，那兒也沒什麼可以偷的。他們要那些東西幹什麼呢？我們又沒有西洋鏡子可以讓他們砸。不管怎樣，情勢好轉之前鋪子都不要開門。前幾天，寶威洋行被搶了。那些人砸爛了所有手錶、時鐘和眼鏡。還有人把一瓶外國香水當洋酒喝了，結果倒在地板上臉色發白，嚷嚷著說他要被洋人調配的毒藥毒死了。那鋪子的一個小伙計說，那些人砸壞了電說話機（電話），割斷了電線，因爲他們認爲那是個要把他們炸飛的妖魔地雷。有人抓了一只外國人體模型，把衣服扯了，然後扛著這個扒得精光的外國女人滿街亂走。街上的人們高興得怪吼怪叫，大開那個洋女人的玩笑。小孩子都跑來搶那個女人的金頭髮，結果竟打起來了……」羅大和姚老爺都笑了出來。

這時，天已大亮，院子裡傳來吵雜聲。羅大放下捲起的紙窗帘，說今兒會是個大熱天。北京的夏夜向來涼爽，到了炎熱的白天，因爲房間都在一樓，住戶們放下紙窗帘，房間裡就會像地窖一樣陰涼。今年姚家並沒有像往年那樣，在屋頂和庭院上方搭個三四十呎高的竹席大棚，這種大棚就像棵大樹一樣，給整座大宅提供了完美的遮蔭，又不阻擋空氣流通。但五月鬧動亂那段時間，城裡的火災太多了，這樣一座用木桿和竹席搭出來的棚子，正是引火燒屋的絕佳材料。

羅大掀起炕帘出去了。姚先生靜靜地坐了一會兒，理了理思緒，突然聽見他最疼愛的女兒木蘭喊著：「爹爹，您起身了嗎？」

那時木蘭還是個身形單薄的孩子，就一個十歲的女孩來說個頭很嬌小。她眼睛亮亮的，烏黑的頭髮梳成一根辮子垂在肩頭，輕薄的夏裝讓她顯得格外瘦小。她總會到父親書房去聽他講各式各樣的事，父親也喜歡和她閒聊。每天一早，要是父親沒睡在內院母親房裡，她就會到前院去跟父親說聲「早」，這是起床梳洗後第一件要做的事。

「你娘起來了嗎？」她進來時，父親問。

「大家都起來了，只有迪人和妹妹還沒起來，」木蘭說；然後她問：「爲什麼昨天晚上你說所有古董都是沒用的廢物？」

「如果你當它們是廢物，它們就是廢物，」他說。這話對木蘭來說實在太深奧了。

「那你眞要把那些東西都留下來嗎？至少幫我把那些玉和琥珀雕的小動物藏起來吧。我想要。」

「我已經藏好了，親愛的孩子。」接著，他把自己昨晚做的一切都告訴了她，還把埋起來的東西一樣樣講給她聽，那些東西的名字都是木蘭熟悉的。

「萬一有人發現了，把東西挖出來了呢？」她問。

「聽著，孩子，」她父親說。「每樣東西都有它命定的主人。你覺得周代的青銅器三千年來有過多少個主人？在這個世界上，沒有人會永遠擁有一樣東西。目前呢，我是它們的主人。一百年後，它們的主人又會是誰呢？」

木蘭覺得很難過，直到他又加上一句：「如果有人不是這些東西命定的主人，他把寶物挖出來，只會挖出幾罈子水。」

「那盒子裡玉雕的小動物呢？」

「它們會像小鳥一樣飛走。」

「如果是我們回來以後把他們挖出來呢？」

「那麼玉器還是玉器，青銅還是青銅。」

這個答案讓木蘭很開心，但也給她上了一課。幸運，或者說福氣，並不是從外而來，而是由內發生的。要享受任何形式的幸運，或者說人間的福氣，這個人必須具有足以享用並維持這份福氣的品格。有資格得著這福氣的，罈子裡的水會變成銀子；沒資格享這福氣的，罈裡的銀子也會化成水。

這時大丫鬟碧霞來了，說太太問老爺起身了沒有，要是已經起來了，就請老爺過去商議一些事情。

「二爺起來了嗎？」

「他已經在那兒了。」

姚先生和女兒一起往裡走，穿過月洞門來到內院，看見珊瑚正忙著搬正廳地上東一個西一個的皮箱。他的乾女兒珊瑚已經二十多了，是他最好的朋友謝先生留下的孤女。她父母過世之後，姚先生把她當自己女兒一樣撫養長大，並且在她十九歲那年幫她找了個好丈夫。然而她丈夫成婚一年後就過世，沒有留下後嗣，她也寧可回姚家，至今已經和他們一起生活了四年。她打理家務、照看僕人，給姚夫人幫了大忙；她就像木蘭和莫愁的大姐姐一樣。過往的悲傷並沒有在她臉上留下痕跡；她從來沒想過要再嫁，覺得這樣已經非常幸福了。她顯然不太經人事，所以面對男人也毫無害羞神色。她和木蘭一樣喊姚先生夫婦爹娘，木蘭則喊她大姐。所以雖然木蘭是大女兒，卻在家裡被稱為二小姐，莫愁則叫三小姐。珊瑚逐漸成為極為能幹的女子，姚夫人變得事事仰仗她，在商議家族決策時，她有相當大的影響力。

「您好早啊，爹。」珊瑚向姚先生問安，然後趕緊從滿地的皮箱中挪出一條路讓他過去。

「你連頭都還沒梳呢，吃過早餐再弄吧！」他說。

她站起身，微微一笑。她這時頭髮還是夜裡睡覺時編的辮子，配上身上的睡衣，看上去就像個年輕姑娘。

「早飯之後天就熱了，我寧願這會兒弄，」她答道。

姚先生進了西廂房，走進內室，珊瑚跟在後面。姚夫人坐在床上，舅爺坐在床邊的椅子上，和妹妹商量這趟路上要準備的東西。馮子安是個三十歲上下的青年，穿著一件白亮紗舊袍褂。錦羅正在給莫愁編辮子。當姚先生走到妻子對面那張專屬的椅子坐下時，除了姚夫人之外，所有人都起身迎接。木蘭悄悄溜到母親身邊坐下，準備聽大人說話。中國孩子在生命歷程中都有過這樣一個時刻，他們突然表現得像個大人，但同時又保留赤子之心。女孩子在九歲或十歲左右就會到達這個時間點，至於男孩子，要是沒有嬌慣過度，大約會在十二三歲的時候出現。他們會渴望跟大人一樣，想瞭解大人的行事方法，並且模仿——他們會因為懂得如何舉止得體、明白生活禮儀和規則而驕傲；要是不懂這些，就會覺得丟臉。懂得舉止得體的孩子會被當成大人對待，而且標準嚴苛。雖然木蘭的母親個性嚴厲，但木蘭還沒大到會怕她的年紀；而且在她一個病弱的孩子夭折之後，她對剩下的木蘭莫愁兩姐妹，態度也溫軟了許多。

值得一提的是，姚先生給孩子取名的方式很特別。通常會用來給女孩子取名的那些傳統、浮濫的文學詞彙，比如秋、月、雲、香、翠、明、慧、秀、彩，或者蘭花、牡丹、玫瑰和各種植物的名字，他一概不用。他用的是中國歷史上的古典人名，很少有人會這麼做。「木蘭」是一個在中國彷佛聖女貞德般的人物，還有一首著名的詩歌讚美她。她代父從軍，在一場戰役中當了十二年將軍都沒有被認出來，然後她回到家，重施脂粉，穿上舊日衣飾，再度回復女兒身。「莫愁」的意思則是「無須憂愁」，是一個富貴人家家裡幸運女孩的名字，南京城外有個湖，至今仍以她的名字命名。第三個女兒目蓮從襁褓時就是個多病的孩子，於是取了個宗教劇中佛教聖人的名字，這位聖人試圖拯救他在地獄中受苦的母親（一個不信佛的人）。這部戲把地獄的種種折磨描繪得活靈活現，非常受大眾歡迎，因爲它結合了宗教和孝道兩大動機。雖然這孩子被取了這個名字，還讓西山一座廟裡的尼姑收爲教女，但這個不幸的孩子還是死了。

姚先生轉向馮舅爺說：「你最好早點去見一下太醫。」

「誰病了？」木蘭問。

她母親打斷了她的問話，說：「小孩子，多聽話少開口。」然而她自己也轉頭問她弟弟，「去見他幹什麼？」

「看看我們能不能借他之力，讓官府在路上有點照應。」

「既然現在是義和拳當權，爲什麼不讓他們來照應我們呢？」木蘭建議道，又忘了自己該閉嘴。

突然出現這麼一個新主意，眾人一時都無話可說。馮舅爺看著姚先生，姚先生看著馮舅爺，而姚夫人看著他們兩個。

姚先生看著那孩子，臉上泛起得意的笑容，說：「她果然有主意。最好的方法就是從端郡王那兒弄到一份安全的通行文書；太醫認識他。」

「看看這孩子，」珊瑚說。「只有十歲，可你千萬不要小看她。等她長大，連我都得怕她三分。將來她非得嫁個啞巴丈夫不可，一輩子說兩人份的話。」

木蘭既爲自己意料之外的成功感到高興，又對大人們的讚許覺得不好意思。

「這孩子只是想到什麼就順口說了，她懂什麼啊？」她母親刻意壓了她一句，免得她得意忘形。無論如何，這麼做總是對的。

碧霞進了房間，說早飯已經備好了。

母親惦念起兒子，問：「迪人在哪兒？」

「他在東院花園裡看銀屏餵他的鷹呢。我已經叫他過來了。」

一家人來到院子東邊的飯廳。早飯還沒吃完，就聽見羅大通報說車伕來了。馮二爺把饅頭往嘴裡一塞，出去見他。

車伕說，城外官兵和強盜太多，騾子和馬都很難弄到，也沒幾個車伕願意冒險上路，所以他們得付讓人覺得值得走這一趟的價錢。他開了個驚人的天價：五輛車，五百兩。他說，冒著巨大風險走十天路程，這數目算小的了。討價還價了很久，車伕還是不肯讓步，一直聲稱他說不定會失去他的騾子、他的車，甚至失去一切。馮二爺跟他解釋，說他們會有官府照應，但還是沒辦法讓他降價。因爲車伕看起來是個老實人，馮二爺最後也就答應了，儘管這毫無疑問會是他們最昂貴的一場旅行。

馮二爺回到屋裡，把安排騾車的事說了，姚夫人說這種價錢簡直聽都沒聽說過，但也沒別的法子。孩子們聽說有五輛騾車坐，都很興奮，開始吱吱喳喳地聊起該怎麼分配座位。迪人想跟丫鬟銀屏一起坐，木蘭和莫愁都想跟珊瑚坐。對孩子們來說，這一切既有趣又刺激；這是木蘭和莫愁第一次坐騾車和運河漕船旅行，她們很想看看杭州，因爲她們的母親和珊瑚跟她們說過很多關於杭州的事。

馮二爺去拜訪了太醫，他是姚家的好朋友。太醫答應幫他弄到安全通行文書和一切他做得到的保護措施。只要有端郡王的手令，就能讓他們免受旅途中官兵和義和拳的傷害。

既然姚先生說了只帶夏服，打包行李的工作似乎也輕鬆多了，但還是足夠讓全家忙上一整天的，只有迪人除外，他繼續在東院花園裡頭弄鷹，讓銀屏沒功夫做其他的事。

那天傍晚，日落時霞光燦如灼火，預示著明日是個大熱天。晚飯之後，全家人坐在一起商議，決定如何分配各人乘坐的騾車。

姚夫人向每個人清楚說明他們要往德州去搭船，還把杭州家的地址告訴了她們——以防有人半途失散。然後她叫所有人早早上床睡覺，因爲黎明時分他們就要起身了。

第二章　離散

木蘭和八歲的妹妹以及珊瑚盤腿坐在硬梆梆的藍色棉座墊上，第一次體會到北京騾車的顛簸感。她非常興奮，清楚地感覺到自己正在這個寬廣的世界裡冒險。

很快她和莫愁、珊瑚就和車伕攀談起來，車伕是個個性快活的人，他告訴她們義和拳的事，告訴她們那些人做了什麼，又有哪些事他們是不做的，以及他跟義和拳說過什麼。他跟她們聊天津的戰況，聊皇上、太后和大阿哥（太子），以及他們未來的旅程。

進入南城之後，他們看到好多房子被燒得焦黑，成了一片廢墟，沿著城牆往西去，走過一處荒地，他們看到一群人站在空地上，當中是一個義和拳祭壇，祭壇上覆著一塊紅布，上頭擺著錫燭台和紅蠟燭。幾個被懷疑是二毛子的中國人正跪在地上受審。

車伕指著一群紅褂紅褲的義和拳女拳民，有老有少。她們寬大的褲腳底下露出小小的纏足，頭髮編成粗辮子盤在頭頂。她們和同樣穿著紅褂子或者帶著一片紅衫前襟的男拳民一樣，腰上都紮著寬寬的腰帶，看起來頗有英氣。車伕告訴她們，這些女子就是所謂的「紅燈照」和「黑燈照」。她們白天要拿著連扇骨都塗成紅色的紅扇子，晚上提著紅燈籠。「紅燈照」是少女，「黑燈照」是寡婦，沒裹腳的是招募來的船娘。她們稱之為「聖母」的首領就是一個在大運河漕船上工作的船娘，但車伕說，她可是坐著黃綢轎子被抬到總督衙門，讓總督親自接見過的。這些女子有些確實會打拳，但大多數不會。她們會的是法術。她們得學念咒，只要練習一陣，紅扇子一揮，她們想飛上天都可以；但因爲車伕見過她們在屋頂上，所以她們上牆頭鐵定是沒問題的。

那車伕在趕騾車的時候見過拳民嗎？見過呀，還見過很多很多次呢。他們會擺起一個祭壇，點上蠟燭，嘴裡開始咕噥咕噥地念念有詞。沒一會兒功夫，他們就會突然發作起來，說起神奇的語言。這表示神靈已經附體了，他們雙眼圓睜，直瞪瞪的，然後開始揮舞大刀，使勁兒砍自己的肚子，但就是一絲兒傷也砍不出來。

降臨到這些人身上附體的神靈，就是史詩般的宗教作品《西遊記》裡赫赫有名的齊天大聖孫悟空。對木蘭來說，這一切就像浪漫想像成真一樣。

故事還沒說完，他們早已過了西便門，出了城，走進了城外的曠野。

＊＊＊

出發之後頭三天，路程相對來說比較輕鬆，除了太熱、騾車太顛之外，也沒什麼大事。每個人都在抱怨腿不舒服。但是他們出發早，早飯前就要走十里到二十里路，大清早和傍晚走的路程最多，因爲中午人和騾子有比較長的休息時間。腿抽筋的時候，迪人和馮二爺經常會下車走個一里路；但第四天之後，身體似乎已經自我調整妥當，可以適應騾車顛簸的感覺了。

迪人這孩子靜不下來，路上換車換了好幾次，一下要求和母親坐在一起，一下又要求和丫鬟坐在一起；他母親對這個男孩實在太過寵溺，也由著他。和比他大三歲的銀屏在一起的時候他總是很開心；他也喜歡和錦羅聊天，取笑她，錦羅受不了了，就會到夫人那輛車去，假借幫忙抱寶寶的理由換位子。

到了第四天，也就是他們離開涿州，上了往保定的大路，往東南方走了兩天之後，似乎大勢不妙。有傳言說聯軍已經進了北京，亂軍和義和拳都在往南撤退。還有謠言說總督裕祿和大將軍李秉衡都自殺了，甘軍也正在往那邊撤。

義和拳和官兵之間發生了零星的戰鬥；因爲拳民只有刀和草叉之類的武器，完全居於劣勢。一聽到槍聲，拳民就開始四散奔逃。一般民眾和官兵都不知道該如何看待義和拳。同一支軍隊裡，有一半的官兵認爲應該打他們，另外一半認爲不該打。義和拳很受民眾愛戴；因爲他們燒教堂，消滅人人痛恨的洋人。根據朝廷命令，他們在春天時奉旨組織義和拳；這會兒官兵卻奉旨要剿滅他們；然而最近朝廷似乎又站到他們那邊去了，還採納了他們的排外政策。

往鄉下撤退的官兵和拳民越來越多，搶劫事件也隨之增加。路上擠滿了逃難的人，有的走路，有的坐騾車、手推獨輪車，也有的騎著驢子或小馬。農民一根扁擔挑兩只籃子，一只裝著一窩小豬，另一只裝著一個嬰兒。但是姚家因爲走在大部份撤退官兵前頭，經過的地帶相對來說比較平靜。女眷們開始擔心起來，迪人也不再那麼不安分了。姚先生下令盡可能趕路，除非必要，否則不要休息太久，希望能在被官兵追上之前趕到德州。他已經銷毀了端郡王衙門發的官方文書，因爲現在它不但已經沒有意義，事實上，還可能把他們和義和拳或亂軍牽連在一起。

那天下午，因爲他們中午只稍微停了一會兒，所以太陽下山前就趕到了任丘。他們在一家客店門口停了下來，姚先生問客店掌櫃城裡有沒有官兵，得知天津鑲黃旗第六營管帶正駐紮此地維持秩序，他大大地鬆了一口氣。這裡的天主教教堂一個月前被燒了，但是當這位徐管帶進了城，抓了幾十個這樣的「帶頭大哥」斬首之後，這些團伙都四散到鄉下去了。

沒過多久，這家客店又來了一個投宿的人，他家有兩個女人，三個孩子，也是逃難來的，他們帶來了一個令人不安的故事。他聽說徐管帶守得住城裡的秩序，所以當天早上便離開了保定，直奔任丘。故事是這樣的：有個家境優渥的官家也在去保定的路上。當中有個女人，胳膊上戴著個金鐲子。一群散兵過來，見了金鐲子便開口要。那女子略有遲疑，一個兵便直接砍了她的胳膊，拿著鐲子跑了。另一群官兵過來，得知了發生的事，看見金鐲子似乎在前頭那群士兵手裡，便追上去朝那群人開槍。前頭那群兵有幾個躲在路邊高高的莊稼田裡，也朝過來搶東西的士兵開槍。就這樣，爲了一只手鐲，竟賠上了七八十條性命。這群逃難的人低聲說完了這個故事，姚先生並沒有把故事告訴其他人。他命令家人吃過晚飯就立刻上床睡覺，禁止丫鬟和孩子們出房門。他們十二個人只有一間房可擠，但誰都不願意分開住到別的客店去。這時來了另一家人，情況就更糟了。房間裡只有一張十五尺寬的土炕，丫鬟們只得睡在地板上。姚先生並不是那種爲護自己權利不管別人死活的人，他同意讓那家的兩名女眷進房間去睡，自己和馮舅爺、羅東以及那家的其他人只得睡在外間，那兒既是廚房，又是客廳兼飯廳。

孩子們在內間安穩睡了，羅東也鼾聲大作，姚先生卻覺得自己不需要睡，也不想睡。他想，要是隔天早一點出發，日落之前應該就能到達河間府。

但至少，現在還是平安的。爐子上點著一盞小小的油燈，既美麗又寧靜。他拿出煙斗，沉思起來。

他要很久之後才能再像今晚這樣以平靜的心情自由冥想。之後他回想起來，覺得那夜彷彿仙境——廚房爐子上一燈熒熒，他抽著他的煙斗，親人都在隔壁房間裡安全地沉睡著。

近午夜時，姚先生彷彿聽見妻子在睡夢中尖叫，隨後房間裡傳來一陣騷動。他走到爐子邊拿起油燈，往門裡看了看。寶寶睡在姚夫人身邊，她坐了起來，摸著木蘭的臉，另一隻手撫著她的頭髮。「這麼晚了，你在那兒幹什麼？還沒睡？」孩子的母親問。「我以為是你睡到一半在尖叫，」父親說。

「我尖叫了？我嚇了一大跳啊。我做了個噩夢，夢見木蘭在一個好遠好遠的山谷裡喊我。我嚇得整個人都抖了起來，就醒過來了。真高興只是夢。」她凝視著木蘭，又看了看其他的孩子。「只是個夢而已，」他說。「繼續睡吧。」父親離開了房間。

不一會兒下起了雨，持續不斷的雨聲讓姚先生朦朧起來，不知不覺也睡著了。

＊＊＊

七月二十五日早上，姚先生被房間裡的聲音吵醒，發現家人大部份都已經起床梳洗過了。騾車車伕站在門口，說才下過雨，今兒個應該是個涼爽宜人的日子。天空陰雲密佈，看來今天一整天都會是這樣。距離河間府只有六十里了，他們應該可以輕鬆走完這段路。騾子要是不拉重貨，一天可以輕鬆走一百里；要是走長程，又拖著裝滿東西的騾車，大就只能走六十里，最多七十里。雪上加霜的是，有一頭騾子不小心踩進了溝裡，差點跪倒弄翻車，似乎還因此扭傷了一條前腿。於是走的速度又得再慢一點。

大約八點鐘，一行人出發了，姚夫人要碧霞坐她那輛車幫忙抱寶寶。木蘭那輛車的騾子一瘸一拐地走著。

走了約莫十五里之後，那頭騾子顯得越發躁動不安，動不動就停下來，喘著大氣，肚子兩側不斷起伏。騾子這種動物，身子像馬，腦子像驢，它們的力氣和馬一樣大，腦筋卻跟驢一樣頑固。車伕說這頭騾子不舒服，要是不走慢點是會死的。「畜牲跟人一樣；病了就沒有胃口，也不吃東西。這頭騾子今天早上見了草料也只聞了聞，沒吃多少。人不能餓著肚子上路。牠們不也跟人一樣嗎？」

接下來的二十里路花了他們三個半小時，這才到了辛中驛。這時已經是中午一點半左右了，大家下了車，饑腸轆轆地想吃頓飯。辛中驛是個古老的驛站，一直都養著馬匹，以供朝廷驛使換馬送信。透過這樣的接力系統，緊急官方消息可以在半天之內從河間府送抵百里外的京城。附近有座馬廄，小樹林的樹上拴著三四匹馬。

因爲他們原本就打算在河間府換掉幾頭騾子，以備接下來的旅途之需，所以那頭病騾子的主人便決定要弄到一匹馬，至少用牠來走完今天的行程。車伕認識管驛站那人，換馬的事很快就成了。

午飯後一行人在亭子裡休息，木蘭、莫愁和迪人逛到小樹林去看馬。迪人離一匹白馬太近了，結果那馬開始亂踢，木蘭嚇得拉著妹妹尖叫狂奔。這些驛馬每匹都壯健非常，姚先生隔著一片野地大喊，要迪人快回來。

姚先生整個人急躁起來。他妻子剛跟他說了昨晚做的那個夢。她說她走在山谷裡，當中是一條寬寬的淺溪，另一邊是森林。她牽著莫愁的手，恍惚間像是聽見木蘭在叫她。她突然意識到木蘭不在身邊，而且好像已經好幾天沒見到她了。起初，聲音似乎是從樹梢傳來的，她轉身走進濃密的森林，卻發現每一條路都走不通，她不知道該怎麼辦。這時她又聽見了木蘭的叫聲，聲音很微弱，但很清楚，是從河對岸傳來的。「我在這裡，我在這裡啊，」那聲音說。母親轉過身，看見自己的孩子在河對岸的草地上摘花的身影。她既沒看見橋，也沒看見渡船，不知道孩子是怎麼過去的。她把莫愁留在岸邊，開始跨越淺淺的溪水，這時突然一股急流湧來，沖倒了她，她猛地醒來，發現自己躺在客店的土炕上。

雖然她說完這個故事之後誰也沒說話，但每個人心裡都很不安。

於是瘸腿騾子就留在驛站，等到車伕回程時再來接。三點鐘左右，他們再度出發，由新馬拉著珊瑚和姚家兩姊妹的車。那匹馬動不動就往前猛衝，車伕又不瞭解牠的脾氣和習性，很難控制住牠。

接近五點鐘的時候，他們到了離城不到十二三里的地方，看見有幾隊士兵從左邊遠遠地穿越野地過來。姚先生說他會坐到前頭去，但是這條路的路面比地面要低上三四尺，在他們走出這段低路之前是沒有辦法超越別的車的。而且他們前後一百碼內，還擠滿了成群的難民。

突然，他們聽到一聲槍響。附近的田野種滿了十五尺高的高粱，他們又在低矮的路上，只知道聲音越來越近，卻也聽不出士兵到底在哪裡。槍聲越來越多了，他們沒辦法回頭，也不知道該轉到哪邊去，因爲槍聲和噪音似乎前後兩方都有。車終於爬上地面時，有七八個逃跑的兵在十字路口從他們身邊跑過去，在左邊五十碼開外處，他們可以看見一隊隊的士兵。所有的車都停了下來，姚夫人高聲喊著珊瑚，要她把兩姊妹帶到她車上來。

對纏著小腳的珊瑚來說，下騾車不是件容易的事，但她還是做到了。她落地站定之後，向莫愁伸出雙手，把她抱了下來。她帶莫愁上了母親的車，打算再回來接木蘭。他們這一停讓十字路口的交通完全中斷，也擋住了後面的難民，後方的車伕們開始罵罵咧咧地吼叫起來。

就在這時，槍聲又響了，有幾個騎馬的兵從隊伍的正前方疾馳而過。那驛馬受了驚，也狂奔起來，木蘭的車就這樣拖在後頭，隨著一群士兵和馬匹走了。

一片混亂中，沒有人知道發生了什麼事。這些兵似乎是要逃跑而不是搶劫。經過的人和馬匹越來越多，姚家一群人先是被堵住，之後又被後面的車隊直接推到前面的路上，所有騾馬都跑了。周圍籠罩在混亂和塵霧裡，什麼也看不清楚。當騎著馬的士兵從她們身邊衝過去的時候，珊瑚急忙鑽進姚夫人的車，過了半秒鐘，她才意識到另一輛車裡只有木蘭一個人。「木蘭！」她尖叫。木蘭的母親本能地想往下跳，但轉眼間所有的車都過來了。她只看得見面前混亂的人群、騾車和馬蹄。接著，她的車和其他的車一起往前衝。這些騾馬一旦動起來，想用喊聲指揮牠們，就像對著火車頭說教一樣。她前方有幾十輛車，她只希望自己的孩子在其中一輛車上。姚先生甚至不知道木蘭只有自己一個人。他以為最壞的情況已經過去了，因為這些兵並沒有停下來搶他們。

當所有的車都在往前衝的時候，姚先生的本能反應就是盡可能再跑快一點，離那些兵遠一點之後，再停下來看看發生了什麼事，因為他認為所有人跑的方向都是一樣的。姚夫人的心思則是在兩種衝動之間搖擺：一是往前衝，從前頭的車裡認出木蘭的車或車伕來，二是放慢速度，和落在後面那群家人會合。但事實上，她哪一樣都做不到。這條路的寬度只夠單向通行。好幾次她都想從車上跳下來，但是珊瑚把她拉住了。

瘋狂狀態持續七八分鐘之後，騾馬開始放慢腳步。眼前不見士兵的影子，他們已經離開這個十字路口至少兩里遠了。一輛車翻倒在路邊的水溝裡，有個女人摔倒了，差點被後面的騾車碾過去。這時又來了一輛車，一個認識那個女人的乘客跳下車，車就這麼停在路中間。姚家的車也被迫停了下來。馮二爺前前後後跑著探問情況。姚夫人已經歇斯底里，珊瑚和碧霞在哭，一邊哭一邊指著前面那些沒有停下來、逐漸遠去的車。姚夫人大聲喊道，木蘭可能就在其中一輛車裡，他們必須跟上去，不能停在這裡。「木蘭是自己一個人的啊！」那母親哭喊。明白過來的那一刻，就像是一把刀刺進了父親的心。這時已經沒有時間追問木蘭爲什麼會一個人留在車上了。他一把抓住那匹小馬，把牠從車上解下來，騎上馬趕過人群，往更前方的難民那兒追去。只是一切都是徒勞。

丫鬟們也都下了車，聽了這個消息，個個嚇得臉色發白，連話都說不出來。珊瑚這回簡直是從車上滾下來的；沒人解釋得清那輛車爲什麼在最後這一刻鐘會載著三個女人和兩個孩子。母親把莫愁緊緊地抱在腿上，碧霞抱著寶寶。莫愁一開始嚇呆了，這會兒才哭了出來。難民成群經過，有些人停下來看那個倒在地上的女人；看來她的騾子腿上中槍了，很難把牠從翻倒的騾車上解下來。也有些人停下來聽一個十歲女孩丟了的消息。有些人表達了同情之意，其他人聽聽便離開了，漠不關心。

迪人說，他看見拉木蘭那輛車的驛馬跟著士兵的馬一起往右跑，但是看得不很清楚。如果眞是這樣，那麼木蘭走的已經不是他們原先走的那條路，很可能是被那群士兵和馬匹帶跑了。但是車伕和他在一起，他會把車趕到河間府的，說不定還會追上他們，在路上和他們會合。

正在大夥兒不知道該怎麼想、怎麼辦的時候，忽然看見木蘭的車伕從後頭跑過來，手裡還拿著鞭子，對著他們大喊大叫。看到他沒跟騾車一起出現，大家的臉色都變了。「孩子平安嗎？」「我哪知道啊？我們被衝過來的馬帶跑了，驛馬嚇著了，拉都拉不住……」「她人在哪？」「她往哪條路去了？」「你怎麼把車弄丟了？」問的人問得七嘴八舌，車伕也答得語無倫次。他說他先是被兵馬衝到右邊去了，然後他轉進了右方的一條路，好跟那些兵分道走；接著他發現自己跟大家失散了，就下了車準備拉住馬。沒想到那匹馬力氣實在太大，他手裡的韁繩一個沒抓住，馬就一路向前狂奔而去。

有一件事是肯定的：木蘭還在騾車裡。而且，當車伕最後看見它轉向，消失在高粱田裡時，並不是往河間府的方向，而是回頭往北去。他相信那匹驛馬一定會自己認路回到辛中驛。因為他是個忠厚單純的人，所以他特地趕回來告訴姚家夫妻這件事。

經過了彷彿幾小時的絕望，姚先生騎著小馬回來了。他看遍了每一輛騾車，繞了好幾趟，甚至都走到已經看得見河間府城的地方了，這才放棄。

姚先生聽了車伕的想法，也覺得有理；那匹馬應該會自己找路回到辛中驛去的。

這時太陽已經快下山了。姚先生要坐車和車伕一起回辛中驛，車伕要去找他的車，父親則是找女兒。其他人必須繼續前進，因為城門很快就要關了。車伕們把他們要過夜那家客店的名字告訴兩人，說他們會在那裡等消息。

* * *

木蘭的母親徹夜未眠，就只是默默地掉眼淚。天一亮，她就叫羅東和自己的哥哥趕緊起床，到北門去找木蘭。

第二天早上大約九點，父親來到了河間府的旅店。馬和車果然回去了，孩子卻不在車上。他又原路返回，找遍了鄉野間每一個十字路口，但一無所獲。

這消息簡直晴天霹靂。木蘭肯定是丟了。母親大哭起來：「木蘭，我的孩子呀，你不能就這樣離開我，跟著你妹妹目蓮去啊！如果你現在就走了，我這條老命也不想要了！」「娘，」珊瑚說，「一切都是上天注定，禍福吉凶不是人力可知。您還是不要太難過，免得傷了身子。接下來路途還遠，我們所有人都得依靠您呢。要是您身強體健，我們這些孩子們的負擔也會輕一些。再說我們還不確定木蘭是不是真丟了；我們這就去找她。都是我的錯，我不應該丟下她一個人……！」姚夫人強自克制，答道：「珊瑚，不能怪你，這事只能怪我自己沒福氣。我不該讓你把她們姐妹倆帶過來的。可是誰又料得到會發生這種事呢？要是木蘭出了什麼事，或者被人拐賣了……」她再也撐持不住，再度崩潰。姚先生站在那裡，一句話也沒說。木蘭是他最疼愛的孩子，弄丟她這件事已經讓他心如刀割。聽見「拐賣」二字，他就像受了傷的動物一樣走開了。

這時候，一直默默靠牆站著的錦羅突然整個垮了。十四歲的她可以說是和木蘭一起長大的。所有的遊戲，所有的兒歌，都是她教她玩、教她唱的。她們和孩子一樣一起玩，木蘭也把她當自己姐姐看待。一提到「拐賣」，讓她想起了自己的命運和失去的父母。她撲倒在床上，無法控制地哭了起來。看到她哭，迪人和莫愁也哭了，房裡瞬間哭成一片。碧霞走過來拉起錦羅，說：「太太才剛好些，你又來嚎，這會兒連迪人少爺和莫愁小姐都被你弄哭了。」錦羅坐了起來，自覺羞愧，但還是揉著紅紅的眼睛。向來和錦羅不對盤的銀屏話裡帶刺地說：「她打今兒一大早起就自己一個人坐著，結果莫愁小姐連臉也沒洗，頭也沒梳，弄得我只好來幫她梳洗穿衣服。她們兩個人感情好，她會那麼難過也是自然的。」錦羅走出房間，一面受了委屈似地大喊：「我哭我的，我想哭干你什麼事？我喜歡木蘭小姐，又干你什麼事？」「我們都一樣是伺候太太少爺小姐的，誰又管得著誰了，」銀屏怒氣沖沖地回答。「你們這是反了啊！」姚夫人喊道。珊瑚急忙跑到隔壁房間。「現在是添亂的時候嗎？我們這會兒麻煩還不夠嗎？」「我也不想哭啊，」錦羅抽泣著說。「但是我想到了木蘭小姐，然後，太太提起拐賣，我又想到我自己。噢，爹娘啊，要是你們還在，我就不會被欺負成這樣了。」「這事兒自然每個人都難受，哭沒關係的，因爲你也忍不住，」珊瑚試著安撫她。「要是丟了的是迪人少爺，你看她哭不哭，」錦羅惡狠狠地說。銀屏本來已經在外間了，聽了這話又要進來。珊瑚趕緊轉身把她推出去，叫兩人誰都不准再開口。

在父母的想像中，一個像木蘭這樣年紀、這樣容貌的女孩丟了之後可能會發生什麼事，那種恐怖簡直比死還可怕。那種不確定、縈繞心底的恐懼，那種連她在做什麼都不知道的無力感，卻又希望能在這座城市或其他地方找到她的強烈渴求，各種情緒交纏，幾乎癱瘓了他們的腦子。

那天上午，姚夫人只說了一句：「不管她是死是活，我都要去找她。」接著便沒再說話。她彷彿行屍走肉，只被一個念頭控制，除此之外，便什麼都看不見，也聽不見了。

中午上飯了，她自動走到桌邊，吃了飯，卻不知道自己在吃。錦羅默默吃著自己的飯，卻再次崩潰，她突然放下了碗，哭著離開了桌子。

珊瑚被姚夫人平靜的樣子嚇壞了，她說：「娘，您得休息。您昨晚一夜沒睡。這回找人可能要找上好幾天，我們自個兒得保重身體啊。」姚夫人木然地讓人領她上床，仍然一言不發。

河間府是個有五萬居民的縣城，位置在一片低窪平原的中部，周圍環繞著往東北流向天津的河流支流。往東三十里是大運河邊的滄州。位於南面四十里處的德州成了一個三角形的頂點，和北面兩個點的距離幾乎相等，要去河間府就走陸路，去滄州就走大運河。

爲了找木蘭，他們在所有的客店、城門和通往這座城的路上張貼告示，標明客店地址，並提供酬金給幫忙找到木蘭的人，金額是兩百兩銀子。女眷們只能待在客店裡，而姚家父親、馮舅爺、僕人羅東和車伕們（另給酬金）則在整個城市和周圍鄉鎮搜尋。木蘭的母親像是化成了一股巨大而沉默的力量，在大街小巷徘徊、日夜望著河流，尋找自己的孩子。

但是河間府到處都是逃難的人和走散的兒童，木蘭並不是唯一丟了的孩子。他們也收到過幾次誤報，木蘭的母親甚至去西門外的河岸邊認過一個女孩的屍體。

姚先生騎著馬在鄉間四處搜索，其他人往東一直找到沙河橋，往西找到肅寧縣。

但木蘭就是連一點影子也找不著。

這個孩子說不定已經落入販賣童奴的黑幫之手，這是最有可能的。木蘭可以值上一百兩銀子，雖然這話沒人敢說出來。一天晚上，馮二爺回來時說了件事，他說奴隸販子和船娘就在大運河上幹這些勾當。錦羅自己也是被拐賣的，證實了這個說法，還說那個船娘對她很好。在當時，大運河是連接首都和南方的主要通道，青幫有一套嚴密的制度，控制著大運河。津浦鐵路建成之後，運河生意大減，青幫於是和長江的紅幫合流，成了「青紅幫」。直到今天，在上海的法國租界，「青紅幫」依然控制著所有的小偷、鴉片販子和妓院。他們以綁架和搶劫著名，但做起善事也是不落人後。他們的幫主簡直就像是市政當局的顧問，每次發洪水或鬧饑荒都由他們領導救援，做壽時還有政府的最高官員到場祝賀。這些幫派是一群地痞流氓和無業遊民建立的秘密組織，他們自我保護、彼此合作，以確保眾人的生計、享受和負擔都相同。他們對幫內弟兄非常慷慨，嚴格遵守榮譽的幫規，他們的起源可以追溯到一千年前的秘密組織。傳說中的英雄好漢、盡忠報國的將軍、劫富濟貧的義匪，和民間的草莽英雄都是他們拿來當神崇拜的對象。

義和拳，也叫「義和團」，意爲「正義和平的團體」，也是個秘密組織。他們是白蓮會的一個分支，白蓮會在十八世紀時密謀推翻滿清，歷史環境卻把這股勢力變成了一支排外、反對西方、支持滿清的力量，也使它成了國際大事的主角。

他們按著木蘭被拐賣的猜測搜尋了幾天，卻依然毫無結果，他們決定往大運河找。馮舅爺主動說要直接往東去滄州，要到那裡只有一天路程，然後沿著運河一路走下去，碰到城鎮或渡口就停下來尋找線索，大夥兒則直接繼續搭騾車前進，在德州等他。

只有兩件事出現了有希望的跡象。第三天，姚夫人叫來一個算命瞎子，問他走失孩子的情況。她把木蘭的八字給了他，也就是木蘭的生辰，每一個都由天干和地支所組成的兩個字代表。這個算命瞎子說，木蘭的八字有福氣，雙星照命，十歲那年會出現一點意外，但她的福氣會帶著她平安度過，並且「化災爲福」。而且，她的紅鸞星動得很早，雖然說不上大富大貴，當不了大官夫人，至少也是一生衣食無憂。當被問到他們能不能找到這個孩子的時候，他故弄玄虛、如洩天機地說：「有未知的力量在護祐她」。總之，這八字實在太好了，他破例要了一塊錢，姚夫人給了他兩塊。這讓她心情大好，便到城隍廟去燒香。說來也奇，她在神前擲了三次筊，三次都是大吉。

當天晚上，這位母親又作了一個和之前相似的夢。她清楚聽見木蘭在喊：「我在這裡，我在這裡啊！」她又看見自己的孩子在河對岸的草地上摘花，有個她以前從未見過的女孩和她在一起。她叫木蘭過來，朝對面大聲喊道：「到我這兒來，這邊才是我們的家，你站錯邊了。」母親想找找有沒有橋或渡船，但怎麼樣都找不到；接下來，她似乎輕鬆地在水面上行走，一路順流而下，速度飛快，這時她完全忘了孩子的事。她經過了河邊的城市、村莊、佛塔和山頂上的寺廟。她接近了一座橋，看見橋上有個老人正吃力地往前走，她認出那就是她的丈夫。她還看見有個年輕女子攙著他，這女子正是木蘭。她在河裡對他們大喊，但他們像是沒有聽見，在橋上繼續走。她看他們看得太專注了，結果撞上了橋墩，她突然失去了在水上行走的能力，整個人往下沉，便醒了過來。

隔天早上她把這個夢告訴丈夫，兩個人都大爲振奮。

第三章　拳民

至於發生在木蘭這方的事，後來她的父母問出來，是這樣的：當她發現只剩自己一個人的時候，她非常害怕，但沒有哭。她想，無論如何她得從騾車上下來，那時馬來到一個橋頭堡，猶豫了一下，好像在考慮要走哪條路，於是她便乘機跳下了車。附近一個人也沒有，但她看見遠處有幾個兵，知道那就是她來的方向，於是她朝著那邊跑，一直跑到十字路口。但她到的時候所有人都走了，她嚇慌了，坐在路邊哭了起來。這時又來了一群兵，一個胖胖的、看上去很快活的小伙子停下腳步，問她發生了什麼事。「好叔叔，帶我去見我爹娘吧，」她懇求。「你爹娘在哪？」「我不知道。我們從北京來的。好叔叔，幫我找找我爹娘吧。他們有錢，會給你賞金的，」木蘭說。不一會兒，一個女人帶著更多兵走過來。她束著一條紅腰帶，木蘭知道她就是她在北京見過的紅燈照。那女人身材高大，一張棕褐色的臉，底下一雙天足。看來這些人是拳民，這女人是他們的頭頭。「好阿姨，帶我去見我爹娘吧，」她懇求。「你們本來打算去哪兒？」那女人親切地問。木蘭記不得下一個要去的城市叫河間府，於是她回答：「我們要去德州。」「哎呀，德州就是我老家嘛。你就跟我一起去吧。」木蘭對那個女拳民有種恐懼感，但畢竟她是女人，眼下也只有她能幫她了。「要是你帶我去德州，我爹娘會付你酬金的，」木蘭說。那女人轉向胖士兵，命他打著孩子。這個男人看起來樂呵呵的，木蘭慢慢地也不害怕了，雖然她不喜歡他那雙又髒又粗的手，那雙手抓得好緊，她覺得好痛，而且他聞起來有大蒜味兒。不久，他們發現一匹迷路的馬，女人讓士兵們抓住那匹馬，命令胖子和孩子一起騎。木蘭以前從來沒有騎過馬，覺得騎馬的感覺很奇怪。胖拳民問了她很多問題，剛開始她回答得很謹慎，但很快就克服了恐懼。他告訴她自己叫老八，她說她叫木蘭，姓姚。胖子笑著說，既然她是木蘭，那一定在軍隊裡待過十二年了，還問她喜不喜歡當兵。

走了約莫一小時，木蘭還是什麼城市都沒看見，她問老八爲什麼，據她所知，他們應該很快就會到一個城市才對。老八說，「你想的那個地方一定是河間府。」這會兒木蘭想起來了，說就是這個名字沒錯。但是老八說他們不能去那裡，因爲城裡的官兵會攻擊他們。

現在木蘭是眞的嚇壞了。太陽要下山了，這是每個孩子本能地渴望休息和安全感的時刻。但木蘭的父母現在身在遠方，她又和陌生人在一起。她哭了起來，之後便睡著了，不久又在恐懼中醒來，哭著哭著又睡著了。

她再度醒來時，他們正在村子的一座廟裡紮營過夜。

那女人給了她一碗粥，配了幾片鹽醃大頭菜，但木蘭並不餓。她讓木蘭躺在自己身邊的地上，木蘭累壞了，又沉沉睡去。第二天早上，木蘭一醒就開始哭，那個女人嚴厲地制止了她。「好阿姨，帶我去河間府見我爹娘吧，」木蘭哭著哀求。「是你自己說你們要去德州的，所以我才帶你去德州。你要是再哭，當心我打你屁股，」那女人回答。老八提議說要把這孩子帶到河間府去，但那個女人厲聲說：「你去那兒會挨槍子兒的！」

吃過早飯，這群人又出發了。現在他們總共有三四十個人。

木蘭現在知道他們都是拳民，在北京東邊打過仗，傳聞洋鬼子正往京城來，於是他們便分頭往鄉下撤退。幾天之後，他們聽說太后和皇上都逃了，北京城陷入可怕的劫掠狀態，更可怕的是，白鬼子兵正在往南推進。「爲什麼我們會打輸？爲什麼外國槍子兒能打死我們呢？」木蘭問。「因爲洋鬼子也有法術啊，他們的法術比我們更強，」老八回答。「猴神以前從來沒見過這種紅頭髮藍眼睛的怪物，所以也保護不了我們，因爲洋鬼子用的是另一套法術。他們有一種邪門的東西，只要放在眼睛前面，就能變成千里眼。」如今京城被攻陷，皇帝逃跑了，義和團只想回家。大部份的村裡人即使對他們不友好，至少也沒什麼敵意，因爲他們是土生土長的本地人，說的也是本地方言。有些人扔掉了他們的拳民頭巾。他們抱怨朝廷不應該先組織他們，再清剿他們，接著又派他們去打洋人。許多人後悔加入義和團，只怨當初沒安安分分留在家鄉種地。退出的人越來越多，聚集的人越來越少，走的人都回老家去了。

看得出來，老八和女首領其實是一對兒，不過大概很快就要分手了。因爲他打算回自己的村子，而不是去德州。木蘭開始害怕單獨和那個女人待在一起，希望他能留下來陪她。

儘管看起來很奇怪，但木蘭的第一堂英語課是拳民老八給上的。老八跟她說了很多關於他見過的洋鬼子的事，還教了她一首他學到的英語順口溜，是這樣說的：來是「come」，

去叫「go」

廿四就是「twenty-four」

山藥叫做「potato」

「Yes! Yes! No.」

媽拉巴子！抓來放火燒狗頭！最後一句的意思是「該死的，把他們全抓來燒了！」最有趣的是當老八念到「Yes! Yes!」的時候，都會唸成中文的「熱死！熱死！」。每次念出「熱死！熱死！」老八都格外使勁兒，然後哈哈大笑。

木蘭開始覺得自己像個拳民，也認爲自己討厭洋人了。他們沒有理由到她的國家宣揚洋人的神。中國的基督徒，或者說二毛子，仗著他們洋人朋友的勢欺負自己人，這話她是聽父親說過的；她曾經聽過他說，要是有基督徒和中國人打官司，地方官一定要判基督徒贏，不然就會被撤職。

確實，目前傳教士的策略就是藉由外國武力優勢來保護中國的基督徒和他們自己，這使得中國基督徒彷彿成了一個獨立的種族，和外國人的關係比自己的母國和人民更密切。當時發生了一連串的「教案」，傳教士被殺害，地方官員被撤職。就因爲殺了兩個洋人，所以不得不把青島交給德國人，連山東巡撫都被免職了。這就是爲什麼這位山東巡撫這麼痛恨洋人，又爲什麼他會成爲影響太后支持義和團主要推動者的原因。傳教士成了地方官座位下的芒刺。地方官對於傳教士和基督徒出意外簡直比天打雷劈還怕。那幾乎等同於他們仕途的終結，不管怎麼處理都不對。

而且，木蘭的父親還告訴她，「洋人」做什麼事都是反著來。他們寫字是從左寫到右，而不是從右到左，而且是像螃蟹走路似的橫著寫，而不是從上往下。他們把名字放在姓前面，最奇怪的是，寫地址的時候最先寫的是門牌號，然後是街道，然後城市，最後才寫省，像是在故意跟誰作對。要是他們想知道一封信要寄到那個城市，得從地址最底下讀回來才行。他們的女人一雙大腳有一尺長，說起話來聲如洪鐘，頭髮是捲的，眼睛是藍的，走路的時候還跟男人手挽著手。

總而言之，這些洋人是你能想到最奇怪的人。

＊＊＊

他們這程路已經走了好幾天了，卻仍然看不見德州。他們盡可能避開被其他部隊控制的主要城市。有一天，他們碰上了幾個兵，損失了四五個人，把木蘭嚇壞了。他們這一夥大約還剩下二十個人。

他們在一個地方停留了好幾天，就在那兒，女首領和老八吵了一架。他想叫她和他一起回他老家，她想讓他和她一起去德州，結果他不肯。木蘭可以聽到他們在互相咒罵。義和團原來用的那些「大師兄」「聖母」之類的稱呼已經沒人用了。他們如今就只是平民百姓，要回去做他們的老本行。木蘭在想去德州的願望和對那女人的恐懼之間左右爲難。老八現在很喜歡木蘭，想把她帶走，但這個女人心意已決，他沒辦法讓她放棄這個孩子。在激烈的爭吵中，老八開始用各式各樣難聽的字眼稱呼這個女人，像是「賊婆娘」、「山東婊子」、「大腳妖婆」、「騙子」和「女拐子」。「我知道你打算賣掉這孩子，你這個女拐子！我知道你幹的是什麼勾當！」他痛罵她。他對木蘭說：「我帶不了你了。我沒辦法。不過你自己要留心這個女人！」然後便走了。

木蘭睜著大眼睛直直地看著那個女人，但不敢出聲。她從父親和錦羅那裡聽說過拐賣孩子的人販子，這讓她很害怕。她決定一到德州就想辦法逃跑，但這會兒她一個字也沒說。

跟這個女人一起上路實在是太可怕了。現在她得自己走，而且要跟緊她。她叫她在路上不准跟任何男人說話，還要假裝自己是她女兒。

幸運的是，走了不到一天，傍晚時分，他們就到了德州。看到城市時，木蘭試圖逃跑，但那個女人把她拉了回來，劈頭蓋臉打了她一頓，還威脅她，要是再敢逃，就要用烙鐵燙她。從那一刻起，那個女人對木蘭的控制就沒有放鬆過。他們進了城，但走了幾條街之後又從另一道門出來，他們到了一個荒涼的村子，走進一座樹林環繞的小屋，附近有一條寬度只有十尺左右的小溪。屋裡有個四十歲上下的大個子男人。木蘭太累了，已經不在乎現在到底發生了什麼事。他們把她鎖在一個黑暗的小房間裡，當那個女人和男人在門後的大廳裡說話的時候，她睡著了。

第二天早上，木蘭醒來，發現自己在小牢房裡，只有一扇高高的窗戶在她夠不著的地方。女人拿著一根燒得通紅的撥火鉗進來，說：「你想嚐嚐這個嗎？你要是想逃，我就把你的眼珠子烙出來。」木蘭簡直嚇昏了，答應會聽話，絕對不跑。到了第三天，又有一個大約六歲的女孩被扔進了房間。

這裡什麼都沒有，只有無盡的恐怖和焦慮。

＊＊＊

儘管外頭不時傳來男人的說話聲，但木蘭整整兩天沒聽見那個女人的聲音。

然後某一天，那個女人進來了，笑得非常開心。「事兒成啦！」女人大聲地說。木蘭聽見鑰匙開門的聲音。「小姐！」她滿臉堆笑。這是這麼多天來木蘭第一次被稱呼小姐。「你眞是好運氣！我找到你家的人了，今天就帶你去見他們。我是不是跟你說過會帶你去找你家人？我待你好不好？」木蘭激動萬分，高興得流下了眼淚。那女人把木蘭拉到大廳，廳裡有個祭壇，上頭放著燭台，還有個小小的木頭神龕，神龕裡有個褪色的、沒有鬍子的紅臉神像，那是「齊天大聖孫悟空」。「我爹娘在哪兒？」木蘭問。「別吵，」那女人說。「我們會帶你到城裡去。」「眞的太謝謝你了，佛祖會保佑你的！」那孩子叫道。「我們什麼時候走？」「等你換好衣服就走。」「那暗香呢？」木蘭問。暗香就是這幾天和她關在同一間牢房的另一個女孩。「還沒人來找她。這是她爹娘的事。」「我可以帶她走嗎？」木蘭問。「只要你家的人願意爲她付錢就行，」那女人說。木蘭跑回門邊，朝裡面大喊，「暗香，我會叫我爹娘來接你的。」但是她被強行拉開了。「誰叫你去管別人閒事的？」女人聲色俱厲地罵道。那個女人這會兒堅持要幫她梳頭編辮子，辮子底下紮了一根粉色的新頭繩，還往她頭上倒了氣味很重的茶油。她還想在木蘭臉上抹胭脂，但木蘭不肯，說她從來沒用過胭脂，讓那個女人很惱火。

一個男人端上來幾碗紅棗黑糖粥，給了木蘭一碗。這些混幫派的人都很迷信，要送走一個人質之前一定要有個儀式。孩子回去的時候一定要打扮得漂漂亮亮的，每件事都要顯得吉祥喜氣才行。

木蘭迫不及待要出發，她說自己不餓，但還是嚐了幾口粥。「我要回家了，我不餓，」她說。「我可以把這碗粥給暗香嗎？」

女人看了看那孩子，又看了看那碗好粥，然後自己把粥端進去給暗香。「你今兒個走運了！」木蘭聽見她大聲地說。

接下來他們要舉行一個儀式。一個男人點了三炷香，向神龕拜了三次，然後他走出大廳進了後院，面向東南，手裡拿著香，又向天地拜了三次。「說你會給我們帶福氣來吧！」儀式結束準備要走的時候，他們這樣對木蘭說。「我會給你們帶福氣來的，老天爺會保佑你們，你們會長命百歲的，」那孩子說。「就是這樣！」女人大喜，喊道。他們上了小溪上的一條小船。木蘭還聽得見屋裡暗香痛哭的聲音，深深地爲她感到難過。

他們沿著小溪划向大運河，接近了一艘大運河船，船艙上掛著一面紅旗。木蘭識字，看出這艘船是屬於北京某個官員的，旗幟上一個大大的「曾」字，這就是他的姓氏了。

那艘船的船頭坐著一個女人，一臉焦急地望著木蘭的船，她身邊有幾個男孩，既好奇又害怕地盯著這裡看。木蘭目不轉睛地看著她，不知道該怎麼跟她打招呼，也不知道見面時該怎麼做。她看見自己要見的人並不是父母，感到非常失望。那個女人是爹娘的朋友嗎？她很清楚自己以前沒見過這個人。

木蘭被帶上大船，她發著抖，滿臉通紅，一半是興奮，一半是害怕。那女人伸出手來。她看起來很和藹，很有教養，像個慈母。木蘭本能地喜歡她。「我親愛的孩子啊，你一定吃了不少苦，」曾夫人一面說著，一面把她摟進懷裡。木蘭哭了出來。她知道這是一個慈愛女人的懷抱，就跟她自己的母親一樣。這時，發生了一件怪事。一個神情嚴肅的中年紳士走上前來。他高額頭，戴眼鏡，留著一撮小鬍子。他裡頭穿著一件白色睡衫，上身是一件淡藍色緞子坎肩，手裡拿著水煙筒。他站在那兒，腳上只有白布襪子，因爲在這樣的船上，雖然女人們還是穿鞋，但男人們都是脫了鞋的，免得弄髒了船艙裡擦得發亮的漆地板。這位紳士帶著令人放心的微笑向木蘭走來。曾夫人說，「這是曾老爺。他也不知道你認不認識他。」木蘭一臉茫然，既說不出「認識」，也說不出「不認識」，只好按常理行了一禮，用顫抖的聲音小聲說：「曾老爺萬福！給您請安了！」「你是姚家的人，對嗎？」曾先生問。「是的，老爺。」木蘭覺得這聲音好像在什麼地方聽過。「你家在北京哪兒？」他問。「東四牌樓馬大人胡同。」「叫木蘭的是你，還是你妹妹？」「我叫木蘭。我妹妹叫莫愁，」那孩子回答。曾先生從袖筒裡慢慢拿出一個用手帕包著的小包包，打開時臉上帶著古怪的微笑。他手掌中攤開的手帕上放著兩小塊看上去有點發霉的老骨頭，每塊寬約一寸，長八到十寸。這兩塊骨頭看起來毫不起眼，就是那種誰都可能在舊花園或廢墟地上撿到的古老獸骨。「這是什麼？」曾先生問。木蘭眼睛一亮，說：「這不是刻著古代文字的甲骨嗎？」「是你沒錯了！她就是姚木蘭，世界上唯一認識這些老骨頭的女孩！」曾先生興奮地喊道，他的聲音不但嚇著了木蘭，連他的妻兒們也吃了一驚。木蘭既困惑又尷尬。突然間她想起來了，他就是有一天她和父親在隆福寺廟會上碰到的人，那時他們正在挑選一些上頭刻了字的骨頭。「您是曾老爺！」她喊出來。「您來過我們家！」「你一直以為我在收集什麼稀世珍寶，」曾老爺對妻子說。「今天我可幫你找到了一件眞正的寶物。就是她，」他指著木蘭。曾夫人好像從來沒見過自己的丈夫這麼興奮、這麼輕鬆、這麼沒架子。在光緒二十六年當時，木蘭確實可能是唯一一個知道這些刻字骨頭的女孩，這些甲骨的歷史可以追溯到公元前十八世紀。這些骨頭，包括上面刻著的中國最早期文字樣本，現在已經因為它們的重要性而廣為人知，然而在它們剛剛從河南古殷墟遺址一條侵蝕河岸出土的時候，只有少數收藏家對這些東西感興趣。木蘭的父親就是其中之一，有一天她陪著父親出門，遇到了曾先生，兩人於是攀談起來。木蘭的父親很為自己的孩子驕傲，還談到了木蘭，說她有多麼喜歡這些東西，因為這些東西太古老了。兩人在廟會上再次見面後，姚先生還請曾先生去他的書房賞玩他的收藏，木蘭也再次被父親叫去，坐在他們旁邊當陪客。如今救下了木蘭，曾先生算是為他這位姓姚的朋友幫了一個忙，一方面他知道她父親有多麼看重她，另一方面他自己也被這個活潑聰明的孩子迷住了。他對自己今天做的事自豪得不得了。

拳民女首領和她的男同伴站在那裡，目睹了這令人困惑的一幕。曾先生走進船尾的船艙，拿著銀子和秤出來。他秤了一百兩，把銀子包好，交給了那個男人。「這是賞金。你們可以走了。」那對男女拿了錢，回到他們的小船上，划著走了。木蘭想說另一個女孩暗香的事，但又害怕。後來她還是說了，但曾先生並不認爲這是他該管的事。

男孩們站在一邊，非常好奇地看著木蘭，他們既驚異又羡慕，但不敢跟她說話。母親轉過身，牽起木蘭的手，一個一個介紹她的兒子。「這是平亞，我的大兒子。這是襟亞，二兒子。還有這是蓀亞，老三。你幾歲啊，木蘭？」木蘭說十歲。平亞是十六歲，襟亞十三歲，蓀亞十一歲。

平亞彬彬有禮，襟亞喜怒不形於色。蓀亞是個胖胖的男孩，笑得很燦爛，眼睛閃閃發光。木蘭很害羞。後來她才發現，這個直率又調皮的胖男孩可眞是夠她受的。

如今最初的困惑已經消散，木蘭知道自己身邊都是朋友，她深吸了一口氣，問道，「我爹娘在哪裡？」「他們不在這兒，一定走在前頭了，我們會跟他們聯繫上的。這段時間你就跟我們待在一起吧。」「你們也在趕路嗎？你們要去哪裡？」「我們要去泰安，我們老家在那兒。」「您見過我爹娘嗎？」「沒有。我們連你們要去南方都不知道。」「那你們是怎麼知道我跟父母失散，又是怎麼找到我的呢？」「進來吃點東西，我會告訴你的。」曾夫人三十歲上下，五官秀麗，身材嬌小，和比她大十歲的高大丈夫形成了鮮明對比。她出身山東的一個官宦之家，這個家族在北京已經住了好幾代，就像所有的書香世家或官家小姐一樣，她也能讀能寫。她是曾先生的第二任妻子，第一任妻子在生下平亞之後不久去世，她對平亞視如己出。這些事情對於一個有教養、完全清楚一個好妻子該做什麼的女性來說並不困難。因爲曾夫人那文靜不張揚的行事方式，讓她顯得沉穩而莊重。曾夫人在一個上流家庭長大，有著中國女性的大器，她端莊、有序、對下人慷慨、善於處理家庭事務，知道什麼時候該堅持立場，更重要的是，知道什麼時候該讓步，什麼事情應該不計較或忽視。在管理家庭和馭夫時，有些事睜隻眼閉隻眼和明察秋毫一樣重要。至於其他方面，曾夫人長得清秀小巧，有點神經質，再加上她體質虛弱，便容易生各式各樣的病。即使在這個季節，她的皮膚還是白得出奇，看起來既年輕又漂亮。

眼前她第一個關心的是木蘭。「你先去梳洗，我馬上給你找件衣服換，」曾夫人說。

一個女孩送來一盆水和一條毛巾，木蘭洗過了臉，曾夫人便端了一碗大肉麵給她。木蘭禮貌地說自己不餓，但她其實餓極了。曾夫人堅持要她吃一點，說離午飯時間還久著。這是她這麼多天下來吃的第一頓乾淨美味的食物，她這輩子從來沒吃過這麼好吃的東西。女人負責關注的瑣碎小事竟是如此重要。

但木蘭是個心思細密的女孩。雖然她很餓，湯也好喝極了，但她還是慢慢地吃著，怕被人笑話。曾夫人坐在桌邊，男孩們站得遠遠的。「好吃嗎？」她吃完之後，曾夫人問道。「太好吃了，謝謝您。現在跟我說說我爹娘的事吧，我什麼時候可以見到他們？」「這我眞不知道，」曾夫人說。「我們也沒見著他們。」「那你們是怎麼找到我的呢？」「是我找到你的，對吧？」曾先生得意地說。幾個男孩見父親心情這麼好，都很高興。「既然這孩子問了，你就好好告訴她吧，」他妻子說。「我親愛的孩子，」她對木蘭說，「我們爲了找你，花了四五天時間呢。」

＊＊＊

曾先生有理由自豪。找木蘭這件事雖不算難，他卻做得極漂亮。一個人成功出色地完成了某件事，這種普通的愉快雖然他也有，但找到的是這麼個十歲就能鑑賞古物的孩子，就讓他更加情緒高漲了。

曾家夫婦當時正在返鄉的路上，他們的老家在山東泰山山腳下。他們五個星期前離開北京，在天津耽擱了將近三個星期。當他們到了滄州南方大運河邊的一個村莊時，曾先生上了岸。在某家茶館裡，他看見牆上有一張手寫的黃紙招貼，招貼上寫著的姓名地址吸引了他的注意。馮二爺，也就是木蘭的舅舅，選擇沿著河岸走陸路去德州，這樣他就能隨時停下來蒐集失蹤女孩的所有線索，他還在每一個渡船頭和村莊的茶館裡都貼了尋人啓事。

重金懸賞走失女童走失——女童一名，姓姚名木蘭，十歲，白衣紅褲，眉清目秀，黑髮，梳辮，天足；臉小膚白，身高三尺；純正京腔。於辛中驛至河間府之間失散。如有仁人君子告知下落者酬銀五十兩，親自送回者酬銀一百兩。蒼大爲證，絕不食言。

姚思安　北京馬大人胡同

杭州三眼井雙龍茶行

（臨時地址：德州長發客棧）

曾先生讀了啓事，不禁驚呼：「這是老友姚惠才和他的小女兒啊！」街道地址無誤，而且他也聽說過姚先生在杭州有幾家藥房和茶行。這個女孩不同尋常的名字更是錯不了。他回到船上，和妻子說了這件事，還告訴她這孩子有多麼冰雪聰明。曾夫人說，說起來他們自己眞是幸運，在天津度過了騷亂最厲害的那段時間，而且全家人都安然無恙。

因爲德州在山東，曾先生自己就是山東本地人，所以他有個簡單的辦法可以找這孩子。此外他還有一個優勢，就是他是北京來的官員，如有必要，他可以對地方政府施壓。他知道運河上的青幫在綁架和偷搶拐騙這些事情上有套完整的系統。要是有人丟了一只錶，只要找對了門路，他可以在五分鐘之內把錶找回來。山東土匪和山西票號一樣組織嚴密，早年山西票號只要有這些土匪北京辦事處簽發、上頭有印信和簽名的安全通行證，就可以安全地讓裝滿銀子的鏢車通過土匪盤據的山區，一路上的土匪都會認可這些簽名。和官府不同的是，土匪的原則是一批貨絕不收兩次買路錢，他們說過的話是算數的。

現在，要是這個女孩被黑幫綁架了，她肯定會被送到運河上，而且很可能被送往南方，年輕女孩在那裡可以賣得高價。德州是黑幫活動的主要中心。

他們一到德州，曾先生就直接去了長發客棧，希望能在那兒見到他的朋友姚先生。客棧老闆告訴他，姚家一行人六七天前就走了，但他們留下了二十兩現銀和一張城裡票號開的兌條，只要找到了孩子，證明身分之後即可支付。他還在票號裡留下了一張全家福照片。

接著，曾先生去了一家酒樓，悄悄地讓掌櫃的看了自己的名片，並且告訴他他想做什麼。很快的，那人就把幫派裡的一個人帶來見他。曾先生半威脅半利誘，讓這人把他帶到幫派的一個小頭頭家裡，然後把孩子的姓名、地址和特徵告訴了這個人。「要是你幾天之內不把她帶來，」曾先生說，「我就告訴官府，讓他們把你當拳民抓起來。」那男人辯解說，他也看到了告示，但根本不知道孩子的下落，也不知道她是不是被他們那夥人綁走的。他答應去查查看，只要聽到消息，就會來跟官老爺報告。曾先生說麻煩他了，一旦事成，必有重賞。

曾先生一連兩天去了那家酒樓，一無所獲，但他不肯放棄。

第三天，確切的消息來了，說木蘭在德州附近。

剩下的事就簡單了。他給了那人五兩銀子，答應女孩送回之後再給他一百兩。那人猶豫了一下，但轉念一想，覺得這回能不惹麻煩地脫身已經很幸運，要是能再拿一百兩，那可眞是謝天謝地了，雖然也不過就是告示上寫的價碼。

＊＊＊

對木蘭來說，這些情節聽起來就像一則奇聞軼事，只是故事裡的悲情女主角就是自己。當曾夫人在丈夫不時的糾正下敘述這件事的時候，一位個頭高高的、身材匀稱豐滿的年輕女子從岸邊上了船，還帶著一個大約六歲的孩子。她一對金蓮極爲纖小，裹得齊齊整整，但整個人站得筆挺。身上穿著一件紫羅蘭色衫子，湖綠色寬滾邊，下身不穿裙，只穿了一條綠褲子，褲子上綴著寬幅黑色橫向卍字紋，底下露出一雙三寸半長的紅色弓鞋，繡工精緻，腳踝上是白色的腳帶。

有一雙裹得好、形狀漂亮、樣子小巧的腳是很讓人喜歡的，因爲大部份的小腳在比例和角度上都有點缺陷。除了線條的完美和均衡，小腳最重要的是要「正」，這麼一來，這雙腳就爲女人的身體打造了一個完美的基座。這個女子的腳便近乎完美，小、正、潔、潤、軟，從足跟往腳尖成錐形逐漸收攏，不像許多尋常的小腳那樣扁平。當木蘭從船尾那扇門裡第一次看見那雙紅繡鞋時，她的心便怦怦直跳，因爲她一直很羨慕別人有這樣的一對小腳。她母親曾經想開始給她裹腳，但她的父親讀了梁啓超的《天足論》，被當時在北京和中國其他地方掀起熱潮的新改革思想吸引，強烈反對纏足。這是當時由於接觸西方思想而出現的一個影響個人生活的時代問題。木蘭聽從了父親的話，但她心裡卻不這麼想。

這個年輕女子桂姐，恰好就是個美到極致的例子。當然不只是小腳；她的整個體態都極美，就像一尊立在均衡基座上的優雅雕像。她那雙周正的小腳細緻卻堅定地支撐著她的身體，所以不管在什麼時候，身體的線條都是完美的。弓鞋的效果主要在於女性行走時不可或缺的那對高跟，這和西方的高跟鞋效用是一樣的，它改變了行走的步態，使臀部向後突出，一個女人穿上了弓鞋，幾乎除了挺直之外擺不出其他姿勢，更不可能像穿著低跟鞋那樣邋邋遢遢地走路。桂姐個子相當高，頭和頸子的線條都很好看，這線條順著身體弧度漸漸往外擴張，到腰部以下又收束起來，配上那條圓鼓鼓的、周到地平衡了下身的褲子，最後以弓鞋那微微上翹的兩個尖尖作結——就像一只比例完美的花瓶，可以讓人欣賞好幾天，感受那份完美，卻又說不出爲什麼完美。如果是一雙沒纏過的大腳，就會把這種線條的均衡感破壞殆盡。

這就是木蘭初見桂姐時對美感受到的短暫印象。身爲一個女孩，當時她本能地倒吸了一口氣。後來她才發現，當桂姐開口說話或微笑的時候，她的嘴顯得稍微大了一點，這算是個缺點。她的聲音也是天生就既響亮又清楚。

桂姐是曾先生的姨太太。從丫鬟升格爲姨太太之前，這個家裡的人喊她「桂姐」，現在身爲姨太太，照理孩子們應該稱呼她「姨媽」或「姨娘」，但有些孩子還是喊她桂姐，她也不介意。家裡的傭人只好稱她「姨娘」或者「錢姨娘」，因爲錢是她的娘家姓。她原本是曾夫人娘家的丫鬟，陪嫁過來後，也成了曾家的一份子。因爲曾夫人生了兩個兒子之後就常生病，加上桂姐向來百依百順，把她升格爲姨太太也是再自然不過的事。這並沒有讓她們的關係產生任何改變，因爲對這位妻子來說，她永遠都是丫鬟。桂姐二十一歲時曾先生病了一場，曾夫人又害貧血胃痛，在老爺生病期間，桂姐必須擔起照護的角色，伺候他坐臥，爲他洗身，更換貼身衣物。二十一歲的桂姐對這些過度親密的工作感到很害羞，這樣的事在中國姑娘的觀念裡，是要留給婚後自己侍奉終身那個男人的。這條界線必須嚴守，只有在那個她要「託付」的男人做出明確的安排之後才能打破。於是妻子提議，等丈夫病癒之後，就讓桂姐收房。這麼一來，桂姐照顧起老爺就方便了，老爺也很滿意。他康復之後，他們擺酒設宴，招待親朋好友，大廳的祖宗牌位前紅燭高照，曾夫人非常高興。

如今桂姐既是曾夫人的女伴兼總管，又是她丈夫的侍妾。一個女人竟然可以同時勝任這麼多大有用處卻又截然不同的角色！

妻子就像一朵花，究竟是更加美麗高貴或者美感盡毀全看插在什麼樣的花瓶裡。曾夫人覺得這是個莊重識大體的安排，也完全不覺得地位受威脅，因爲她是個有教養的女人，對自己的優勢很有把握。她能讀會寫，而桂姐不識字，妻和妾的區別是由某種地位和人品感維護的。妻子可以穿裙，妾只能穿褲。

桂姐明白自己的本分，不敢對曾夫人的位置有非分之想，也不想拿別人對姨娘的尊重開玩笑。她原本是個下人，能有這樣的地位已經太高興了，一點也沒有再往高枝上攀的念頭。

整件事情都很體面正派，因爲做得光明正大。納妾這件事的困難不在於個人，而在社會；不在於丈夫怎麼看待這件事，而在於妻子怎麼看待這件事，還有那位姨太太怎麼看待自己，最重要的是，這個社會怎麼看待他們。

端著人家家裡的飯碗，就要做對這家人有用的事，這麼一來人就有了尊嚴，桂姐就覺得自己在很多方面都是很有用的人。

她也生了兩個女兒，一個叫愛蓮，今年六歲，另外一個寶寶才剛滿六個月。她就跟所有身兼妻子和母親兩種身分的女人一樣，整天忙著料理家務，照顧孩子。但有一點不太一樣：她在吃飯時必須站著伺候女主人和家人，而她自己的孩子是可以上桌的。這種情況並不罕見，因爲在以前的官宦大家族裡，身爲兒媳婦，即使不是妾，又是世家小姐出身，爲了強調自己乖順盡孝，按慣例也得伺候公婆用餐，虛應故事一番。桂姐雖不必嚴守這條規矩，但吃飯時她通常都坐在桌邊，等別人吃完之後才吃。有時候有其他傭人在，不需要她服侍，夫人就會命她坐下。然後她就會拉來一張凳子，斜坐在愛蓮身後，忙著給孩子餵飯，這樣她就不用眞的吃東西了。這首先是爲了表示她懂得規矩，其次是爲了讓自己隨時幫得上忙，第三是爲了顯示她不貪吃。女主人要是說：「你自己也得吃點，飯後你還有別的事要忙呢。」那麼桂姐就會吃個一兩口，接著又開始給孩子餵湯，看他們是不是一個個都吃飽了。等到家裡其他人都快吃完了，她才開始吃盤子裡的剩菜殘羹。也許是她早年當丫鬟的訓練讓她習慣了這麼做；但無論是因爲餐桌禮儀還是想保持苗條，女人總是懂得如何在餐桌上控制自己，沒有哪一個母親在餵孩子的時候是需要吃飯的。俗話說得好：「看著孩子吃，娘就覺得飽。」

＊＊＊

當桂姐從那條從船尾通到主艙中央、只有兩尺寬的狹小走廊款款而來時，木蘭一直望著她。這些運河船的構造是這樣的：只有一兩個小艙房是隔開的，每間房大約十尺深、四五尺寬，從船的中艙分出來，另一邊有一條窄窄的通道。桂姐一面走，一面用渾厚的聲音響亮地問：「姚小姐到了嗎？」「來見見她，」曾夫人回答。「已經來了半個鐘點了。」木蘭注意到，桂姐穿過通道走來的時候，是需要微微低頭的。她進了主艙，臉上露出好奇的神情。「這就是姚小姐嗎？多漂亮的孩子啊！怪不得老爺那麼急著找你，整整三天三夜沒合眼呢。」她走到木蘭身邊，把一雙肥白的手搭在她肩上，說：「你現在在這兒了，這裡是我們家。想要什麼，一定要告訴我。」「這孩子還不知道你是誰呢，」夫人說。「木蘭，這位是錢姨娘。」「叫我桂姐就好，小姐。」「那也使得，」曾夫人說，「但是你也不必喊她姚小姐了，就喊她木蘭吧。」「木蘭，你有個小妹妹了。她叫愛蓮。」桂姐說。她轉過身找愛蓮，愛蓮躲在艙門外，正往裡偷看呢。她非常害羞，不敢上前，幾乎是被她的母親拖著去見木蘭的。「這是木蘭姐姐，」她對愛蓮說。那個六歲的小女孩笑著把臉藏在媽媽的衣服裡。這時桂姐仔細端詳了木蘭，打開一個紙包。「找到適合的衣服了嗎？」曾夫人問。這個家裡沒有木蘭這個年紀的女孩，所以她要桂姐到店鋪裡去找找有沒有現成的衣服。「我跑了好幾家店呢，」桂姐一邊打開紙包，一邊說，「但是那些衣服料子都太便宜，又難找到她的尺寸。這套是我能找到最好的了。」那是一套鄉下姑娘的棉布衣衫，鴨蛋青色，大了兩個尺碼。木蘭穿上之後，看起來很滑稽。「爲什麼不試試蓀亞的舊衣服呢？」桂姐說。「他和她一般高，而且這個年紀，男孩和女孩的差別也不大。」於是桂姐找來一套蓀亞的舊衣，是用華麗的厚紡綢做的，但經過一次次的洗滌，色澤已經暗淡柔和了不少，從原來的淡綠色變成了奶油色。經過一番勸說，木蘭試穿了那套衣服，男孩們都在一旁看著，她害羞得不得了。那衣服長度還算可以，但寬度對她的小身板來說還是太大，領口也鬆了一寸。看上去怪模怪樣的，男孩們都笑了起來，木蘭簡直快羞死了。

然後桌子擺好，眾人吃午飯，木蘭坐在曾夫人身邊。

下午，曾先生帶著木蘭去了票號，跟那裡的人說孩子已經找到了。票號的人願意把曾先生墊付的錢還給他，但曾先生說不急，等到和孩子的父母聯繫上再說。他在票號寫了一封信，還叫木蘭親筆寫了幾句。信裡告訴她的父母，木蘭會住在泰安曾家等他們來接，一切不必擔心。這封信會由往返各地的客棧信差送到票號在杭州的分號，然後再轉送到姚家在杭州的茶行。

於是，曾家一行人第二天就出發準備回老家。木蘭很快樂，男孩們和小愛蓮都是她的玩伴，桂姐和曾夫人又是通情達理的長輩，不但親切和藹，而且都非常疼愛她。桂姐儘管家務繁忙，又忙著照顧孩子，在炎熱的八月天裡，還是在兩天內就買了一塊山東府綢，給木蘭裁了一套新衣服。孩子們要求木蘭把和義和團在一起時的經歷說給他們聽，蓀亞聽得瞪大了眼睛，認爲木蘭這個女孩簡直太勇敢了。

在木蘭失而復得那一陣興奮過去之後，曾先生又恢復了他莊重嚴肅的樣子。木蘭很怕他，但木蘭卻從來沒怕過自己的父親。

第四章　結拜

他們在東阿離開運河上岸，改乘轎子，直接向東往泰安去。中秋夜木蘭在東平湖賞月，度過了一個令人陶醉的夜晚。隔天下午三點左右，他們便抵達了泰安的曾府。曾先生這方先行派出兩個男僕走在前面，通報他們到了的消息，連知府和知縣都親自到西門迎接。在街頭玩鬧的打赤膊小男孩在城門口把他們團團圍住，仔細端詳，大聲宣布「北京來了個大官」這個轟動的事件。木蘭也沾了光。直到曾家一家人回到故鄉這一刻，她才意識到這個家族有多顯赫，感覺到身在一個官宦之家有多好。因為雖然木蘭家很富裕，人脈也廣，但她的父祖輩卻從未當過官。

曾府在東門附近，接近城牆邊。雖然宏偉程度不能和某些北京大官的宅邸相比，但也設計精巧，建築堅固。房子正門前兩側是長長的白牆，照例擺了一對石獅子，門內一張四扇綠漆木屏風遮斷了外來的視線。迷人的小花園中間鋪著一條石頭路，蜿蜒通向第一進的正廳，廳裡的大樑漆成紅綠兩色。木蘭才走到屏風後頭，便聞到一股馥郁花香，抬頭只見兩株美麗的桂花正當盛放。她突然有種奇怪的感覺，覺得自己是屬於這裡的。這兒如此溫馨，如此自在。敞開的正廳中央站著一位衣著講究的矮個兒老太太，她拄著一根紅漆手杖，頭上戴著黑色抹額，抹額兩端往鬢邊下斜，當中鑲著一塊碧玉。這位便是老奶奶了。曾先生趕緊三步併兩步走上台階，深深地彎下腰，行了一個正式的大禮。「唉呀！我可擔心死了。」她帶著鄉下女人特有的好記性說：「自從七月八日接到你們要來的消息，我天天都在等，這會兒已經等了一個月零九天了。」女眷們都上前去給老奶奶請安。剛出生不久的小孫女第一個被送上去讓老奶奶細看。老祖母說這孩子雖然是個姑娘，但長得很漂亮，桂姐相當自豪。

老太太非常興奮。孩子們都回來了，她的精神也跟著好起來。她說孩子們都長大了，尤其是平亞，說著又把胖胖的蓀亞摟到懷裡。她說她沒想到桂姐會變成這麼漂亮的一個年輕母親，還提到不久之前，她還是個蒼白瘦小的丫頭呢。

老太太一直在說話，每個人都洗耳恭聽，急著想知道她說了什麼。一方面因爲她是這個家的一家之主，另一方面是因爲她是女人，家族團圓這種事是女人的天生專利，沒有男人置喙的餘地。曾先生和其他人一起恭恭敬敬地站著，不過他向老太太介紹了木蘭，簡單說了她是一位朋友的女兒，在路上走散了。木蘭被帶到老奶奶面前，奶奶打量著她，說：「眞是個標緻孩子，瞧這眉眼，準能成咱們曾家的好媳婦！」「只要老祖宗願意作媒就成。」桂姐說。大家都笑了，木蘭尷尬得連眼睛都不敢抬起來。「明兒個我應該派人接曼娘過來，」老奶奶又說。「她應該會跟木蘭玩得很好。她也長大了很多啊，半個月前她還只到這裡呢……你們看看，再過個幾年，我就要當曾奶奶啦，」她說。大家都看著平亞笑，這回輪到他尷尬了。曼娘是曾家孩子的表妹，是老祖母一個姪子的女兒，和老太太同樣姓孫。曼娘的父親是個書生，家境貧寒，但曼娘長得清秀，行爲舉止也好，老太太很喜歡，早就決定讓她嫁給長孫平亞。儘管嚴格來說她並不算是「童養媳」，但只要曾家要她過來，她家那邊也有空閒的時候，她就常過來曾家小住。曾家是泰安城裡最顯赫的家族，房子和花園華麗又寬敞，曼娘也很願意在這裡多住幾天，她就這樣和表兄弟們一起親密地長大。

蓀亞捏了捏木蘭的手，領著她往第二進的堂屋去，他們穿過一個大石頭庭院，鋪地的大石頭全是附近的山上鑿下來的，因為年代久遠，如今已經磨得十分光滑。木蘭見這第二進的大廳比第一進更宏偉，但構造簡單樸拙，全用巨大木料建成，和第一座正廳的華麗裝飾形成鮮明對比。

他們轉向西邊，穿過一條有頂蓋的走廊，走廊緊鄰內院，北邊又有幾間房，木蘭看得眼花繚亂，興奮不已。走廊盡頭有一扇朝西的門，通向一座花園，裡面種著大片梨樹和幾株極老的古柏。越過屋頂和城牆遠眺，便能看見那座聖山。「那就是泰山！」蓀亞說。「那就是？——那麼小？」木蘭問。「你怎麼能說『那麼小』？那可是孔老夫子登過的泰山哪！」木蘭見蓀亞一副受了傷的樣子，連忙說：「我意思是它遠遠的所以看起來小，就跟北京的西山一樣。當然，我想當一個人走近看的時候，會大得多。」「哦，你等著看吧。我們的山比西山大多了。你在泰山頂上看得見海，西山上可看不見。」「可是你也沒見過我們的西山啊。」木蘭的父親在西山有一座鄉間別莊，木蘭覺得自己有責任捍衛它們的名聲。但是她又加上一句：「哪一天我們能去看看你的山嗎？」「我問問我爹，」蓀亞說，顯然不那麼氣了。「你自己去看了就知道了。」他們的第一次爭吵就這樣平和地結束了。蓀亞爬上他最喜歡的那棵梨樹，木蘭在底下看著他，心裡好生羨慕。她覺得這眞是個美妙的地方。他們一直待在那裡，直到一個僕人來叫他們。

＊＊＊

第二天，曼娘來了。

曼娘是個純樸的小家碧玉。在她父親儒家思想的薰陶下，她接受了完整的傳統女子教育。傳統教育不只是書本上的知識，那只是其中的一小部份。傳統教育指的是關於禮儀和得體行爲的知識，體現在婦女訓練的四個方面：「婦德，婦言，婦容，婦功」。這代表了有教養、受過良好教育的女性牢不可破、不容挑戰的傳統；爲了做到這一點，閨閣時期是個重要的準備期，這是古代的女孩們，尤其是識字的女孩們衷心接受並渴望達成的傳統。她們有一套理想、明確、清晰、體系完善、由著名的賢妻良母親身實踐過的先例，有明確合宜的行爲準則和禮儀規範。禮儀也許是當中最重要的，因爲一個好女人不可能禮儀不好，一個禮儀良好的女人也幾乎不可能是壞女人。「婦德」指的是要勤勞節儉，溫柔順從，與所有親戚和睦相處；「婦容」指的是外表要整潔有序；「婦言」是言語溫和不僭越，不搬弄是非，不向丈夫抱怨他的兄弟姊妹；「婦功」主要有廚藝精湛、縫紉齊整、繡工精緻，要是她生在書香世家，有人教她識字，那麼她也能讀會寫，也可以接觸一點詩，但要能維持在不分散她思想和感官注意力的程度，另外再學一點歷史，如果可能的話，學點繪畫。當然，這些學術上的東西沒有一樣能壓過成爲完美淑女的追求，這些學習只被當成是把生活規則理解得更清楚的某種幫助，除此之外，都不要太認眞投入。文學就只是一種奢侈的消遣，不過爲女性的德行略加點綴而已。還有一些人堅持要求女人不嫉妒，妻子心胸是否寬大就是她賢不賢德的檢驗標準。擁有這樣一個「賢良妻子」的丈夫通常都對她們心懷感激，覺得和朋友們比起來自己眞是太幸運了。貞潔對女孩來說自然是神聖不可侵犯的，儘管她們並不指望男人也有相應的堅持。一般來說，這種貞潔的理想狀態，十分之九以上待字閨中的女孩都是嚴格遵守，在某些階層中說不定是百分之百，而在富裕家庭的女僕裡，這個理想狀態的比例可能會低到十分之四。貞潔是一種熱烈的愛；女孩們從小被教導，要把它當成一種神聖的財產，要認爲自己的身體幾乎是男人碰不得的，就像俗語所謂「守身如玉」。性的理想主義在女孩青春期的信仰中扮演著重要角色，對她保持貞潔的願望也有直接影響。一個女孩爲了迎接自己未來的配偶所做的種種準備，簡直艱苦卓絕到能讓她發出性的光芒。

曼娘就是這種古式女子的絕佳例子，以致於到了後來，在共和國剛成立的頭幾年，她就像一件稀有的古董，像一幅從古書中突然跳出來的畫。她就是顯然無法也不會在現代社會苟活的那種人。曼娘的美，美在她的睫毛，她的微笑，她整齊的貝齒和甜美的相貌。木蘭第一次見到她時，她十四歲，已經纏足了。雖然木蘭生性活潑，但她很欣賞曼娘的嫻靜溫柔。她們在內院睡同一個房間，沒過幾天，曼娘就像木蘭的姐姐一樣了。

這是木蘭建立的第一段眞正的友誼，她越瞭解曼娘，就越敬愛她。木蘭雖然能付出許多的愛，但除了對妹妹莫愁和自己的父母之外，她從來沒有這樣毫無保留地愛過一個人。

曾先生抱怨拳亂爆發以來，孩子們的課業都荒廢了，於是他請來一位老學究，每天上下午都給孩子們上課。這位老塾師姓方，六十歲，娶過親但膝下無子，他住在東院外的一個房間，就在課堂旁邊。他後腦杓掛著一根小辮子，戴著眼鏡，不苟言笑，好像一點也不喜歡孩子，雖然他跟女孩們說話總是溫言軟語的。吃過早飯就開始上課，女孩子大約十一點鐘下課，男孩子要繼續上到午飯時間。男孩和女孩一起讀《詩經》、《五教》，後者是一部關於正確生活、學校紀律、子女孝道以及學習方法的書，女孩自然表現得比男孩好，除了平亞之外，他背書一向背得不錯。女孩們幾乎都是先背的，老塾師一開始心情總是很好，但隨著時間慢慢過去，情緒也越來越糟。

要是有誰背書背得結結巴巴，所有的孩子都會合謀欺騙老塾師，幫那個背不好書的人一點忙。背書的方式是：學生走到老師桌邊，交出自己的書，轉身背對老師，然後開始背誦，要盡可能背得流利，背的時候整個身體左右搖晃，讓左右腿輪流支撐身體重量。這麼一來，老師的視線總有一邊是被遮住的，這個學生就有充分的機會得到其他人的幫助，底下的人會小聲提示他，不然就是把書轉過來讓他看。

曼娘背書常常弄混，不然就是漏句。她膽子小，又沒有木蘭那樣的好記性。再說，這還是在她未來丈夫的面前背的。然而當平亞想幫她的時候，她卻越發尷尬。其實她更在意自己在他面前表現得是不是夠好，老師的讚許倒是其次了。

木蘭在背書上很少遇到困難，所以到了夜裡，當兩個女孩躺在同一張床上，木蘭還問著曼娘關於纏足的事時，曼娘會突然問她接下來哪一句書是什麼，接著兩個人便熱烈討論起《詩經》中那些老塾師拒絕解釋的段落，像是「求我庶士，迨其吉兮」、「窈窕淑女，寤寐求之」、「有子七人，莫慰母心」等等。老塾師把這本《詩經》當成神聖的經書，只要求死記硬背。襟亞爲了讓女孩子們尷尬，還故意問老師，爲什麼這位母親已經有七個兒子了，還「不安於室」呢？老塾師當場訓了他一頓，說這首詩是在諷刺大臣的不忠。

曼娘在家塾裡顯得既興奮又不自在。當老塾師離開這兒回房去，孩子們原本該溫習新課文或練字的時候，男孩們總會說些逗她臉紅的話。十一點左右她和木蘭一起離開課堂時總是很高興。女孩們上課的時間要短一些，因爲老太太堅持姑娘家不應該念太多書，要是懂得太多，心思就不單純了，而且她們還有很多針線活要做。所以這時曼娘和木蘭就會到內院去，在曾夫人或老太太房裡做針線。她們在那裡工作的時候，就會聽見家裡發生的一切大小事。

曼娘很高興，她覺得這才是女孩兒家該做的事。但木蘭喜歡刺繡是因爲她喜歡顏色，絲線各種微妙鮮豔的色彩非常吸引她。她喜歡各式各樣的顏色——彩虹、夕照、雲彩、碧玉和寶石、鸚鵡、雨後的花朵、黃熟的玉米。她尤其喜歡琥珀半透明的色澤，經常往父親送她的三稜鏡裡窺看。稜鏡的彩色光譜對她來說，就像個無窮無盡的奧秘。

＊＊＊

一天，蓀亞偷偷從家塾溜出來，跑到母親房裡和女孩們待在一起。他母親問他爲什麼不上課，他說他肚子痛。「他還那麼小，」桂姐說，「不應該整天唸書。我就不懂爲什麼一個十一歲的孩子要弄得像是不把天下的書讀完不罷休的樣子。」「好姐姐，」蓀亞說，「你去跟爹爹說說好嗎？我通常這個時候就上完課了，坐在課堂上實在太無聊。大哥二哥念的《幼學瓊林》《孟子》我又不念。」桂姐笑著說：「你其實是想跟木蘭一起玩兒吧。」現在蓀亞非常喜歡木蘭，雖然木蘭並不特別喜歡他，因爲他太淘氣了。他看見木蘭正在繡一只小煙袋，就過來說我也想繡。木蘭不給他，他伸手一抓，繡線就從針眼裡滑脫了。「嘿！」木蘭說，「是你給弄脫了的，你得把線穿回去。」蓀亞試了又試，就是不成，女孩子們和他母親都笑了。「好嫂子，」蓀亞對曼娘說，「幫我穿一下嘛，就這一次。」因爲曼娘是平亞的未婚妻，所以襟亞和蓀亞經常喊她嫂子，藉此取笑她。「從沒見過男孩子像你們兄弟這樣的，」曼娘咬著牙恨恨地說。但她心裡其實是喜歡這個親暱的稱呼的，這稱呼定義了她在曾家的地位。「嫂子，就幫他一回吧，」木蘭說。這犯了個大錯，因爲木蘭其實和曾家沒有親戚關係。「你也來！」曼娘對木蘭說。「搞不好哪天我就眞的成了你大嫂呢。」「說不定眞會呢。怎見得她就成不了咱們曾家的媳婦了？」桂姐說。木蘭紅透了臉。現在這玩笑開到自己身上了，曼娘得意洋洋。她從蓀亞手裡接過針線，穿好之後還給木蘭。但蓀亞不肯罷手，又來搶煙袋，一定要自己試一試。木蘭噘著嘴，把針線丟向他。「這煙袋是給奶奶的，你會弄壞的。」一會兒之後，蓀亞放棄了。「這不是男孩子做的事兒，」桂姐說。「如果他想做點什麼的話，最好學學怎麼打絡子結流蘇。」這就是木蘭和蓀亞合作的開始。流蘇是很可愛的東西，色彩和繡線一樣多。有扇子用的流蘇、煙袋和水煙筒用的流蘇、床帘鉤用的流蘇，還有老太太們用一根繩子繫在右肩鈕扣上的那種繡花眼鏡套子用的流蘇。流蘇的顏色也是各色各樣，除了有深淺不一的綠色、粉色、藍色、紅色、黃色、橘色、白色、紫色和黑色的絲線可供搭配選擇之外，還有泛著金銀光澤的特殊絲線。在繡不同圖案的時候，通常會用比較精細的繡線，流蘇用的線要更結實、也更粗一點兒，所以孩子們操作起來會比較容易。木蘭和蓀亞學會了打各種不同的絡子，包括用繡線繞在特殊的金屬細線上。絡子有很多花樣，蝴蝶、梅花、雙喜、八寶（即法輪）、螺殼、傘、華蓋、蓮花、寶瓶、金魚，還有一種無始無終的盤長結。木蘭和蓀亞特別喜歡古錢，因爲又簡單又漂亮。它是用不同顏色的絲線繞出一枚銅錢的樣子，做出清楚的圖案來，也可以配色。然後絡子會繫上一個流蘇。每個人都會做一個送給曾夫人，好比比看誰做的最整齊，顏色配得最美。

曾夫人對蓀亞這個家裡最小的男孩不免有些溺愛。她看著這兩個孩子天眞地玩在一起，打絡子做流蘇的樣子，覺得木蘭肯定比兒子聰明。於是，她心裡出現了一個念頭，待木蘭變得特別慈愛，也多添了幾分關心。

吃過午飯，曼娘又拿起她的刺繡，曾夫人說：「曼娘，不要剛吃完飯就幹活兒，當心坐出病來。今兒寒露，去園子裡走走，帶著弟弟妹妹去看看仙鶴，把它們落下的羽毛收一收。你跟木蘭也好幾天沒去花園了。」

雖然花園四周都是高牆，但曼娘學到的規矩裡，其中一條就是：除非有其他人陪著，否則不進花園。因爲她父親告訴過她，幾乎所有中國戲曲和故事，都把女孩墮落或浪漫情節的開端和「後花園」連結在一起，她也不喜歡在男孩們在花園裡玩的時候去那裡，尤其是只有平亞一個人在的時候。「你想去嗎？」她對木蘭說。「你去我就去。」「去吧，木蘭，」曾夫人說。「把男孩子們也叫了一塊去吧。只是你們誰也不准再捉蛐蛐兒，就算捉了也不准帶進屋裡來。」因爲就在前一天，發生了一件讓曾先生生氣的事。

幾星期前，他才剛到家，就立刻把他的官服官帽穿戴齊整，趕著在土地公誕辰那天去拜神。這一天有時在秋分之前，有時在秋分之後，秋分是一年第八個月支中的一個節氣。俗話說，如果秋分落在土地公誕辰之前，這一年就有好收成，要是秋分來得晚，就要歉收。今年土地公誕辰來得非常晚，大家都歡天喜地。

祭拜結束之後，曾先生回到家裡，把他的官帽和官服收好。如果說曾家有什麼神聖的東西，那就是這套袍服了。孩子們是不准碰的。之前曾夫人都是親自照管，絕不假他人之手，因爲它們不但是權威和家庭地位的象徵，更是皇上御賜之物。這些東西連同正式朝靴和幾把上好的扇子，向來是收存在一個專用的櫥櫃裡，和祖父留下的這類遺物放在一起的，祖父當年也當過戶部侍郎。孩子們懷著敬畏和虔誠的心情看待這些東西，從來也沒想過要碰它們。

那日恰有一位欽差大人路過巡視，曾先生又將他的袍服拿了出來，卻驚愕地發現，帽子上的孔雀花翎顯然被蟲咬了。兩邊的翎毛受損，皺巴巴的，中間的翎管也彎了。曾先生質問這是怎麼回事，曾夫人難過極了，卻也說不出原因來，因爲以前從來沒出過這種事。後來曾先生聽到唧唧聲，在櫥櫃邊抓到一隻蛐蛐兒。他們在架子上發現了一個洞，蛐蛐兒就是通過這個洞從底下鑽進去的。「這隻蛐蛐兒怎麼會在那裡？」「是我的。我也不知道牠是怎麼逃出去的。」蓀亞驚恐地回答。他沒跑開，而是留在那裡，眼睜睜地看著父親把他的蛐蛐兒往地上一摔，然後用朝靴一腳踩爛。那隻蛐蛐兒鬥起來很強的，還贏過襟亞的蛐蛐兒。他嚇得連哭都哭不出來，雖然他心痛得簡直要碎了。他也不明白蛐蛐兒是怎麼從下層的籠子裡跑出去的。「居然把蛐蛐兒帶到這個房間裡來，你就沒有更好的地方養蛐蛐兒了嗎？」父親說。如果是大些的孩子，做了錯事就不只是挨幾句罵那麼簡單了。但蓀亞是么兒，作父親的多少偏愛些。這件事就這麼過去了，但第二天，曾先生還是餘怒未消，因爲他一想到晚宴時那根不成體統的孔雀花翎被同僚看見了就心裡不舒服，覺得一定被恥笑了，儘管自然不會有人說起這件事。

於是曼娘和木蘭帶著蓀亞、愛蓮一起去了花園。他們直接過了橋，來到花園最深處，那裡養著兩隻鶴。看完了鶴，他們就在草叢裡到處逛。曼娘在找鳳仙花，這種花的汁液可以染指甲。蓀亞一點也不在乎他們要找的什麼仙鶴羽毛或鳳仙花，因爲他滿心只想著要再抓一隻蛐蛐兒，於是便一個人走到橋的另一邊，仔細聽著牆邊和岩石底下傳來的唧唧聲。

突然，女孩們聽見一聲響亮的鳥叫。她們轉過身，看見平亞和襟亞走了過來；原來這是平亞吹出來的鳥叫聲，蓀亞也用一聲口哨回應。男孩們跑到他們跟前，說今天不上課，因爲老師得了痢疾，回家去了。蓀亞叫他們安靜，因爲他覺得自己就要找到一隻又強健、鳴聲又響亮的公蛐蛐兒了。蛐蛐兒的好壞，憑它的鳴叫聲就能判斷出來。要是頭大腿壯，就會是善鬥的好蛐蛐兒，稱爲「將軍」。

女孩兒們則是一直在找鳳仙花。曼娘找到了一朵，木蘭問她，這花要怎麼用來染指甲呢？「我們得多找一點這種花，然後把花搗爛，加上一點明礬，把花泥抹在無名指和小指上，加上一滴露水，連續抹幾個早上，紅色就染上去了。」木蘭很崇拜曼娘，因爲和女人有關的大小事她沒有不知道的。雖然她見過碧霞染指甲，但從來也沒人告訴她這種染料該怎麼做。珊瑚是寡居的女子，從來不弄這個。木蘭自己的母親三十五歲了，對這種虛華早已不屑一顧。不久，女孩們就聽見了勝利的歡呼聲。她們跑到蓀亞那兒，他抓到了一隻漂亮的蛐蛐兒，頭又大又勻稱，腿很有力，一對直直的鬍鬚長得出奇。身體是紅棕色的。平亞說這叫「紅鈴」，又能唱又能鬥，他當場下了戰帖，衝回屋去找自己的蛐蛐兒。蓀亞其實不想讓自己的蛐蛐兒立刻上場，但又不得不應戰，所以他拿著蛐蛐兒，不斷地讓它從一隻手掌爬到另一隻手掌上，好引它發怒。它的鬍鬚直直地豎了起來，目露兇光，一對尖牙兇狠而有節奏地一開一合。

他們在乾地上清出一塊地方，讓準備互鬥的雙方面對面，但又攔著它們，先讓它們互相威脅一會兒，然後才放開。這很顯然是場不平等的對戰。在正式比賽裡是不允許的，因爲每個選手都必須秤重，並且和同重量的對手比賽。但平亞的「將軍」雖然個頭小，遍體漆黑，卻極爲健壯，而且鬥志昂揚。一開始的幾次短兵相接之後，平亞的蛐蛐兒弄斷了一根鬍鬚。

在木蘭易感的心裡，這就像一場可怕的屠殺。在她童稚的想像中，這些都是眞正的巨獸，身披鎧甲，有可以吞噬彼此的強有力下顎，可以撕咬敵人的致命利齒。她就像是在看獅子搏鬥。它們的身體形狀那麼無懈可擊，頭部那麼光滑，背甲的色澤又是那麼細膩，那麼完美，它們的腿就像上過福州漆。她不願意看見任一方受傷，但她很確定小的那隻會被咬死。所以她叫愛蓮和她一起走開了。

曼娘又不一樣。她膽子非常小，連蟲子和蝴蝶都不敢碰。但她還是看著，因爲平亞的蛐蛐兒快要輸了。她懇求平亞，希望別讓它們打了。但他的小戰士已經勇猛奮戰到現在，對方那個大傢伙的頭也受了傷，好像已經發火了。平亞很想知道結果，於是戰鬥繼續進行。男孩們用撕開的草莖末端撩撥那只蟲子。最後，平亞的蛐蛐兒斷了一條後腿，滾倒在地，還沒來得及站起來，就被無情地咬了一口。曼娘既害怕又心疼地抓住平亞的胳膊。

小蛐蛐兒又站了起來，但大勢已去。不一會兒，它就被敵人的大牙咬死了，那大塊頭站在它的屍體上，得意洋洋。

曼娘驚叫一聲，緊緊抓住了平亞，眼睛也濕了。平亞從地上站起來，垂頭喪氣，他抬起眼，看見曼娘正看著他，分擔著他的悲傷。「我叫你別鬥了，你不聽。多冤枉啊，」她說。她的眼睛又黑又亮，流露出青春的濃烈感情，然而又被她掛著淚珠的長睫毛籠罩住了，他第一次意識到曼娘有多美。「這點小事，」他對她說。「就爲了這個哭？」「你應該聽我的才是，」曼娘說。「我會聽的，下次一定聽，」平亞說。他伸出手來，握住了她的手，這逾矩了，是他不該做的事。但這兩隻手輕輕的一握喚起了一份持續了一生的情感。就在這個時候，有個聲音把他們從夢中叫醒。他們轉過身，聽見愛蓮喊著木蘭摔下來了。他們朝聲音那個方向奔去，卻看見襟亞跑了，消失在房子裡。

當木蘭帶著小愛蓮離開的時候，老二襟亞也跟著她們一起走了，因爲他沒有能和將軍一較高下的蛐蛐兒。襟亞相當聰明，但他不像哥哥或弟弟那樣坦率、隨和、善於交際；他生性猶豫不決，謹小愼微，這一點從他說話就看得出來。他經常沉默不語，開了口也是吞吞吐吐，有時候還會把說過的句子又重複一遍，好像想聽聽自己說的對不對。父親的嚴厲更加重了他的壓抑，讓他更缺乏自信。對他來說，這個世界已經很艱難了，讓他不得不做出艱難的抉擇。他腦子運作的模式是這樣的：「我沒有好蛐蛐兒，不是嗎？像蓀亞那樣的好蛐蛐兒很難找到。我想我找不到。我能找到蛐蛐兒，但很可能找不到那麼好的。當然我也可能找到，但多半是不行。想找到一隻好蛐蛐兒是做不到的，就算我找到了，也不會有那麼好。所以還是……」他的腦子自動給自己設了限，也不嘗試作任何改變，問題就這麼懸在那兒，永遠無法解決。襟亞和木蘭一起走到果園的樹林裡，襟亞想，說不定他們可以找找有沒有蟬蛻。大約就在這個時間，蟬會脫下外殼，像一位貴婦脫下禮服那樣從裡頭出來，它會透過背上的一條細縫，離開那個乾乾的，頭、身體和六條腿都完好無缺的空殼，這只殼停在樹枝上，就像一隻眞正的昆蟲，只不過它是透明的。襟亞看見棗樹上有這樣一只蟬蛻，就爬了上去，他突然想到說不定可以捉弄一下木蘭。最低的棗樹枝離地面也有七八尺，但他說服了木蘭，讓她爬了上去。

她從來沒有爬過樹，這個提議引起了她的興趣。襟亞幫著她爬上去，把她帶到一根伸出去的樹枝上，然後突然爬了下來，只留木蘭一個人在那兒。

她完全被嚇壞了，卻無能爲力。她的腳滑了一下。她抓住一根高一點的樹枝撐著，又試著用腳去探低一點的樹枝，但是碰不到。當她這麼搖搖晃晃懸在半空中的時候，襟亞卻高興地拍起手來，因爲他從地面上可以看見她短掛子裡的部份身體，覺得很滑稽。木蘭嚇得失去了控制，手一鬆，便從離地十二尺的樹枝摔到地上。

她的頭撞上一塊凹凸不平的岩石，當場昏了過去。愛蓮尖叫著求救，襟亞看見她的鬢角流出血來，轉身逃了。

平亞、蓀亞和曼娘發現木蘭人事不知，都嚇壞了。木蘭滿臉是血，地上也染紅了。愛蓮嚇得哭了起來，兩個男孩衝進屋裡，尖叫著說木蘭「摔死了」。

男僕們衝進花園，後面跟著曾夫人和兩個丫鬟。曾先生當時正在打盹被吵醒了，隨後也出現在人群中。桂姐碰巧在前院，是最後一個聽到消息的。當時她正在餵鸚鵡，聽見喊聲，以爲死的是愛蓮，手裡的一碗水當場掉在地上，濺濕了她的衣服和褲子，她用那雙纖細的腳三步併兩步，一路扶著牆和廊柱急急趕來。

木蘭被抬進曾夫人的房間，老奶奶早就在那裡焦急地等著了，眾人把木蘭放到炕上。兩個男孩嚇得說不出話，跟在後面。曼娘在哭。桂姐開始清洗傷口。房裡擠滿了人。「要是這孩子有什麼三長兩短，我們拿什麼臉面去見姚家啊？」曾夫人說。「發生了什麼事？」曾先生問男孩子們。「她摔下來的時候我們沒看見，那時是襟亞和愛蓮跟她在一起的，」平亞說。「襟亞呢？」「我們看見他跑了。」曾先生下令立刻把襟亞帶過來。「你都看見了，」曾先生對小愛蓮說。「二哥哥叫木蘭上樹去拿蟬蛻，然後他自己下來了，把木蘭一個人留在樹上。木蘭嚇壞了，他拍著手笑她，她更怕了，然後她大叫一聲，就摔下來了。」「這小孽種！」曾先生從鼻子裡哼了一聲。聽見自己女兒說的話，桂姐非常擔心。「這孩子說的話也不可盡信，眞假還難說呢。」「拿家法來！」這便是曾先生的回答。「家法」是一根樺木棍子，房裡鴉雀無聲。「襟亞要是來了，你也得聽聽他怎麼說啊，」曾夫人懇求。「錯一定在他。不然他爲什麼要躲？」襟亞被拖進房裡來的時候已經在哭了，因爲聽說父親正在大發雷霆。父親一上來就左右開弓打了他兩個大耳刮子。然後揪著他的耳朵走進庭院裡，叫他跪下。總管上來求情，但曾先生不聽。家法送上來了，母親只聽見木棍咻咻揮了三下和男孩趴在地上呻吟的聲音。她奔進院子，整個人撲在男孩身上。「要打死他，先打死我！這麼小一個孩子，你忍心下這樣的狠手！」老奶奶也跑出來，要自己的兒子住手。「你瘋了嗎？就算這孩子做了什麼錯事，還有我在呢，你可以告訴我，不需要爲了別人家的孩子打死我的乖孫兒啊。」父親扔掉棍子，轉過身來。「娘，」他恭敬地說，「這樣的孩子要是現在不教訓，長大了還了得？」就在這時，只聽得桂姐喊道：「老爺，您消消氣。孩子醒了，不必擔心了。」

丫鬟們圍上來扶起曾夫人，把她攙進屋裡，男僕們則把還在呻吟的少爺抬了進去。桂姐掀起他的衣服，只見背上紅腫青紫鞭痕交錯。曾夫人一見，心都碎了，哭喊著：「我兒！你怎麼這麼命苦啊！他怎麼能把你打成這樣啊？」桂姐轉過身，在自己女兒愛蓮的頭上敲了幾下，這是打給太太看的，因爲襟亞是因爲愛蓮說的話才挨揍的。「都是你這張嘴惹出來的禍！」桂姐說。「我又沒說謊，」愛蓮不知道自己爲什麼挨打，哭著說。「那時候其他人都在抓蛐蛐兒呀。」桂姐嚇壞了。「你再說一個字兒，我就擰你的嘴，」她不讓孩子繼續往下說。「你也別爲難她了，」夫人說。木蘭模模糊糊地聽見了周圍的吵鬧聲。她記得自己摔下來的事，她張開眼睛，說：「你們爲什麼要打愛蓮？」她想坐起來，但又被按了回去。曼娘彎下身，見她醒了，不覺喜極而泣。

曾先生心下也覺得自己對兒子太過嚴厲，便離開了這兒往前院去了。「家法」送上來的時候，另外兩個男孩都逃到廚房裡。這時聽到父親走了，事情結束了，又都回到母親房裡來。他們發現木蘭和襟亞都躺在炕上，襟亞側著身，愛蓮在哭，又多添了幾分混亂。平亞和蓀亞來探望兄弟，問他怎麼樣了，但曾夫人朝他們大吼，「你們還到處打聽什麼？唸書去！」於是他們躡手躡腳地退了出來，也不知道要唸什麼書，但也模模糊糊地意識到，在這一天剩下的時間裡，唸書也許眞是他們保命最好的方式。

奶奶命人熬了一壺藥湯，讓木蘭和襟亞兩人安心定神。曾夫人說讓襟亞在她那兒過夜，因爲擔心她兒子受驚過度，大家都知道，受了驚也可能會釀成大麻煩的。木蘭雖然流了不少血，但病情確實輕一點兒，於是決定她可以和平常一樣跟曼娘一起睡。這日家裡鬧了一整天，桂姐整晚都在給襟亞換背上的膏藥。

這之後的三四天，家塾都沒有上課。老塾師病體未癒，襟亞不准下床，曼娘沒有木蘭陪著就不肯上學。等到木蘭和襟亞可以再去家塾的時候，花園裡已經結了霜，秋風漸起，黃葉如金。奶奶說，按老習俗，這該是姑娘家做針線活，女人夜裡紡紗織布的季節了，蛐蛐兒在每年的這個時候出現，它們的叫聲聽起來像織布機的聲音，就是在提醒女人要織布這件事兒（所以蛐蛐兒又叫促織）。

就這樣，木蘭在山東短暫的家塾生活結束了。她每天在吃飯時和放學後還是能見到那三個男孩，但襟亞總是面有慍色。他那時正是男孩討厭女孩的年紀，而他的經歷也告訴他，女孩確實是討厭鬼。木蘭想跟他和好，但他沒有任何回應，這種態度在他一生中變得根深柢固，之後他也從來沒喜歡過木蘭。

＊＊＊

木蘭再也沒進過那個花園，因為曼娘不去了，而且天氣也越來越冷。

姑娘們都不出門了，只在九月初九那日去了一趟泰山。那天全家都上了山，只有曾夫人和桂姐的孩子們沒去。曾夫人想讓桂姐去，主動說要留在家裡照顧孩子，因為時序入秋了，她的腿有點不舒服。甚至連老奶奶都去了，因為今年孩子們都回來了，她很開心，而且她虔心信佛。孩子們又恢復了當初一起玩兒的歡樂情緒，木蘭更是對她第一次登上南天門的經歷永生難忘，她和蓀亞坐在同一頂轎子裡，被扛上了近乎垂直的最後一段台階，她像是整個人懸在半空中一樣，嚇得緊緊抱住蓀亞。後來，她又和他爬了同一座山，那時情況就大為不同了。

艱難地爬上南天門之後，木蘭不得不向蓀亞承認他的山確實更高些；蓀亞則學著大人的樣子表示歉意，希望自家這「敝處小山」能入貴客的眼。

桂姐聽見這兩個孩子之間的對話，就在玉皇廟裡把這些話告訴了奶奶。還說：「這麼小的孩子，就已經開始學打官腔了！」奶奶笑著對蓀亞說：「小三子，你官還沒當上，官腔倒先打起來了。將來要是你當了官，我就讓木蘭當誥命夫人。」這樣的玩笑，地位尊貴又年高的老婦人開開並不礙事。「到了那個時候，我一定會來跟這位朝廷命婦請安的。」曼娘也跟著取笑木蘭。這個想法觸動了曾老爺。在泰山頂上玉皇廟的大殿裡，他想起了他的列祖列宗，也籌劃並希望能看見自己的三個兒子長大以後都當官。他覺得自己好像已經看得見他們穿著官服的樣子了。他認爲，像平亞這樣性情高尚善良的孩子，做學者應該比做官強。最小的蓀亞隨和自在，要和人打成一片不難；但老二襟亞，當起官來應該是最成功的，因爲他不太開口，但沉默底下卻極有心機。但是他必須嚴加管教，把聰明才智引向正道。他又想，平亞有曼娘協助，他對她這個兒媳是滿意的。要把木蘭配給蓀亞也不是難事，而且木蘭看上去很聰明。他爲木蘭做了這些事，要是木蘭的父母不接受這門親事，那就太忘恩負義了。目前爲止發生的一切，似乎表明這段姻緣是老天的旨意。他以那樣的眼光看著木蘭的時候，便對她有一種父親般的感覺，彷彿他要把一個重大的責任託付給她，把兒子未來的幸福交到她手中。等到他年屆花甲，告老還鄉的時候，這個家看起來會很興旺的。然後他想到襟亞，發現他的夢想藍圖並不完整，他希望自己能知道誰會成爲他的二媳婦，這個人是什麼樣的人。

因爲想著這個，他對襟亞態度也和緩下來，在廟裡吃午飯的時候，他做了件很不尋常的事，是他在家裡從未做過的。他用筷子夾了一塊肉遞給襟亞。襟亞被這意外的恩惠感動了，奶奶和桂姐靜靜地看著，知道他已經原諒了這個孩子，雖然作父親的一句話也沒說。

曾先生的習慣是從不當面稱讚或鼓勵孩子。一切無事時，他們都是「壞蛋」，要是出了事，每個都是「孽種」。即使是妻子的要求，他也從不說好；他只要不反對或者不說話，他太太就知道他已經同意了。他寧願跟曼娘說話，因爲她不是他的孩子，他也不必搬出那種威嚴的父親口氣。午飯過後，他對曼娘說：「跟哥哥弟弟們出去玩吧。但是不要太靠近懸崖。」那裡是一片絕壁，有人會選在那兒自殺。孩子們如蒙大赦，他們覺得父親那天異常慈愛。對他們來說，這是一趟完美的出遊。他們花了不到一小時就下山了，下山時還可以看見平原上的整個城市，四面城牆方方正正地圍著它，但是當他們走進城裡的街道時已經天色昏暗，家家戶戶都點上燈了。

讓這一天圓滿收官的是，木蘭的父親發電報來了。是從杭州發出的，日期僅僅是一週前，而且還是先發到省城，再郵寄過來的。那時電報還是個新鮮物事，七天之內消息就能從杭州送到這兒，全家人都覺得難以置信，很想看看電報是什麼樣子。姚先生在電報裡對曾先生的恩情表示衷心感謝，說自己就算來生化爲犬馬爲曾先生效勞也難以報答；他還說，現在他一點也不擔心了，因爲他知道木蘭會過得非常好，就像在自己家裡一樣，他說，小雪前後，也就是十月中旬左右，他會親自來曾家向曾先生及曾家人致謝。電報裡還特地帶了幾句話給木蘭，說她的家人已經在九月一日安全抵達杭州，全家平安，她應該敬曾先生夫妻爲再生父母，要順從他們，要聽話。

＊＊＊

那天晚上，木蘭興奮得睡不著。她說著和父親回杭州或北京去的事，讓曼娘對北京的故事十分著迷，她就跟所有的鄉下姑娘一樣，對那裡充滿了嚮往。「你會看見北京的，」木蘭說。「一定會有人用大紅轎子抬著你去的。」「蘭妹，我們結拜姊妹吧。」曼娘大聲地說。這只是孩子之間簡單的約定。她們沒有焚香，沒在院子裡祭拜天地，也沒有交換生辰八字。她們只是手牽著手，在菜油燈下發誓終身爲姊妹，有任何貧窮危難都必須伸出援手。曼娘給了木蘭一只小玉桃做爲信物，木蘭卻沒有什麼東西可以回贈。

在這盟誓之後，曼娘才得以對木蘭吐露她內心深處的秘密。曼娘在結拜之後對木蘭說的第一件事是：「要是你長大之後嫁給蓀亞，我們就可以當妯娌，一輩子待在同一個家裡了。」「我想當你的妯娌，但是我不想嫁給蓀亞，」木蘭說。「不然，就嫁襟亞。」「不，絕對不要，」木蘭回答。「你不嫁曾家的兒子，要怎麼當我妯娌呢？」「我只想永遠跟你生活在一起，但是我不想跟他們當中的任何一個結婚。」「你不喜歡蓀亞嗎？」木蘭年紀太小，還不懂愛是怎麼回事，想到結婚只覺得好笑。她笑了。「我只喜歡平亞，他很文雅。」「那我讓你嫁給平亞，我就當他的二房，」曼娘說。「我怎麼可以這樣呢？你年紀比我大呀，」木蘭停了停，又說，「反正我不喜歡男孩。我想自己當男孩。」「哎，蘭妹，你在說什麼啊？」曼娘是個十足十的女孩子，完全無法理解會有女孩想當男的。「這種事都是前世注定，改不了的。」「我就是想當男孩，」木蘭又說了一次，然後便任由自己想到什麼說什麼。「他們享盡了一切好處。他們可以出去看看是誰來拜訪。他們可以應試當官，騎馬，坐藍呢大轎。他們可以出門旅行，遍遊名山，看盡世上所有的書。就跟我哥哥迪人一樣，我娘什麼都由著他，他就對我和妹妹發號施令，老是把『你們女孩子家』怎麼怎麼的掛在嘴上，氣死我了。」這是曼娘第一次聽見她提起她哥哥。「迪人是個好孩子嗎？」她問。「才不是，他壞透了。我娘老寵著他，因爲小弟弟兩年前還沒出生的時候，他是家裡的獨子。他動不動就發脾氣，威脅要摔東西。有一次還踢了丫鬟錦羅一腳，把她手裡的托盤打翻了，濺了她一身。」「你爹也准他這樣？」「我爹不知道。我哥哥就怕我爹，但我娘一直護著他。我娘對我們女孩子很嚴厲的。我怕我娘，但是我從來也不怕我爹。」「你說過是你爹不讓你裹腳的。」「是。我娘想給我裹，但是我爹讀了很多新派的書，說想把我養成一個新派的女孩子。」「這些事都是早就注定好的，」曼娘說，「就像我遇見你一樣。要是你沒跟家人走散，我又怎麼會碰上你呢？有一股看不見的力量主宰著我們的命運。只是我也不懂當新派女孩子是怎麼回事。你不裹腳，要怎麼結婚啊？」木蘭腦子裡突然閃過一個念頭。「姐姐，我想試試看。你可以幫我裹腳嗎？」這是曼娘無從推辭的建議。她們關上門，確定沒有人看見。木蘭伸出腳來，興奮得咯咯直笑。曼娘脫下木蘭的鞋襪，用又長又堅韌的白棉布條把她的腳纏起來，除了大腳趾之外，其他腳趾都盡可能緊緊地折在腳底下，木蘭覺得自己的腳僵掉了，完全走不了路。

第二天，她就決定不裹腳了，她比以前任何時候都更想擁有一雙和男孩一樣的腳。

第五章　美德

十月中旬，姚先生來了。回杭州的路途實在太遙遠，於是他決定帶木蘭回北京。

當時太后和皇上依然西狩未歸，但慶親王和李鴻章已經受命和列強進行和平談判。由於東南各省和駐上海的外國領事達成了一項特殊協議，戰事因此侷限在北方，袁世凱也繼續將山東排除於衝突之外，姚先生因此得以平安往返。

多虧了一位名叫賽金花的歌女，北京才免於遭受更多的屠殺和劫掠，秩序也逐漸恢復。一八八七年，十四歲的賽金花成爲中國駐俄、德、奧、荷四國公使的姨太太，並隨夫前往柏林。她的丈夫比她大三十六歲，於一八九三年去世，她回到中國，成爲紅歌女。她在拳亂初起時去了北京。德國公使被殺後，有幾個德國士兵在八大胡同發現了這個能聽也能說德語的清倌人，便報告了盟軍司令瓦德西將軍，她後來成爲這位將軍非常信賴的人。賽金花說服了北京商人把食物賣給外國士兵，也拯救了許多中國平民，使他們免於外國軍隊的殺戮、搶劫和強姦。人們對她非常感激，大家都稱她「賽二爺」，儘管這其實是個男人的稱號。

姚先生到達泰安的第二天，他再次命令他的女兒尊曾先生夫妻爲「再生父母」。他親自在大廳中央放了兩把椅子，讓曾先生夫妻接受孩子的叩頭大禮，還在地板上放了一張紅墊子，讓木蘭跪在上頭。曾先生夫妻鄭重其事，還穿上了正式的禮服。姚先生親自向他們鞠了一躬，確認兩家從此成爲通家之好，朋友交情到了這一步，一方的女眷便可自由地會見另一家的男子。然後他辦了一場晚宴。由於前一天晚上曾家已經辦了一場宴會爲姚先生洗塵，所以直到三天後姚先生準備離開了，他們才回請。

老奶奶也接受了木蘭的叩頭，從此木蘭便和其他孩子一樣稱呼她「奶奶」，稱曾先生夫妻「爹娘」。木蘭打出生以來從沒覺得自己這麼重要過。

對曼娘和木蘭來說，離別是件非常煎熬的事。木蘭要求曼娘帶自己去她家看看，曼娘一開始禮貌地推辭，說自己家太簡陋了。但後來曾先生趁著秋操①去濟南拜謁府台大人時，她又帶著木蘭去見自己的父母，還玩笑似地介紹說，這是她的「結拜小妹妹」，儘管她們之間的姊妹情誼一直是秘密。她家是個樸素、清寒卻高尙的書生家庭，木蘭在那裡吃了一頓簡單的午飯，曼娘的母親還爲了飯菜太寒酸而頻頻道歉。

臨別的時候，男孩們都目送木蘭上轎，曼娘卻不肯到門口去，因爲她已經哭得淚汪汪的了。男孩們向木蘭高聲道別，說明年春天他們會在北京再見。

曼娘知道，當曾家人春天回北京時，她是不會一起去的。因爲她的身分並不是童養媳，而是男孩們的表姊妹。雖說到目前爲止表親來往親密並無大礙，但她也到了應該盡量少見那些成年男孩子的年紀

① 秋操全稱為「秋季軍事操練」，是檢閱新軍編練結果的軍事演習。新軍秋操舉行次數不多，一九〇五年十月曾舉行「河間秋操」，一九〇六年十月舉行「彰德秋操」。

了。寒露那日花園裡的事讓曼娘心裡發生了變化。她突然意識到男女之事，她越愛平亞，就越矜持，越疏遠他。平亞只要有機會和她單獨相處，就會對她抱怨這件事，雖然這種時候少之又少。有一次，他在一段有頂棚的走廊裡遇見了她，他停下來跟她說話，拉起了她的手，但她立刻把手抽了回去。「要是讓人看見了，人家會怎麼說呢？」說完便跑開了，讓平亞一個人楞楞地站在那裡。他開始珍惜她的每一次眼波流轉、每一個聲調，以及和她的每一次接近。她自然而然長成了古代小姐的經典形象，這種女子天生吸引人，然而吸引人之後便立刻退縮，只會極偶爾地、巧妙地、有節制地施予她的恩惠，一個美麗、遙遠、難以捉摸、不可企及、巧妙地隱藏又巧妙地展露自己的女人，透過逃避來運用女性吸引人的本能，她躲在她的閨房裡，從裡頭看著外面追求他的男子，在房裡聽著家裡發生的一切，她在窗格後面窺視，在人群中放肆偷瞄，卻從來也不直視任何一個男人的臉。

* * *

木蘭的父親本來就疼她，如今對她更是倍加珍愛，彷彿她死而復生。在全家人回來之前，他們兩人單獨在北京待了幾個月，他們促膝長談，彼此的關係更深厚了。大宅躲過了搶劫，完好無損，可能是因爲它位在東城中部的緣故，因爲遭受破壞最嚴重的地方在城南和東南角。底下埋著青銅器的那株棗樹已經死了。只是他們在西山上的別莊已經被掠奪一空。受苦和恐怖的故事多得說不完。木蘭看著焦黑的房子和斷垣殘壁，以及遭到火焚又被打得彈痕累累的前門箭樓，簡直心驚肉跳。

到了三月，木蘭的母親和家人從杭州回京之後，木蘭就成了女英雄。母親對她的態度變了。她不再把幫她穿衣服、陪她玩的工作交給錦羅，而開始自己爲她穿衣服，讓她與莫愁和自己同房睡。珊瑚因爲那災難性的一天把她一個人留在車裡的事一直很內疚，於是比以往任何時候都更急著取悅她。她被迫一次又一次述說她的經歷。她說了那個女拳民和老八的事，還念了她學會的那首英語順口溜（這是迪人唯一喜歡而且很快就學起來的東西），還有她從棗樹上摔下來、上家塾，以及登上泰山的事。她提得最多的還是曼娘，於是從姚先生、姚夫人到碧霞、羅大和阿媽們，人人都知道山東有個曼娘。莫愁聽著姐姐的故事，驚奇又興奮地張開了嘴，露出了她剛長出來的門牙，覺得木蘭這個姐姐眞是太厲害了。從此木蘭身爲家中能擔負責任的大小姐身分得以確立，而迪人的長子地位卻漸漸變得不那麼重要了。木蘭開始照顧莫愁和小阿非。十四歲的她心智已經完全成熟，也學會了如何忍受哥哥的不公平對待和侮辱，這是女子教育中非常基本的部份。「讓步，順從」是女孩必要的態度；要克制，不要對生活期望太高，總是給予男人更多的自由，任由他們胡鬧。

四月初，曾家也回來了。從那時起，兩家人彼此熟稔起來，孩子們也經常到對方家去玩。逢年過節，兩家人都會互贈禮物，木蘭的父親堅持曾家人到他店裡拿藥不必付錢，曾家也接受了。每年立冬，姚夫人都會送一些上好的人蔘給曾夫人。這家中藥鋪不只賣藥，還賣各式各樣的補品和佳餚，像是燕窩、南海魚翅、雲腿、廣東虎筋木瓜酒、蘇州醉蟹之類，這些東西和中藥材走的是同一套運輸系統，因此，送給曾家的禮物總是源源不斷。但送去的禮物籃子從來也不會空著回來，因爲曾家必定回贈當季的禮品。當兩個家庭都很富裕的時候，用禮物來鞏固友誼是既輕鬆又簡便的方式。

有一天，曾家邀請木蘭姊妹去吃午飯，女僕趙媽陪他們去。飯後姊妹倆又被留下喝茶，趙媽的丈夫有事叫她過去一趟，趙媽便說五點鐘再回來接她們。木蘭叫趙媽不用回來了，因爲回家的路她們很熟；只需要走十五分鐘，穿過一條滿是商店的寬闊大街就到了，不會出事的。

回家路上，木蘭和妹妹看到一群人圍著一個在哈德門大街寬寬的泥土路邊打拳賣藥的人。那人裸著上半身，正準備用手掌劈開一塊四五寸厚的砂岩。

他成功劈開了那塊石頭，然後開始賣他的跌打損傷藥。接著他拿出一塊綠布，先翻來覆去地讓圍觀的人們看清楚，然後他把布鋪在地上，從底下拿出了一碗熱氣騰騰的蝦仁麵。

在當時，大戶人家的小姐是不應該在身邊沒大人陪著的情況下出門逛大街的。但木蘭只有十四歲，她妹妹也只有十二歲，對這種偷偷摸摸的、單獨自由亂逛的樂趣無法抗拒。那個會打拳的魔術師的表演讓她們看得很高興，繼續往前走，看見了一個賣糖葫蘆的，糖葫蘆是入冬之後剛上市的。她們看得口水直流，各買了一串五個的糖葫蘆吃，孩子的快樂莫過於此。再往前是一攤拉洋片的，有義和團和外國砲艇的照片，她們花錢看了一回，嘴裡還滿滿的塞著糖葫蘆。

兩人正看得高興，木蘭卻感覺有隻手抓住了她的手臂。她的糖葫蘆掉在地上。她轉過身，看到了迪人，她還沒來得及開口，就被他扇了一巴掌。「你們在這兒幹什麼？」他質問道。「我們正要回家，」木蘭生氣地說。「你爲什麼打我？」「我當然要給你一耳光，」迪人回答。「你們這些姑娘家，都快成街頭浪女了。一走出家門，就把什麼體面都扔到九霄雲外去了。」「憑什麼你能出門，我們就不能？」「就憑你們是女孩子，僅此而已。要是你不高興，我就去跟娘說。」「去說吧。」木蘭眞的發火了。「你沒有權利打我，你不配！我們的爹娘還健在呢！」爲了自保，木蘭又加上一句，「我也會把你做的那些事兒告訴爹的。」她哥哥走開了，只剩下姊妹倆站在那裡。她們又氣又委屈，兩人一路走回家，對這種不公平越想越怒。最無法忍受的是居然被迪人打耳光訓誡，她們很清楚迪人根本不是什麼好貨色，要教訓她們還輪不到他。

迪人會不會眞的去跟娘說這件事呢？她們做的事情是不太對，但也不算很不恰當。她們並沒有跑開太遠。孩子們總是愛看拉洋片的，她們在家裡也吃過糖葫蘆啊。

她們決定等迪人採取行動之後再做打算。吃飯的時候，他一句話也沒說。木蘭威脅說要把他做的事情告訴父親，意思可能是要說他扇了她一耳光的事，但也可能意味著更多，因爲他做過很多不該告訴父親的事。他這輩子唯一怕的就是父親，他認爲最審愼的作法就是什麼也不說。

諸如此類被哥哥欺負的小事，使兩個女孩越發團結，也讓她們開始思考男女之間的差別。這讓木蘭更樂意聽父親談論所謂的「新派女子」——天足、和男人平起平坐、接受現代教育。這種原本看來異想天開的西方思想已經在中國引起了騷動。

迪人不只是被慣壞了而已，事實上，他在家中的地位正一點一滴地流失。

迪人其實算是私生子，他母親嫁來五個月之後就生下了他。她的父親是杭州一家扇子店的老闆，一個普通的中產階級商人。她遇見姚先生時，他已經三十歲了，她二十二歲。兩人在一起之後，姚家的老父親才知道這件事，堅持要兒子娶她，因爲她是好人家的女兒。有傳聞說，女方對這樁婚事唯一的要求就是不得納妾，但這件事無法證實，因爲當時雙方家庭都急著掩蓋這件醜聞。前面我們說過，姚先生有過一段聲色犬馬的放蕩日子，如今他不僅洗心革面，竟連做生意的興趣也一併滅了，開始鑽研道家學說。有一次，他在一個騙子身上砸了一小筆錢，因爲那個騙子答應傳授他點石成金的秘術。姚夫人雖然完全不識字，卻也開始管帳收租，沒過多久，家裡的生意就全由舅爺負責經營了。

她嫁進了一個富裕的家庭，住在城裡寬敞的大房子裡，有使喚不盡的僕人和丫鬟，這是她從來沒有過的。她不習慣這種奢侈的生活，希望她的兒子能享受她從未享受過的一切。但是她沒受過什麼教育，不知道一個有錢人家的兒子該怎麼培養。迪人從小就生活在丫鬟堆裡，甚至可以當著母親的面扇丫鬟耳光。很多私生子都長得很好看，迪人也是，他的皮膚和他父親一樣白皙，他願意的時候，倒也聰明伶俐討人喜歡。他可以鮮衣怒馬在城裡的街道上疾馳也沒人管。總的來說，他認爲自己是個不平常的人。他會在朋友家的宴會進行到一半的時候離開房間，到外頭去跟丫鬟說話，不遵守其他男孩必須遵守的禮節。他母親讓他覺得自己是這個家的唯一繼承人，他的命抵得上別人十條命。到了他十五歲的時候，姚夫人才意識到他完全被寵壞了，卻也對此無計可施。

他父親的態度就完全不一樣了。他意識到迪人就像年輕時的自己。他知道自己被寵壞了，這給他帶來非常多的麻煩。但父親越是對兒子嚴厲，就越看不到他，因爲兒子躲他；姚先生讓迪人光是看到他出現就怕到極點。

就在他們因拳亂出逃的幾個月前，迪人拿刀劃了一個男孩的臉，位置靠近脖子，流了很多血。他父親把他綁在院子裡的一棵樹上，把他打了個半死。但是這只讓他對自己的父親更害怕，更憎恨。這次體罰過後，孩子在床上躺了十天。姚夫人當著孩子的面對丈夫說，「我知道孩子必須管教。但要是他有什麼三長兩短，叫我怎麼活啊！我老了以後要依靠誰呢？」

於是，這對父母對於迪人的問題處處意見相左，他開始被當成是「孽子」，要是讓他隨心所欲，一旦需要他說不定會毀了這個家。任他胡鬧固然不對，用激烈的手段改造他也可能會傷害他的身體或精神。傳統觀念認爲恐懼有害人體，要是一個人的體液系統紊亂，或者代表勇氣的膽被「嚇破」了，這個人就會出現各式各樣的問題。沒過多久，這個母親就開始當迪人是個「冤家」，這個詞是時而爭吵時而和好的情人之間愛用的稱呼，也用來指命中註定來討還前世欠債的兒子，或者，用俗話來說，就是個「敗家子」。

母親對這件事的宿命論來自她自身的環境，父親的宿命論則來自哲學。

木蘭也在這兩個相反的方向中被拉扯著。當迪人越來越不受重視，她則因爲自身的種種優點而越來越被人看重。

姚夫人對兒子有多寬容，對女兒就有多嚴厲。她對她們實施的是中國所有當女兒的人都要接受的傳統訓練。在這一點上，她的作法是非常合乎邏輯的。這些女孩雖然在富裕的家庭出生長大，但她們不可能永遠留在這個家裡，靠這個家的財產過日子。她們會嫁到富裕程度不同的不同家庭去。因此，她們必須具備女性的主要美德：節儉、勤勉、節制、有禮、性情溫順、服從、有管理家庭的常識，還要懂得護理、烹飪和縫紉的藝術。

只是姚家在對待兒子和女兒上，當中的差別要比其他家庭大得多。

木蘭和莫愁在八歲或十歲就學會要雙腿併攏，筆直正坐，但迪人就從來沒好好坐過，總是讓椅子往後斜，兩條腿翹在桌上。就算丫鬟沒事，木蘭和莫愁還是要自己洗內衣（當然要晾在不可能被男性訪客看見的偏僻地方）、去廚房幫忙、做糕點、攤餅、自己做鞋、自己裁衣服。她們唯一沒動手實做的就是舂米和磨粉，因爲這些事會讓她們的手變粗。她們必須學習和女人有關的所有社交方式和習俗——送禮、要給送禮物來的僕人多少小費、不同節日的名稱和特殊食物、婚喪喜慶和過壽的慣例和儀式；另外還有一門複雜的學問，就是母系和父系各個不同輩份伯叔姑姨的稱呼，伯母、嬸嬸、姑丈、姨丈、堂姊表姊、堂姊表姊的孩子、以及甥子姪子和甥女姪女的丈夫等等各種可能出現的變化。不過以女孩們特有的女性聰穎，要記住這個複雜的親屬體系毫無困難。木蘭十四歲的時候，只要看一眼葬禮上棺材後面悼念的人喪服的特徵，就能知道這個人有多少兒子、女兒、兒媳、女婿和孫輩。木蘭知道新娘過門之後什麼時候回門，什麼時候舅爺要回訪，也知道舅爺到夫家回訪的時候要準備哪四碗菜。她知道這四碗菜舅爺只能略嚐，而不能把菜吃完。這些都是活的知識，既有趣又有用。

姚夫人漸漸把許多家裡的事開始拿來和木蘭討論，還要她拿筆記下來，像是打包收了什麼東西之類，把她當記事情的小幫手。比如說記起去年端午給哪一家送了什麼禮，又收到了什麼禮，這孩子幫了母親很大的忙。

除此之外，木蘭還學會了熬藥，純憑經驗，便對中醫原理有了一定的瞭解。她知道螃蟹不能配柿子，螃蟹對身體來說性寒，而鰻魚性熱。她透過視覺和嗅覺瞭解中藥材，對家用中藥的基本成分，與食物的重要關係也瞭如指掌。

儘管如此，木蘭還是有幾樣不那麼女人的本領：第一，吹口哨；第二，唱京劇；第三，收藏和鑑賞古玩。第一項是在山東的時候跟蓀亞學了，在北京練成的。後兩項是她父親鼓勵她做的。

木蘭的父親在母親眼裡向來是個墮落、離經叛道的壞榜樣。當母親發現木蘭從山東回來之後居然開始吹口哨，她很震驚。這太沒有女孩子家的樣子了。但是她父親說：「這有什麼害處嗎？」既然沒什麼大不了，她就把口哨練得更精了，還在後花園裡教妹妹吹，母親後來也不再說什麼。最後連錦羅也學會了，但身爲丫鬟，她從來也不敢在女主人面前吹。

但把這個父親的離經叛道表現得最淋漓盡致的，就是教木蘭唱京戲。想想看，一個當父親的人居然教自己的女兒唱這個！在當時，音樂、舞蹈和戲劇是只有歌女和戲子才做的事——他們都屬於一個儒家認爲是低下，甚至可以說是不道德的社會階層，雖然這些道貌岸然的人其實也喜歡他們。但是姚先生並不是儒家信徒，他是個思想自由的道家人，向來不循常規。儘管他已經放棄了賭博和豪飲，但依然熱愛看戲。正因如此，在這個家裡，從父親到僕人，沒有一個不喜歡看戲的，這種戲劇本質上是種歌劇。姚夫人自己也經常帶著珊瑚和孩子們去外頭的戲園子聽戲，在園子裡的包廂一聽就是一下午，她會帶著自家的丫鬟，讓她跟在身邊倒茶、看管東西，幫姚夫人的水煙筒裝煙絲，她和孩子們便坐著喝茶嗑瓜子閒聊天。

許多票友只是一遍又一遍地聽這些戲，就把他們喜歡的曲調和唱段學起來了。但女性一般是不會去學的。然而木蘭的父親卻教她唱這些段子，似乎有意反抗她母親和整個社會。姚先生的開明讓他成爲跟上改變中國社會思想腳步的第一批人。木蘭直到十六歲，還經常陪著父親去隆福寺廟會找古董。

於是，木蘭在智慧和知識中逐漸成長，如果眞要細分，那麼就是母親給了她智慧，而父親傳授了知識。莫愁很快就跟上了姐姐，但她在智慧方面比知識上要進步得更快。

第六章　得體

曼娘的少女時代，就像在寒冷正月綻放的梅花，它開在堅硬扭曲、沒有葉子的樹枝上，在冬末春初冷冽的空氣中盛開，只有它自己，沒有其他花卉同伴，命中注定孤僻退隱，孤芳自賞，當桃花梨花之類的春天花朵次第開放的時候，它已經在粗硬的枝條上耗盡了所有的夢幻時光。

木蘭待在曾家的兩個月，對她來說，就像一場美妙無比的夢。那時她十四歲，她剛萌芽的母性，和之前沒能展現的當姐姐本能，都得以傾注在木蘭身上。因爲曼娘沒有姊妹。她從來沒能和另一個女孩睡在同一張床上，也從來沒機會像女孩們一樣在夜裡說知心話。她天生膽小，和男孩子在一起很不自在。她成長過程中一直是獨生女，直到她十歲，才有了一個小弟弟，但這個男孩五歲就夭折了，也就是木蘭回北京一年之後。曼娘的叔叔無子無女，收養了一個孩子。她的祖父是曾家老奶奶的弟弟，他敗光了所有家產，死時貧困潦倒，留下了兩個兒子，就是曼娘的父親和叔叔，在阿姨的幫助下艱難度日。家庭就跟樹一樣：有的自然枝繁葉茂，有的儘管在所有人的關照之下，還是逐漸枯死。孫氏這一家看起來已經日薄西山，血脈即將斷絕。

彷彿命中注定似的，她弟弟死後一年，曼娘的父親也在早春過世了。這讓這位奶奶思索起該怎樣才能讓孫家的姓氏傳遞下去的問題。

曼娘成了孫氏宗祠唯一能傳遞香火的血脈。老奶奶對此非常憂心，對曼娘也就特別好。

老太太要曼娘母女搬進曾家，和她作伴。其實她們有幾塊地，也有自己的房子，加上額外做些刺繡活，維持母女倆的生活不成問題。但是曾家房子確實大得多，而且老奶奶除了一個李姨媽之外沒有別的伴兒，這李姨媽靠曾家過活，如今已經衰老乾癟，成了一個神經兮兮的老女人。

老奶奶不肯跟兒子一家去北京。宮廷的輝煌壯麗她在年輕時代已經見識過了，如今她的兒子仕途一帆風順，她對自己的福份無比感謝，便虔心信起佛來，相信做善事可以爲未來的生活積德，庇蔭子孫。她給西南城山腳下的一座閻羅殿捐了四根前廊的柱子，她跟那裡的和尚是好朋友，當和尚提議要重修寺廟的時候（這是和尚募錢時很常用的藉口），她很高興地捐了那些柱子。柱子上綴著浮凸的盤龍透雕，完全仿照幾里外孔子誕生地那座孔廟的風格。閻羅殿這個廟名很吸引她，她一心想討好這位地獄之王。寺廟底下是金橋、銀橋和奈何橋，這些橋每個人死後下地獄都要走，先熟悉一下那兒的路總是好的。

於是奶奶堅持和李姨媽一起留在老家，而她兒子一家住在北京。雖然他們也懇求過她，要她來和他們住在一起，但曾夫人就跟天下所有的女人一樣，暗自慶幸身邊沒有婆婆在，她就是北京這個家裡唯一的女主人。

但更讓她高興的是，她終於擺脫了李姨媽。在老太太背後，下至所有僕人，全家都把這個李姨媽當成瘟疫，避之唯恐不及。李姨媽的地位來得不合理，她又愛處處生事。她受惠於這個家的制度，並沒有讓她因此而感恩。她年紀在五十歲上下，但她的童年頗爲特別。太平天國之亂當時，她還是個嬰兒，隨著父母從安慶逃到了山東，她的父親給老太人的父親當過護衛，還曾經冒死救過主人。他過世之後，老太太的家人出於感激，承諾撫養這個孩子。後來，老太太嫁到曾家，又設法讓當時已經是寡婦的李姨媽過來和她一起住，幫忙照顧她的兒子，也就是現在的曾先生。雖然這個家早已不需要她的服務，她卻仍然是家中的重要人物，地位雖不及親戚，但又比僕人高出一截。

曾夫人很早就發現李姨媽對她的丈夫採取一種庇護的態度，從她那方來的干預比婆婆還多。再後來，在曾先生一路平步青雲之後，李姨媽表現出來的態度是，現在她有資格享受曾先生的贍養了，因爲她從他還是個小娃娃的時候就拉拔他長大。就曾先生來說，他只有採取寬容態度，才不會被指責忘恩負義，再說，多養一口人對他也不是問題。

隨著時間慢慢過去，李姨媽要做的事情越來越少，要求僕人關注她的事倒是越來越多。她總是猜想自己被侮辱了，或者被人瞧不起，她還會爲一些瑣碎小事抱怨僕人。曾夫人也只能說是僕人不對，不然李姨媽就要大發雷霆，說這個家果然不需要她了。老太太保護她一方面是出於習慣，另一方面也是希望對一個孤苦無依的人寬厚一點，在一個興旺的書香世家裡，這麼做是正確的。老奶奶也當她是老人家閒聊天的對象。但是李姨媽說來說去就是太平軍和她父親的功績，連孩子們都對那些太平軍和勇將的故事膩煩了。

＊＊＊

曼娘的父親過世，老太太打算趁著這個時候，爲他的長孫和曼娘舉行訂婚儀式。平亞被叫回了山東，因爲按照老奶奶的計畫，訂婚要辦得非常正式，而且會和曼娘父親的葬禮一起辦，平亞也要參加葬禮。

那年春天，平亞的學業整個被打亂了，因爲整個中國的教育體系正在變化。義和團的失敗，也意味著極端保守派的失敗，以及開明派中國王公大臣的得勢。滿漢通婚禁令解除了，裹腳禁止了。朝廷下令徹底改造古老的科舉制度，把所有的老學堂都改成了現代的大學、高中和中小學；通過畢業考試的學生可以取得貢生、舉人和進士之類的舊頭銜。上課內容也改了，文官考試不再考傳統的八股文，改考策論。各種學校如雨後春筍般湧現，但完全不知道該教學生什麼，連曾先生自己也不知道他的孩子現在該學什麼才能進入官場了。所以他答應讓平亞回山東，孩子的母親也跟著一起去。

老太太認爲，出殯之前，曼娘家先住到曾家度過七七四十九天的「做七」，這樣會方便些，於是曼娘和母親在頭七時就搬進了曾家。老太太吩咐在東邊院子裡特別收拾出一塊地方，安置孫家母女和靈柩；安放棺木的大廳前面掛著兩只大大的油紙燈籠，用黑墨寫著大大的「孫」字，上面貼著兩道交叉的白色紙帶，表明這是孫家的葬禮，而且是在孫家舉行的。老太太還派了幾個男女僕人去安排喪事，這樣對寡婦和女兒來說就輕省多了。這樣的葬禮在社會上稱爲「外戚」葬禮，是爲嫁到家裡的女人親屬辦的，所有的地方官員和鄉紳都來致意。老太太還在院裡擺了香案，請和尚來唸足了經，以超渡亡魂往生極樂。

在這七七四十九天當中，曼娘都是一身素白，晚上則和母親一起睡在大廳的簾幕後面守夜。剛開始，黑色的布幕、棺材和深夜裡的蠟燭讓她怕得不得了，她一直縮在母親身邊。到了白天，她和母親要準備給和尚的吃食、給僕人的小費、給來弔唁的親朋好友回禮、還有一大堆雜七雜八的事，弄得她筋疲力盡。但她是眞的很傷心，這四十九天的儀式和氣氛讓她更加深切地感受到失去父親的痛苦。

如今，奶奶在平亞母親的同意之下，做了一件非同尋常的事。平亞的身分充其量只是未婚夫，從技術上來說，曼娘其實還沒有「入曾家的門」。但老奶奶滿心希望她姪子的葬禮能有一個女婿在，而在「開弔」當日，也就是客人來悼念死者那天，要有一個男人接待，更重要的是，當弔唁的客人向棺木鞠了三次躬之後，這個人要站在棺材旁邊深深地鞠躬回禮。那天晚上，平亞看到曼娘母女疲憊不堪的樣子，便主動說要和她們輪流守夜（或稱守靈，靈指靈柩，是棺材的委婉說法）。

曼娘有一百個理由感激。她很感激在表哥一家的幫助之下，葬禮可以辦得這麼隆重，不管是父親在天之靈或曼娘代表的家人應該都是點滴在心。她很感激平亞在葬禮過程中要穿女婿穿的喪服，而且已經在夜裡爲了減輕她們的負擔，替她們守靈服喪。她很感激在父親去世、孤女寡母正茫然無助的時候，家裡還有個男人在，這種感覺眞是美好而輕鬆。她很感激平亞聽從奶奶的吩咐，不再稱她的母親「姨媽」，而改口叫「娘」——這一點是很不尋常的，就算是眞的結了婚的女婿喊起來都不太自在。她很感激他在每個地方舉止都那麼端正，人又那麼年輕、英俊、溫柔。所以，當他們兩人，一個十八歲的男孩，和一個十六歲的女孩，都穿著白色喪服，在清晨或夜晚燭光昏黃的大廳裡相遇的時候，她的眼睛常常都泛著水光，沒有人說得出那是哀悼的眼淚還是感激的眼淚，是悲傷的眼淚還是幸福的眼淚，連她自己也不知道。

最讓她感動的是，她聽見他喊她「妹妹」，而她喊他「平哥」。身爲一個外姓的表妹，原本是不能和姓曾的女兒們平起平坐，按「內姓」堂姐妹的規矩，照年齡大小稱呼「大姐」「二妹妹」或「三妹妹」的。但喊「曼妹」聽起來又不順耳，於是曼娘的母親便提議，讓他直接喊「妹妹」了。

在這種情況下，這對年輕的表兄妹很容易就會因爲不拘禮而變得親暱。但曾夫人是個嚴格的母親，她曾經告誡過兒子，行事要正派得體。「平兒，」她說，「你每天都和你妹妹見面，她一直很有教養，我很喜歡。但如果你重視你未來的妻子，就不能違反禮教。夫妻之間，要把尊重放在第一位。」曾夫人是書香世家出身，這些話是一直掛在嘴邊的。結果是，這對少男少女更加保持距離，正因爲如此，彼此都覺得似乎越來越愛慕對方了。

＊＊＊

然而有一次，平亞提出了一個要求，卻被曼娘拒絕了。一天晚上，只有他們兩個人在香案前，曼娘的母親暫時去了廚房。他們又聊起了木蘭和那段短暫的家塾生活，平亞告訴她，他見過木蘭，她現在長高一點兒了。他不明白爲什麼一個悲傷的女人會比快樂的女人更美，也不明白穿著白色喪服的曼娘爲什麼會美得彷彿幽靈。在他眼裡，她就像一尊救苦救難的觀世音，離他那麼遙遠。但是她的聲音很熟悉，是一種人間的聲音。因爲她哭得太多了，所以說話時帶著鼻音，自然是現世的聲音無誤了。

「妹妹，」平亞說，「從我兩年前最後一次見到你以來，你也長高了。」她避開他的眼光。「你爲什麼對我這麼疏遠，這麼冷淡呢？」他問。曼娘抬起眼睛。這是一個很具挑戰性的問題。她有好多話想說，卻又不知道從何說起。「平哥，」她遲疑了一下，才說，「別冤枉我。你爲我過世的父親做了這麼多，我們母女倆永生永世也無法報答。」「但是你一直在躲我，」平亞抗議道。「都這時候了，你還在說這種感激的客套話！我做這一切都是爲了你，難道你還不清楚，在我心裡，你家就是我家嗎？爲了你，不要說服喪百日，就是服喪三年我都願意。要是你不這麼冷淡，不這麼疏遠我，我們不知道會有多要好呢！」曼娘心裡軟了下來，但也只是微微一笑，說：「我們有一輩子的時間要好呢。」她的語氣和笑容讓平亞剎時覺得萬分滿足，他覺得自己像是在向一位女神求愛，而且成功了。

曼娘打算換個話題，於是她又提起了木蘭。她告訴她，她和木蘭結拜了姊妹，還進屋去拿了一只玉墜子出來，那是木蘭在山東時收了她那只玉桃之後的回禮。「把眼睛閉上，」她進房之前說。「我回來之前不許睜開。」她出來之後，走到平亞身邊，要他張開眼睛看看她手裡的寶貝。那玉流光溢彩，雕工精細，果然是件極美的物事。「好看嗎？」她說。「果然好看，」平亞說。「說眞的，你還沒見過木蘭收藏的所有玉雕小玩意兒呢，什麼老虎、大象、兔子、鴨子、小船、寶塔、燭台、神龕、菩薩，我一輩子都沒見過那麼好的東西。」平亞趁接玉的當兒，抓住機會握住她的手，但曼娘迅速把手抽了回來，玉差一點掉到地上。「你不應該這樣，」她責備他，一張臉紅透了。「在鬥蛐蛐兒那天，我的蛐蛐兒死了的時候，你明明就肯讓我握的，」他抗議道。「那時是那時，現在是現在，」曼娘說。「那有什麼不一樣呢？」「我們都長大了。我現在已經不能跟你手拉手了。」「難道我們不是屬於彼此的嗎？」曼娘往後退了幾步，說，「平哥，凡事都有規矩。沒錯，我整個人都是你的，但現在還不到時候。別那麼急，還有一輩子的時間呢。」這番話像是在說教。平亞覺得這個女孩子很能直言勸誡他，也承認她說得對。但是從那以後，無論早晨、下午還是晚上，無論在山東還是在北京，平亞都不斷在空中聽到這樣的低語，「還有一輩子的時間呢。」彷彿這聲音來自一個看不見的幽靈，一直在他身邊盤繞不去。

所謂的「造化弄人」便是如此，從一個女孩低低的一句話或纖手輕輕一握，便生出了終身的深情，也引發了嚴重的後果。因愛而苦的一生是不是眞比無愛無痛的一生來得好，這誰也說不準。就曼娘來說，應該會讓人覺得，即便痛苦，也値了。

＊＊＊

三天之後，發生了一件事，不可避免地把曼娘和平亞拉得更近了。那是服喪的第三十五天，或稱「五七」，那天有個重要的法會。請來的和尚裡面，有個二十上下的年輕人，曼娘很不喜歡他那對轉來轉去的眼睛。這個年輕和尚和其他人一起做法會的時候，原本應該是閉著眼睛，雙手合十放在胸前的，可是這個年輕和尚卻經常偷偷瞟她。這是一個女孩子可以立刻感覺到、注意到的事情，她也把那和尚有對「賊溜溜的眼睛」的事告訴了母親。

那天晚飯後，李姨媽突然不尋常地歇斯底里發作。整個喪葬儀式是曾夫人獨力操辦的，如果有什麼問題，她就會直接去問老太太，老太太很喜歡這些喪葬事務，因爲這讓她的生活變得不那麼單調，所以李姨媽覺得自己沒什麼重要的事可做，完全被忽視了。於是她便不吃飯了，她經常這樣。等到其他人差不多都吃過了晚飯，她突然整個人摔在地上，兩眼上吊，直瞪瞪地看著前方。她先是尖叫扯頭髮，之後便開始用一種被鬼附身的口吻說話。她一副過世的孫先生的姿態和口氣，稱呼老太太「大姑」，還喊著「大姑，救我！救我！我要滾到火沙谷裡去了呀！好燙！我喘不過氣來啦。救命！救命！」接著她又自言自語似地對曾夫人說，「爲什麼表哥不來參加我的葬禮？」

一聽這話，曼娘的母親當下嚎啕大哭起來，「唉呀我的夫君啊，你爲什麼撇下我們母女倆，就這樣走了啊？」曾夫人立刻想起了在這裡過夜的和尚，便差人叫他們來念咒驅鬼。她安慰著寡婦，完全相信自己在和死去的姪子說話的老太太則安慰著被附身的李姨媽，說他們正在盡最大努力超渡他的靈魂。當「他」被問到有沒有見到他一年前夭折的小兒子時，被附身的女人回答：「我跟幾個小鬼探問過他，他們說地獄很大的，靠描述找到他要花很多時間。」因爲所有的小鬼都要錢，「他」不得不賄賂他們，他們得多燒點紙錢給他用。老奶奶又問他渴不渴，遞給他一杯水，那女人接過水喝了，然後她的抽搐便漸漸停止，躺在地上不省人事，也不再胡言亂語了。

原本曼娘和母親通常是在自己房裡吃飯的，但今晚老太太院裡特別準備了晚飯，她們也就過來了，只留下一個女僕守靈。晚飯吃罷，曼娘立刻回她們東南角的院子去，這得摸黑走過幾條走廊。大約走到半路，一個僕人跑著趕過了她，說：「李姨媽被鬼纏住了，」說完又急著跑去找住在南邊屋裡的和尚。雖然她並不知道到底發生了什麼事，還是嚇壞了，但她繼續往前走，一直走到通往房子東邊的月洞門。這時，她看到和尚們朝她走過來，她猶豫了一下，不知道是不是該和他們一起回去，但最後她決定還是回去守靈比較重要。於是她便站到一邊，讓和尚們過去。

她在月洞門那兒轉彎往南走，經過遊廊，來到轉兩個彎的地方，那兒有一條大約四十尺長的死巷，把她和通往她住的那個院落的後門隔開。就在入口處，她看見一個黑影，是那個年輕的和尚，而且正在往外偷窺。她立刻往後退，躲在拐角，心臟因爲害怕而狂跳。這個和尚在做什麼？或者，他要做什麼？她既不敢往前走，又不敢回頭，怕他會跟在她後面。她屏住呼吸，等了幾分鐘再看，那年輕和尚又在另一頭偷看。過了一會兒，她又看了一次，這次便沒再看見他。她說服自己相信那人已經回去了，她應該趕緊回自己的房間去，這樣更近，也更安全。但就在她走到那條窄窄的死巷時，卻看見那個年輕和尚從後門朝她奔過來。他發現她在那裡，似乎很驚訝，接著他突然停了下來，他那對賊也似的小眼睛現在看起來既狂野又可怕。

她尖叫著往回跑。她覺得那個年輕和尚就跟在她後面，但是她不敢回頭看。在黑暗中，她拚命地跑，跑得越快就越害怕。

突然間，她聽見一個聲音在喊她：「妹妹，發生什麼事了？」平亞就站在她面前十尺開外的地方。在她意識到之前，她已經在他懷裡了。「平哥，我怕！我好怕！」她喊著。「怎麼了？」「那個年輕和尚！他在我後頭嗎？」平亞越過她的肩頭望了望。「沒人，」他說。「不管怎樣，別怕，妹妹；有我跟你在一起。」他溫柔地傾身靠向她，他的聲音那麼和緩，那麼令人安心。

現在她的恐懼消散了，才意識到自己做了什麼。她不知道自己是怎麼到他懷裡去的。她又羞又愧，開始想掙脫出來。因為允許一個男人把她的身體抱得這麼緊，是一種決定性的親密關係，等同於允許他吻你。

平亞卻不肯放開她。「來吧，我們一起走。我擔心你娘不在你說不定會怕，看到那個年輕和尚沒跟其他人一起過來，我就溜出來找你了。」

他們轉往她住的院落，他依然握著她的手，她心情還是起伏未定，也就由他了。她覺得，既然都已經讓他抱過了，握著手也就沒什麼大不了的，反而還給了她一種偷來的快樂，就算她臉紅了，在黑暗中也沒人看得見。於是他們便這樣一起走了，她把她剛剛看見的一切告訴了他。「噢，你這個傻妹妹，你太容易被嚇著了。我應該一直跟你在一起的，在一起一輩子。」平亞說。她又向他靠近了一點，覺得這眞是太令人激動，太美妙了。他們走到院子的時候一切如常。年輕和尙顯然已經回自己房裡去了。只見那個守靈的女僕如釋重負地說：「你們可來了！和尙們都走了，可是我好幾次看見有個人一直從窗櫺往裡偷看。」

沒多久，和尙們回來了，後面跟著幾個提著燈籠的僕人，以及曾夫人和孫夫人。李姨媽被念了幾句咒之後就恢復了知覺，她聲稱完全不知道自己說過什麼，被人送回去歇著了。和尙們說那晚靈前念經要特別早開始，蠟燭也要多點些，把整個靈堂照得亮堂堂的。木魚叩叩地敲起來，和尙們開始誦經，令人昏昏欲睡，然而整個靈堂裡卻是一片吵雜。

曾夫人在靈堂裡坐了一個多小時，陪著孫夫人。「這事兒眞奇了，」曾夫人說，「這五個星期我們都平平靜靜地過來了。本來家裡辦大事的時候總有些料想不到的意外，我還沒見過完全沒有的。鬼魂附身必然有理由，比如說有什麼事兒要抱怨之類的。雖然我也不好誇口，但我們爲表哥打理的這個葬禮，可以說什麼也不缺了。要不是老太太慷慨，說不定還不能辦得這麼周全呢。現在，不管是擺香案、念經，還是燒紙錢、守靈，甚至連平兒都穿上了女婿的喪服，眞沒有哪一樁是沒做足的。我想表哥有靈，應該也很滿意了才是啊。」她這麼說，一定程度上也暗示了李姨媽那場歇斯底里說不定是在裝瘋賣傻。

孫夫人趕緊對他們所做的一切表達深切的感謝，但做爲一個細心的女人，她對李姨媽隻字未提。

平亞把年輕和尙的事告訴了他母親，曼娘、曼娘的母親和那個幫忙守靈的老媽子也補了幾句。「這事不難，」曾夫人說。「明兒個我找個藉口，叫那個領頭和尚把他打發走就是了。」孫夫人覺得她不愧是官家夫人，說起話來果然尊貴沉穩，令人佩服。曾夫人和平亞十一點鐘左右才走，走之前還吩咐兩個僕人睡在大廳門邊。

那天晚上，曼娘整夜睡不著，她母親以為她只是嚇著了，但在曼娘的內心深處，她有一種極度錯綜複雜的感覺，那感覺深沉、怪異、難以言喻。她並不是在思考，她是在用覺醒的女性本能那種非思考性的語言感受生活。在她眼中，生活既精彩又可怕，既美好又悲哀，一切都是同時存在的。

對一個在嚴格的古典傳統中長大的女孩來說，允許一個男人抱她，就是把自己的終身託付給他了。嚴格來說，根據儒家式的清教主義，她已經不再純潔了。她的身體就像一張底片，一旦暴露在一個男人面前，就不可能再屬於另一個人。如果是農村女子和茶館的女侍，情況可能未必如此，但對曼娘這個由儒家的父親教養長大的女孩來說，她心裡是清楚的。她默默地對自己說：「平哥，我是你的人了！」

等到平亞和母親回北京時，時序已是暮春。除了五七前夕純屬意外的那件事之外，也沒有更進一步的親密舉動，因為曼娘又開始難為情和害羞了。這一對少男少女見面時總是若即若離，似近似遠，反倒誘人遐思，於是在平亞心中，便賦予了曼娘一種可望而不可即的神聖之美，他以難以遏制的熱情愛著她。不，對他來說，曼娘並不完美，也不神聖；她是個凡人，膽小，瘦弱，已經咳了兩星期了。但這卻讓她的美更添了幾分。她也會嫉妒，這一點他注意到了。當平亞談起北京的輝煌壯觀，談到北京的盛宴和節日，以及大夥往來互訪的事，要是偶爾提到陌生女孩的名字，曼娘就會問：「那是誰？」她抖著嘴唇，眼光銳利地盯著他，隨後又望向遠方。她覺得自己不過是個鄉下姑娘，是他的窮表妹；她相信他是愛她的，她也受過教育，配當他的妻子；但是一想到他在京城見過或可能見過的那些遍身綾羅綢緞的富家小姐，她就不寒而慄。當他人在北京那樣的社會裡的時候，她依然是一個只能待在家裡的小鎮姑娘。

表面上，事情進行到現在，她已經沒什麼可以責備平亞的了。七七結束，他參加了出殯。他走在靈柩前，穿著女婿的正式喪服，戴著白色的魁星帽，穿著白袍，腰帶上繫著紅結，因爲他自己的父母還在世。最讓她高興而且倍感安心的是，牌位入祠堂的時候，過世者名字的左下方寫的是：「女曼娘偕婿曾康同叩」——「康」是平亞的學名。這是老太太的心願，這麼一來，他身爲女婿的身分便得以合法確立，就算他們尚未完婚老太太就過世，也不會有什麼問題了。

他們之間最大的障礙是不能互相通信。曼娘以爲奶奶偶爾也會要她給在北京的家人寫信的，當然她絕對不該想著給平亞寫私信。她的信完全是公事公辦，不帶一點私人感情。她和木蘭談起這件事，木蘭說，也許她可以私下幫她們傳遞信件。她還說，平亞說不定會跟父母提議，讓她來北京和木蘭一起上學。但這些事後來都沒了下文，她待在家裡，和平亞整整分開了兩年。她原本希望平亞隔年春天能以三月初清明掃墓的名義回一趟山東，但平亞的父母不同意，因爲路途太遠，又會影響他的學業。結果那年夏天，只有桂姐一個人帶著她三歲的孩子回來，曼娘急切地從桂姐那兒打聽曾家三兄弟所有消息，他們交了哪些朋友，還有新丫鬟叫什麼名字。

第七章　沖喜

之所以必須把曼娘和平亞在山東時的事詳述一遍，是因為在桂姐回鄉後的隔年春天，平亞就得了重病，於是曼娘便被送到北京，準備和他成婚沖喜。

平亞的身體向來健康，雖然並不孔武有力，但就一個官家之子而言算不錯了，不強壯，卻也沒有什麼病痛，只是在青少年期因為刻苦讀書，有點沉默寡言。男孩子書讀得越好，通常也越蒼白，越虛弱。這年二月，平亞開始不時發燒，出現了外感風寒的症狀。曼娘一聽到這個消息，就知道今年清明他和她一起為父親掃墓的希望又破滅了。

和平亞分開這兩年來，曼娘的變化很大。他陪在她身邊那美妙的兩個月，給她留下了一種前所未有的孤獨感，她變得異常沉默。他們無言而不動聲色的戀愛方式莫名地在她腦中勾勒出一幅愛與悲傷融合的畫面，於是她開始把愛情和喪服具體地連結在一起。她做了幾套白棉布衣服，經常換著穿，還把它們洗熨得整整齊齊，愛上了穿白衣的感覺。這也讓她渴望聽見誦經，經過喪家門前，會著迷地看著別人家的葬禮。如今在她心裡，葬禮就是愛情。其他人可能會以為她是因為喪父而憂鬱，她的母親卻很清楚，因為每當木蘭來信告訴她關於平亞的消息，或者有任何來自北京的確信時，那幾日她便顯得生氣勃勃，之後又回到她哀愁的沉默中去。她母親發現，當她打開木蘭的信時，臉上會泛起紅暈，小小的嘴唇微微顫抖，那是她特有的表情。李姨媽暗示曼娘是動了春心，但老太太絕口不肯承認是自己在曼娘和平亞成親前撮合得太過火。老太太現在很習慣有曼娘母親陪著，所以讓她們搬到北京去是不可能的。如今曼娘能做的，就是等著去北京成婚，服喪三年後除服時，她十九歲。現在她已經十八了。

這年清明，她在父親墳前哭得特別厲害，結果受了風寒。然而當她躺在床上，聽見平亞痊癒的消息，她的風寒也很快就好了。

平亞喝了些以柴胡爲主、專治風寒的湯藥，燒很快就退了，康復期間，又服了些由豆蔻、蜀漆和香附等各種成分製成的丸藥，以徹底驅病。他因此元氣大傷；他白天感到困倦，整整一個月四肢乏力，過了六個星期才又去上學。

接近四月底時，他再度臥床不起，他全身發抖，頭痛欲裂，脖子酸痛。他父母以爲他受了風寒，又給他喝了和之前一樣的柴胡湯。過了一星期他們才去請醫生。他們透過木蘭家結識了太醫。太醫來了，把了平亞的脈，什麼也沒說，只給他開了一劑由麻黃、桂枝、炙甘草和杏仁組成的湯藥，讓他催汗。木蘭那時已經十四歲，讀過幾本醫書，在她不同於常人的父親鼓勵下，也多次和他們的太醫朋友交談。所以當她去了曾家，得知這個處方之後，便認出這是主治傷寒初起的方子，回家之後就告訴了父母。

當時傷寒是醫生們最害怕的一種病：爭議最多、著作最多、最不爲人所知，也是中醫裡最複雜的。它結合了多種疾病，輪流出現寒顫和發燒，屬於斑疹傷寒的一種，稱爲傳經傷寒，也就是從一個系統傳到另一個系統的熱症。現代術語稱爲腸炎。一般認爲，這病首先會攻擊三陽經當中的一個，並且可能傳到三陰經的其中之一或全部。三陽經指的是消化系統，或稱「營」，也就是小腸、大腸，以及胃、膀胱和幽門入口；有時候我們會說「六陽經」，把膀胱、膽和胃也包括進去。六陰經則由肺、心臟，以及心包、脾、腎、肝構成，負責呼吸、循環和排泄。陰陽互爲表裡，彼此互補，並不是獨立而互斥的。營養系統（陽經）支撐並建構身體的熱量和力量，而其他的交換系統（陰經）則調節並分泌液體潤滑身體。腎、肝，尤其脾，則分泌重要液體以平衡經脈①。

當疾病還限於陽明大腸經時，一切都取決於第一階段是否得到了足夠的照護和調養。不久之後，平亞開始覺得喉嚨和嘴唇發乾，然而卻不渴，他眼花耳鳴，胸口悶漲。醫生告訴他的家人病況嚴重，但曾夫人認爲心情也是其中一個因素，也就是少男思春的問題。身爲母親的直覺告訴她，老太太撮合這兩個孩子的事做得太過了。半個月過去，燒還是沒退，而且原本的浮脈竟開始下沉②，這眞把她嚇壞了。她立刻想到要派人去找曼娘，有兩個原因。首先，因爲她還是認爲他生病的起因是愛情，或者說是「相思病」，對付這種病最可靠的治療方法，就是看到、摸到自己的愛人、聽到她的聲音，看見她出現在自己面前。第二，因爲她相信「沖喜」，簡單來說，就是在這個男孩生病的時候爲他舉行婚禮。她願意再觀望一陣子，看看是不是眞的需要走這一步，但如果有必要，讓曼娘待在附近肯定方便得多。醫生面對傷

① 十二經脈是手三陰經（肺、心包、心）、手三陽經（大腸、三焦、小腸）、足三陽經（胃、膽、膀胱）、足三陰經（脾、肝、腎）的總稱。十二經脈是經絡系統的主體，故又稱為十二正經。

② 脈象可簡單分為浮、沉、遲、數、虛、實。浮脈指脈位浮淺，輕取即得，按之稍減而不空，舉之泛泛而有餘，主病在表。沉脈則輕取不應，重按始得，病邪已入裡。

寒，也多少有些無助，至少是沒那麼有把握，在這種情況下，也非常贊成這個建議，現代醫生目前稱之爲綜合心理治療。

母親問平亞願不願意讓曼娘來看他，他答應了。

曾先生於是給山東那邊發了電報。那時他除了原來的職位之外，還在袁世凱手下擔任官辦電政局副督辦。袁世凱在當時朝廷中權傾一時，身兼直隸總督、督辦路礦大臣、電政督辦大臣，最重要的是，他還是統領新建陸軍的軍務督辦，當時正在訓練一支配備現代步槍的「新軍」。曾先生是經由一位姓牛的先生認識袁世凱的，牛先生是他的同事兼山東同鄉，袁世凱讓他擔任官辦電政局副局長。於是他發了一封很長的電報給自己的母親，說平亞生了重病，請老太太馬上讓曼娘和她母親來京，萬勿延誤。

這封電報對曼娘來說猶如晴天霹靂，她應該去，她心中毫無一絲疑問。老太太和曼娘的母親一起商量了這件事，老太太低聲說，病中匆忙成親，必然是爲了沖喜，否則曾夫人不會那麼明白地要曼娘去陪。但是曼娘的母親並沒有告訴她這件事，因爲她說不出口。雖然坐船去會更舒服一點，曼娘卻把舒不舒適這些考慮全都拋到一邊，對她母親說，她們得乘騾車，坐轎子，這樣的話，一星期左右就能到京城。老太太聽到消息也很震驚，因爲平亞是她的長孫，在家族體制中有非常重要的地位。她也想去，但說過幾天再跟李姨媽一起坐船，讓母女倆先去，她們還帶了一個男僕，一個阿媽，和曼娘的貼身丫鬟小喜兒，小喜兒的眞名叫四喜。

曾家收到她們出發的回電，估計這趟路最快也要十天。平亞已經情況危急。他瘦了一大圈，高燒依然不退，脈象很弱，不時嘔吐，四肢發冷，肚子虛軟發漲，他抱怨肚裡「寒痛」。一切跡象都顯示陽經已然「內陷」，病邪已經「傳陰」。他的身體就像被吸乾了似的，喉嚨乾荒，眼神呆滯。醫生不再企圖用麻黃、桂枝和甘草催出他的內熱，而認為必須用「和解劑」來調和或「溫暖」陰經，因為現在他們已經知道這是一種陰寒，分泌器官運作不暢，於是用附子、乾薑、蔥白與豬膽同燉。接著，隨著病情不斷惡化，又下了更猛烈的藥，包括大黃、枳實、厚朴，甚至還有芒硝。

曾家焦急地等待曼娘到來，她和這個重病孩子的第一次見面得仔細安排才行。她會是病人的良醫和救星，大家都對她寄予厚望。平亞幾次問母親曼娘會不會來，什麼時候來。有時他發著高燒，意識不清，就含含糊糊地咕噥著曼娘的名字。有一次，桂姐一個人照顧他，聽見他清清楚楚地說：「妹妹，你為什麼跑開了呢？」「我們還有整整一輩子的時間」。這些逾矩的話讓桂姐大吃一驚，偷偷把這件事告訴了曾夫人，這使他的母親更加確信，曼娘的出現會對他產生巨大的影響，讓他就此康復。

然而，有個問題困擾著曾夫人、桂姐和曾先生。如今平亞的病情又比他們決定派人去接曼娘當時更嚴重了，他們原先想透過結婚給平亞祛病的想法如今有了新的局面。他們得為曼娘想一想。如果病勢並未沉重至此，事情還不難辦，但平亞如今已經命懸一線，這麼做對曼娘就有點過份了。「兒子病得這麼厲害，要我怎麼跟表嫂開口呢？」曾夫人說。她很希望曼娘到了之後，一出現在她兒子面前，兒子的病況就能好轉。但要是不沖喜，也就別想奢望好轉了，因為醫生已經束手無策，這是最後的一個法子。曾夫人當然可以委婉地暗示一下，要是這個想法由曼娘母親那方主動提出，就不會那麼尷尬了。她推測，曼娘的母親一定也想到了，因為情況太明顯了，否則曾家不會那麼明白地要求孫夫人同來。曼娘是正式訂了親的，很難想像她會另嫁他人。但是她和她的母親會同意嗎？因為雖然沖喜這種事常有，但沒有對方家庭的完全首肯是絕對不能進行的；每一樁婚事都是如此，但在這裡，尤其需要徵詢準新娘的意見。

因爲讓一個女孩嫁給一個病重的男人，說不定大喜之日就是這男人的臨終之時，這種事是一種自願的獻身，不是錢買得到的東西。他可能不會康復，儘管大家認爲會，或者希望他會。在謹守儒家教條的家庭中，守寡是非常神聖的事，不能輕率許諾。即使是最嚴格的家庭，對一般的守寡也不能逼迫或強制，更何況眼下這種守寡並不一般。前者稱爲「守節」，後者是「守貞」。只要一個女人不願意，世界上沒有任何力量可以強迫一個寡婦成爲節婦，或者強迫一個處女成爲貞女。這種事就像是發誓終身與青燈古佛爲伴一樣，純屬個人決定。

許多女孩因爲心愛的人過世，便選擇終身不婚，拒絕所有的機會，曼娘說不定也是這樣一個以自己爲愛情獻祭的人。

＊＊＊

五月二十二日下午三點左右，曼娘和母親到了北京，當時北京正籠罩在沙塵暴中。意思是，近地面處並沒有風暴，但整個天空都被一片在上層移動的黃色沙塵蓋住了。太陽像個藍色的圓盤，幾乎看不清楚。這給這座城市帶來了一種奇異的寧靜感，就像一個過早出現又延長了許多的黃昏。

曼娘很興奮，因爲她就要來到她夢寐以求的城市，來到平亞的家了。她還不知道他的病有多嚴重，心裡急不可待。她觀察著街上的人，尤其是滿漢婦女不同的穿著風格。她的母親、丫鬟小喜兒和阿媽也一樣興奮，因爲除了那個男僕之外，她們誰也沒來過北京。

曼娘也想到了木蘭，她肯定知道她要來了。她想著，經過了這四年，現在她會是什麼樣子呢？她又想到自己身處的尷尬局面：以一個表妹的身分，她完全可以住在曾家，然而現在自己已經是個大姑娘，曾家的男孩們也差不多都長大了——連最小的蓀亞都十五歲了——她要怎麼和這些人見面說話呢？她是平亞的未婚妻，而未婚夫妻彼此應該是不能見面的！然而，如果不是爲了見他，又爲什麼要叫她來呢？她又該怎麼做，才不會被所有的男孩、大人、丫鬟和僕人嘲笑呢？

她還想著這些煩人的問題，騾車已經在一座大宅前停了下來。白粉牆延伸了一百多尺長，通往大門的上坡路有二十五尺寬，兩旁的牆斜斜通向鋥亮的朱漆金鈕大門。門楣上掛著一塊黑漆匾額，高高的刻著金色的「和氣致祥」大字。門邊掛著一塊垂直的白底灑金門牌，用淡綠色的字寫著：「官辦電政局曾副督辦府」。逐漸上升的道路前方有一對齜牙咧嘴笑著的石獅子，過了這裡之後路便寬了，立著一面照壁，面向大門，向反方向退去，形成了一片可以停放馬車的大空間。曼娘在山東從來沒見過這樣的地方。

曾家雖然已經做好了迎接的充分準備，卻沒想到她們這麼快就到了。當門房通報她們來了的時候，屋裡剎時亂作一團。襟亞和蓀亞兩個男孩去上學了，曾家夫婦帶著桂姐生的兩個女兒，以及僕人和丫鬟到二門去迎接，只留下桂姐在屋裡陪著生病的平亞。

平亞正在假寐，桂姐不敢離開。她聽見外面有女人說話的嘈雜聲和僕人的喧嘩聲。不一會兒，她的女兒愛蓮便跑了進來，告訴她曼娘有多漂亮，長得多高，穿著什麼樣的衣服。桂姐趕緊伸出一根手指放在她嘴唇上，示意她安靜，然而平亞已經聽見了曼娘的名字，他睜開了眼睛，問：「她在這裡嗎？」

桂姐跑到他身邊，輕輕地說，「平兒，曼娘來了。你很高興，對吧？」平亞還在發高燒，他無力地笑了笑，閉上眼睛，然後又睜開，說：「她眞的來了嗎？你不是在騙我吧？她爲什麼不過來看我呢？」「你別急，」桂姐說。「她們才剛到。她有孝在身，不能就這樣進病人房間的。」「她們走了幾天？好像走了很久啊。」「只走了六七天。不要爲這種問題傷神。她們走得算很快的了。你病得厲害，什麼都不知道。」「那我的病現在能好了？」平亞說。二十歲的大男孩，說起話口氣像個小孩子。「當然會好。你靜下心來，好好養病，等紫丁香開的時候，我帶你和曼娘一起到什剎海賞花去，好嗎？」她讓他喝了一點準備好的熱藥湯，叫了一個僕人陪著他，自己便出去見曼娘母女。

曾家大宅佔地寬闊，有四進深，主院東邊的狹長地帶種著一排高大的榆樹，西邊有幾條蜿蜒曲折的遊廊通往隱蔽性良好的庭院。平亞被移到西邊最深處的後院，和後院中段的父母房間隔著一堵牆。從他的房間望出去，可以看到一個三十尺寬的小院，院裡有一座假山、一個魚池，和幾大盆石榴樹。他之所以被安置在這個院落，一方面是因爲這裡極爲安靜，一方面也是因爲他的病勢越來越危急，萬一發生什麼不測，主屋也不至於因此成爲凶宅。

桂姐必須從這個後院穿過一個六角形的門，來到第三進的主庭院，然後才進入第三進的大廳，來客還在那裡和曾家夫婦說話。

曼娘穿著一套樸素的藍襖綠褲，因爲重孝已除。但她的辮子上還紮著一個黑繩結和一朵黑色的花。她個子向來不算高，但從去年桂姐見到她以來，她似乎長了不少。他們聊著這一路上的事和平亞的病情，但是直到現在，曾夫人還不敢把實情告訴曼娘的母親。曼娘母女看到桂姐和愛蓮來了，立刻從座位上站了起來，桂姐道了聲「萬福」表示問候。「孫伯母，我來晚了，您別怪罪，」桂姐道歉說。母親稱呼親戚時一般是隨孩子叫的，所以桂姐稱孫夫人伯母。「這趟路對你們母女倆來說一定很辛苦吧。我陪著平兒，他本來睡著了，愛蓮進來說你們到了，他才醒過來。他還問起你呢，問曼娘妹妹為什麼沒有來看他。」曼娘的臉微微地紅了，她母親回答，「請他放心養病。我們還帶著孝呢，不先沐浴更衣是不能進去的。」這話讓曾夫人想到，曼娘見平亞的方式該如何安排才妥當的問題。「這話極是，」她說。「我們這次給你們母女倆添麻煩了，因為實在沒法子想。我們認為他這是心病，因為平兒已經是個大男孩了，也習慣有曼娘陪著，所以也許他們兩個一見面，心裡一舒暢，病也會好得快些。我和桂姐吃午飯的時候也說到你們要來的事，我們認為，見面的時辰一定得選得恰當。曆書上說今晚戌時是吉時。嫂子，待會兒你梳洗休息之後可以先去看他，曼娘就今晚再去吧。你們一定很累了，我帶你們去看看你們的房間。」曾夫人這番話，暗示了她對曼娘來訪的重視程度要比她的母親更高，但她對她母親也表現出極高的禮遇，因為帶客人去看房間這種事通常她都是交給桂姐做的。孫夫人一再推辭，但曾夫人堅持要自己帶，因為她有好多話要對她們母女說——其實她也不知道要說什麼。於是她讓桂姐回去陪平亞，曼娘和母親便和曾先生及桂姐暫時道別。

她們的行李已經送到靜心齋的房間裡了。靜心齋位在正廳西邊一個獨立的院落裡，西面有個邊門通往平亞住的小院。這座大宅裡每個不同的庭院都是這樣設計建造的，每個院落本身都完全封閉，讓親戚們住在同一座大宅裡成為可能。這些院落通常都面朝一個小庭院，安靜、隱密、樸素而完美，一點也看不出和其他院落相通。當曼娘穿過裝著花格窗的遊廊和一個個的小門時，還以為自己再也找不到路出去了。

她們住的是一個幽靜的小院，朝南有三個房間，東邊一條走廊通向僕人房。圍著庭院的白色南牆邊有幾竿疏竹，旁邊是一塊布滿孔竅、約莫八尺高的淡藍色石板。這裡把素澹和高尚的隱士精神具象化了。然而，這個庭院的設計卻是極具巧思，當月亮升起時，人們可以看見一望無際的天空，不會有任何東西阻礙視線。

院落西側是曾家的祠堂，座落在一片空地上，旁邊僅有幾棵果樹、一座古老的亭子和幾堆殘垣敗瓦，予人荒涼之感。祠堂後面就是平亞的小院。

這是一個獨立家庭在這座大宅中能選的最好一個院落了，離各個主廳都遠，無論是當一個學者潛心向學的書齋或藏嬌的金屋都極好。這是一個可以讓自己沉浸在學術或感官的巨大激情中，忘卻外界存在的地方。

曾夫人對孫家母女表現出最不尋常的禮遇。她把每個房間、被褥、櫥櫃、梳妝台和各式用具都檢查了一遍，還親自把小喜兒和阿媽領到廚房。龍眼茶和杏仁糊端上來了，曾夫人告訴她們，麵條就快好了，可以當她們下午的點心。

僕人拿來一對新座墊、一只新痰盂、一只白銅水煙筒，和一張床頭櫃用的繡花桌布。曾夫人罵道：「怎麼不早準備好，這會兒才拿來？」其實她很清楚客人比預料早到了，所以並不是僕人的錯；但她還是說了這些話，這是為了對來客表示更大的敬意。「要是還缺什麼，叫小喜兒過來跟桂姐說一聲就是了，」她說。「我們這趟來得匆忙，也沒從鄉下帶什麼上得了檯面的禮物，反倒承蒙你們這樣殷勤款待，眞不知道該怎麼好呢，」孫夫人說。「這些屋子簡直是神仙住的，只希望我們有這個福份，擔待得起。」「擔待得起！」曾夫人回答。「我們還怕你們請不來呢。我想今年我們一定是流年不利。打從入春以來，就一直家宅不寧；家裡總有人病著。我眞希望你們倆來了之後，能讓我們轉運。我們家平兒已經病了快一個月了，還沒有好轉的跡象。」「他現在情況怎麼樣？」孫夫人問。「他年紀輕輕的，怎麼撐得住肚裡的火煎熬這麼久？」曾夫人說，心想也該讓兩位對眞實的情況有點心理準備了，然後她繼續說，「他大便不通，小便失禁，總是說肚裡寒痛，腹脹，手腳冰冷，沒有力氣，我昨兒給他換內衣的時候，看見他連肩胛骨都突出來了。眞後悔我們一開始沒有立刻請醫生，還以爲就是之前的外感風寒呢！現在醫生給開了大承氣湯，說是瀉內熱實火用的，你也知道，實火和虛火不同。除非血裡眞有熱毒，否則是不能下芒硝的。但我總想著，這樣一個年輕的身子，經得起多少芒硝呢？不管什麼病，總是內在元氣先失調了，又受了外界的寒熱才引起的。人跟植物一樣；要是根柢強健，枝葉就茂盛，要是根上出了毛病，枝葉便乾枯了。我跟平亞的父親實在無計可施，只能想著，要是你們來了，平兒的心情就能鬆快些，元氣的源頭說不定也就開了。這就是我們請你們來的原因。我那可憐的孩子啊……」曾夫人說不下去了。「您放心，」曼娘的母親說。「這麼好的一個孩子，絕對不會年紀輕輕就有什麼好歹的。只盼菩薩保佑他，我們凡人就盡人事吧。只要他能好，我們母女倆什麼都願意做。」曾夫人流下淚來，說，「要是兩位能救我兒子的命，你們就是曾家的大恩人了。」接著她忍不住轉向曼娘，哀淒地說：「曼娘小姐，求求你救救我兒子。」說這話時，她的身分已經不再是表伯母和未來的婆婆，而是一個在可能拯救自己重病兒子的人面前苦苦哀求的痛苦母親了。

聽見平亞的眞實情況，曼娘心裡一陣劇痛，眼淚像斷了線的珍珠一樣滾下來，卻不敢哭出聲。但當曾夫人對她用上了「求」這個字眼，她再也忍不住了，她轉身走進隔壁房間，撲在床上痛哭。

曾夫人聽見另一個房間傳來模糊的抽泣聲，這才警醒過來，明白了爲什麼曼娘沒有回應她的請求便突然離開。

她強忍悲傷，說，「要是老天有眼，就該保佑這小倆口，讓他們永結同心。」但她說不下去了。她覺得自己對曼娘而言也是母親了，於是她走進房間，坐在她身邊的床上，想安慰她。曼娘坐了起來，覺得很羞愧，但曾夫人緊緊地抱住她。這讓曼娘更失控了，在曾夫人懷裡啜泣起來。

婦人和少女就這樣理解了彼此，雖然她們一句話也沒有說。

＊＊＊

這時，桂姐的丫鬟紫薇一直站在門簾後面，不敢進來。曾夫人抬頭看見珠簾外的人影，便叫道：「那不是紫薇嗎？進來吧。有事嗎？」曼娘覺得害羞，整個人轉到另一邊去，頭低低的不出聲。「那邊差我來問，」紫薇說，「表姨媽是現在就吃麵呢，還是過一會兒再吃？如果現在就要，麵馬上送來。」

「我們不餓，」孫夫人回答，她也跟著曾夫人進了房間。曾夫人又問了孫夫人一次，但孫夫人說她現在沒心情吃東西。曾夫人對丫鬟說：「回去告訴他們，現在不需要。過一個鐘頭，讓她們再休息一會兒，就可以送來了。」她轉過身對孫夫人說：「你們才剛到，我眞不應該拿家裡的煩心事惹你們難受。我得走了。」

孫夫人說，等她梳洗過換上新衣服，把頭髮上的黑繩結拿下來，就會過去看生病的平亞。對服喪來說，這是可以接受的，因爲已經過了兩年，黑色是第三年的顏色。半小時後會有一個丫鬟過來，領她去看平亞。「你應該先勸曼兒冷靜下來，」曾夫人說。不知道爲什麼，「曼兒」這樣一個親暱的稱呼她自然而然地便脫口而出。「她該好好休息一下，今晚她去見平兒的時候，你應該給她打扮一下，這樣他見到她會更高興的。」紫薇說要陪曾夫人回去。她的房間並不遠，但一面的牆邊有長廊，另一面則是開放式的，會這樣設計，是想讓通道盡可能像迷宮一樣，有許多曲折和起伏，這對悠閒的散步很適合，但對忙著做事的人就不太方便了。她們兩人去了桂姐房間，曾先生在房裡打盹，桂姐出來告訴曾夫人平亞的情況。「他醒了之後一直沒再睡沉，就只是一遍又一遍地問爲什麼曼娘還沒來。」「我眞沒見過少年男女這麼相愛的。曼娘哭得像個淚人兒似的呢。」「你提過沖喜的事了嗎？」「她們才剛到，這話我說不出口。也不知道人家做娘的願不願意。」「但不管怎樣，他倆這輩子已經拴在一起了，」桂姐說。「凡人解得開老天爺繫的紅線嗎？我去和曼娘談談；只要她願意，我想她母親不會反對的。我跟她從我去年回山東時就相處得蠻好，她應該會跟我說眞話。當然，姑娘家說起自己的終身大事，會害羞是一定的。」「這主意不錯，」曾夫人說。「她母親等會兒要去看平亞，你就可以進去跟她單獨說話了。」於是曾夫人便往平亞房間去，準備等曼娘的母親來。才出門，就看見剛放學的襟亞和蓀亞，他們都很興奮，打算去看嫂子，但他們的母親說她正在休息，在她差人去找他們之前別去打擾她。丫鬟紫薇正在跟桂姐描述她看到的情景，邊說邊笑。「我看到她們婆媳兩個抱在一起哭呢。」「曼娘哭得厲害嗎？」桂姐很感興趣地問。「我哪看得見啊？我進去的時候她完全是背對我的，我只看見她肩膀一抖一抖，用一條白手絹兒掩著臉。」

＊＊＊

孫夫人和曼娘到這裡之後，這會兒是第一次只有她們單獨兩個人在屋裡。曼娘懷著極度悲傷的心情在各個房間漫無目的地走著。這地方看起來那麼安靜，那麼像家，很舒適，也很熟悉。庭院裡有個四尺大缸，裡頭養著金魚。她看到丫鬟一個個都穿得那麼漂亮，有點自慚形穢，她想，這兒連看門的都穿得比我爹好。

大床是堅硬的黑檀木細工雕出來的，床柱上有黑色和棕色的雕花，床帷是湖綠色的薄紗，鍍金帘鉤細緻精巧。帳頂一分爲三，各是一幅絲繡彩繪，中間是一對鴛鴦在荷花叢中悠游，右邊是豔麗的牡丹花上飛著幾隻燕子，左邊則是一只杜鵑鳴春。她聞到一股異樣的香氣，發現前方的兩根床柱上各掛著一只絲綢香囊，裡面裝著麝香。她在床邊坐下，看見墊子上自己的淚痕，不覺難爲情起來。

這套房間在大宅西邊，向南延伸，於是房間最南端便構成了庭院的西廂，傍晚柔和的光線從窗紙和一格格的窗櫺透進來。那天下午，在一個陌生的地方，那片暮色看上去彷彿永恆。一張平平的紅木桌靠在窗口，桌上放著一節老竹筒，幾乎成了皮革色，是用來插畫筆的。南面牆上有個書架，西面牆上掛著幾幅行雲流水的行書掛軸，這房間顯然曾經是書房。

這整個房間令她浮想聯翩。她坐在床上，可以看見西南角的書架邊有一尊瓷觀音，幾乎有兩尺高，通體純白，做工細緻。她臉上帶著慈祥平和的微笑，沉穩自在。當時的每個女人都認識觀音，或稱觀世音，她還有一個更長的名字，叫做「大慈大悲救苦救難觀世音菩薩」。曼娘不知不覺走到塑像前，虔誠地站在那兒默默祈求。這是一個少女無助地將一切交託給一位慈悲神祇的祈求，對那未揭開的謎題和未實現的命運，向她求一個神秘的答案。

曼娘的母親已經很習慣她獨生女這種沉默的情緒，也由著她，自去梳洗更衣，等著小喜兒回來幫她開行李。

小喜兒是個胖胖的、傻呼呼的鄉下姑娘，還斷了一顆門牙，自從她來到這樣一座豪宅之後，就一直慌慌張張的。孫夫人要她去拿一把新掃帚，再借一只錘子，她一去就是二十分鐘。她一回來，孫夫人便問：「你上哪兒去了？還有很多事情要做呢。」「太太，」那小丫鬟說，「我從來沒見過這樣的房子。我完全認不得路，最後走到大門口去了——我也不知道怎麼走的——那看門的問我要幹什麼，我跟他說我要去後頭的廚房，他哈哈大笑。然後他告訴我，直直走，到了第三進，往東拐就是了。可是回來的時候我又弄迷糊了，繞了半天才回到這兒。」「如今我們人在北京，在這樣一座帶花園的大宅子裡，」孫夫人說，「你說話得留點心。人家問你什麼，開口回答之前先想想，也別說太多。想說的話，說一半兒就行，另一半兒吞回去。你知道，這裡不比鄉下。看看別人，學點兒禮貌和規矩。」孫夫人叫曼娘來梳洗，她照做了，用的是一種洋胰子，要不是在山東時曾經在曾家住過，還不知道這東西怎麼用呢。在平亞屋裡伺候的丫鬟雪花這時從側門進來，她並沒有直接進屋，而是先到東側的僕人房通報，問孫夫人是不是準備好了，她是來接她過去的。小喜兒進來報告這件事時，孫夫人立刻對她說，「你瞧，這就叫禮貌規矩。你到別的院落去的時候，可不能直接去見人家夫人和少爺小姐，得先跟他們的丫鬟說話才成。」

接著孫夫人讓雪花進來，她進屋之後，說，「我們家太太問候您，說等您準備好，就讓我帶您過去。」

孫夫人去了，又剩下曼娘一個人。沒過多久，有個僕人送來一碗雞湯麵，說她母親會在那邊屋裡吃。曼娘還有點昏沉，腿也因爲長途旅行還在酸麻，但喝了點熱雞湯之後，人也暖和了，便到西廂房的床上躺了下來。

她突然感到一陣莫名的困倦，剛閉上眼睛，就看見白雪覆蓋的田野上有一座廢棄的古廟，她走在雪地裡，雪花還大片大片地飄著，她不知道爲什麼只有自己一個人，也不知道同伴都到哪去了。她看了看門口掛著的匾，原來是座祠堂，可是匾太舊了，上頭的姓氏幾乎無法辨識。她走進去，發現那兒空無一人。那時已是黃昏，她又冷又怕，想著要生堆火。她在地上找了些稻草，卻找不到火柴。正當不知道該怎麼辦的時候，聽見外面傳來一個聲音。她轉過身，看見一個黑衣少女，提著一籃木炭，笑著說：「曼娘，快看，看我給你帶了什麼來。」這少女長得很像木蘭，她記起自己已經好多年沒見過木蘭了。黑衣少女進來時，她心裡正唸著：「火柴到哪兒去啦？」黑衣少女似乎看穿了她的心思，說：「看，那盞長明燈那兒不是有火嗎？」她抬頭一看，果然看見那盞油燈明晃晃地懸在神龕前。她們倆拿了些稻草，用油燈點了，生了個有模有樣的火堆。然後她們往裡走，卻看見狹窄的長廊裡擺著幾口棺材，她很害怕。突然，她看見長廊那頭立著一個白衣女子，容貌極美，因爲她長得和那位慈悲的觀音一模一樣。「曼娘，過來！」那女子叫她。曼娘依然不敢穿過那條長廊，但她想靠近一點，好看看那張慈祥的臉。她叫黑衣少女和她一起去，但她說：「不，我留在這兒，替你燒著火，等你回來。」似乎有股奇特的力量吸引她走過擺滿棺木的長廊。路很黑，她很猶豫，但慈悲的觀音仍然微笑著叫她不要害怕，她要帶她去看看她的宮殿。她繼續走，長廊盡頭是一道深溝，上頭只有一片棺材蓋當橋，白衣女子現在就在那道溝的對面。「我過不去，」她對觀音說。「不，你可以的，你一定得過來。」棺材蓋只有一尺半寬，而且兩邊還是向下彎的，而她是小腳，這種不可能的事她做不到。「你必須過來，你做得到的，」那聲音說。雖然看上去令人難以置信，但她居然過了橋，而且，看哪！她竟在一座仙島上，島上玉樹珠花、畫棟金頂，還有朱紅色的高樓寶塔，和綴著雕花窗格的蜿蜒迴廊。她身後的破廟消失了，仙宮四周一片雪白。她發現自己穿著白色的喪服，那白色看上去那麼美。銀色的樹上掛著剔透的冰柱，空氣清冽而稀薄。「瞧瞧我準備給你看的東西吧，」那女子說；她離她越近，就越像觀音大士。她們走過大理石平台，進入一座宮殿，她知道，這就是永明宮了。大殿裡的少男少女，有些提著花籃，有些在照看祭壇上的香，他們彼此談笑，交頭接耳，毫不忸怩。當中一個穿綠衣的少女來迎接她，說她很高興看到她回來。突然間，她覺得自己好像來過這兒，對這座宮殿很熟悉，她也不再害羞，和男孩們自在暢談起來。綠衣女問她：「和你一起下凡的那個同伴在哪兒？」曼娘停了下來，心下詫異，但她一點也想不起那是誰了。「都是你的錯，」綠衣女說，「所以你們兩個才會離開這兒。」現在曼娘全都想起來了。她原本是天界果園裡的一個仙女，犯禁令愛上了一個年輕園丁，於是兩人被逐出宮，在人間相愛、受苦。現在她終於明白，爲什麼自己要比伴侶經受更多的苦難了。

白衣女子又過來把她帶開，說她的朋友還在等她。於是她們又回到大門口，觀音伸出一根手指輕輕一碰，把她推了出去，她彷彿從空中墜落下來，耳邊聽見一個聲音在喊：「醒醒，醒醒，曼娘！」

她環顧四周，發現自己又回到了那座荒廢的祠堂。穿黑衣的女孩還守著那堆火，而自己睡眼惺忪地躺在地上。「我在哪？」曼娘問。「你一直在這兒呀。你一定在作夢。你已經睡了半小時了，看這火，都快滅了。」曼娘望著那堆火，它看起來那麼眞實，她眞的以爲自己在作夢。「我夢到自己在一個好奇怪但是好美的地方，就在我走過那條擺滿棺材的長廊，又過了一道棺材蓋做的橋之後，但你卻不肯跟我一起走。」「什麼長廊？」黑衣少女問道。「就在那兒呀！」曼娘回答，她坐起來，往長廊的方向張望著。「你在作夢吧，這兒根本沒有什麼長廊——只有一個院子。」「怎麼會。作夢的是你吧。我要去看看。」黑衣少女把她拉回來，說：「胡說，你作了個傻夢，就瘋魔起來了。我們都在這兒，外頭還在下雪呢。」少女拉得更使勁了，她又聽見了「曼娘，你在作夢，」的說話聲，她醒過來，發現她身在曾家自己的房間裡，桂姐站在她身邊，拉著她的袖子，臉上帶著微笑。「你一定累壞了，」桂姐說。曼娘坐起來，一臉茫然。「您什麼時候來的？我讓您等很久了嗎？」她問。「也沒多久，」桂姐依然笑著。她在她身邊坐下，身體緊緊地靠著她的手臂。「別這樣擠我，」曼娘說，「不然我又要從這個夢裡掉出去了。」「你在說什麼呀？」桂姐問。「你到底是醒了還是沒醒？」「掐我一下，」曼娘說，桂姐便當眞掐了她一下。曼娘感到一陣輕微的疼痛，自言自語道：「這次說不定我是眞的醒了。」「你夢到什麼了？你不知道跟誰又說又爭執的，說你不是作夢，另外那個人才是作夢。」「我做了個好美妙的夢……然後我從第二個夢裡醒過來，回到第一個夢裡，那火還燒著呢，地上都是雪……噢，我全搞迷糊了！」然後她的視線落在書房角落那尊觀音像上，看見了那個在夢裡和她說話的白衣女子的臉，才想起自己在睡著前曾經仔細看過那張臉，現在這座豪宅看起來就像她夢裡的宮殿。

＊＊＊

桂姐是一個人過來的，沒有帶丫鬟，她想和曼娘私下談談，因為這件事很敏感，她摸索著，想找個話頭開始。「你還沒梳頭呢，」她說。「你今晚去看他的時候，得稍微打扮一下。」「看誰？」曼娘假裝聽不懂。「看他呀，」桂姐露出促狹的微笑。「你這一趟來京城，不見你的平哥，還見誰？」到目前為止，還沒有人直接對曼娘說起見未婚夫的事。她尷尬地皺起眉頭。「我怎麼能去見他呢？」她說。「你拿我打趣兒。」「不，我是認真的。這趟請你們來，就是為了讓你見見平哥，不然我們也不會發電報了。雖然訂了親的未婚夫妻一般是不見面的，不過我們也沒別的事能做了。」「要是我就不見他呢？」

桂姐知道曼娘閃避話題只是因為害羞。「你父親過世的時候，有個人願意戴孝，把自己的名字用女婿的名義刻在牌位上。現在這個人病了，你連去見他一下都不肯？」「不是我忘恩負義。只是，要是我去了，人家會笑話我的，」曼娘說。「我們的父母訂下這婚約的時候是按規矩來的，要是現在我什麼矜持都不要了，跑去看躺在床上的他，人家會怎麼說我呢？我會羞死的。」「這你就不必擔心了，又不是私下裡幽會。當然那兒也不會有男人在，只有他娘、你娘和我。這樣就不會有人笑你了。起來吧，我給你梳辮子。」曼娘說她不敢勞駕她，但桂姐堅持領著她去梳妝台，讓她在梳妝台前坐下。桂姐打開桌上的黑漆小櫃，支起裡頭的鏡子。她站在曼娘後面，覺得這樣她們更容易談她心裡想談的那個話題，她可以從鏡子裡看見曼娘的表情。她解開她的頭髮，烏黑的頭髮披在她肩上，襯托出她白皙的小臉和嬌嫩的嘴唇。曼娘的眼睛還有點紅。「你也別騙我了，」桂姐說。「你剛哭過。」曼娘生氣了，轉身去抓梳子。「奶奶，你再這樣取笑我，我就不讓你梳頭了。梳子給我。」桂姐硬把她按回椅子，讓她重新對著鏡子。「我們再不快點，就來不及了。襟亞和蓀亞已經從學校回來了，也等著要見你呢。」曼娘也不再反對。辮子梳好，桂姐看著鏡子裡那張臉，說：「看！不怪平亞。如果我是個男人，也會爲這張臉害相思病的。要是病中有這麼一張臉來看我，我也會好起來的。」桂姐看見鏡子裡的曼娘抬起眼睛看著她。「你把我當什麼了？我又不是能治病的草藥。」「比那更好，你說不定是個好心的仙女呢，」桂姐說，用兩根指頭把曼娘的頭髮捋捋順。「我沒跟任何人講，但我眞算不清平亞問你的事問過多少次。幾天前，我一個人在他房間裡，他發著高燒，喊著你的名字，說，『妹妹，你爲什麼跑開了呢？』」曼娘的臉紅透了，小小的嘴唇又顫抖起來。在她心裡，眞希望當下就能衝進去見他一面。「老實告訴你吧，」桂姐繼續說，「曾家上上下下都把你當成救平亞性命的好心仙女呢。只要有你，就可以讓他高興起來，他看見你的時候，就能少受點苦。」曼娘把臉埋在手裡。「我知道這對你來說很難，」桂姐坐在她身後，手扶著她的肩膀。「但你們彼此也不算陌生人了，你們是跟表兄妹一樣從小一起長大的。二來這件事是長輩們的願望，第三，平亞病重，現在也不是墨守成規的時候。」

曼娘抬起頭，眼裡都是淚。「但是我們還沒成親，我見到他的時候能做什麼呢？就算我想照顧他，我又能怎麼做呢？」桂姐知道，曼娘不但說了要見他，還說要服侍他、照顧他，這些話意義重大。「我想呢，」桂姐說，「眼下你還沒有必要日夜照顧他。他也只想見你，和你說說話兒。要是你幫忙治好了平亞，曾家就欠了你天大的恩情。目前呢，當然是不方便。太太昨晚跟我說了，要是你和平亞已經成親，你一直看著他，人家也不會說什麼。但目前這個情況，你去見他的時候我們其他人也得在場，就跟正式探病一樣。」曼娘專心地聽著，桂姐繼續說：「你知道嗎，曼娘，我們一開始發電報給你們的時候，太太本來是想讓你們趕緊成親沖喜的，所以才要你娘也一起來。現在平亞的病更不好了，不知道之後會怎樣，太太也不敢對你提這個要求。要是有個什麼三長兩短——你還這麼年輕。」「要是有個什麼三長兩短，你覺得我還會嫁給別人嗎？」曼娘毫不猶豫地說。「他們對我那麼好，要是我還不懂得感恩，我就不配做人了。」她神色嚴肅地繼續說，「奶奶，我把我心裡的話告訴你。我活著是曾家的人，死了是曾家的鬼。」話說得簡單明白、莊重而真誠，她說話時沒有顯露出感情，彷彿她對於做這件事從來就沒有過任何疑問。「你當然是願意的，這我從來沒懷疑過，」桂姐說，「我們都希望沖了喜，平亞高興了，病就能早日康復。但作父母的，自然得考慮你的未來，除非你自己願意，否則我們是不會這麼做的。我們現在能做的事也不多。這就是不好下決定的原因。」「怎麼做都行，只要能讓他好起來，都行！」曼娘抽泣著說。「要是真發生什麼不測，我就剃了頭髮當姑子去，」她一會兒之後又說。「別胡說，」桂姐說。「事情還不到那個地步，再說，公婆也不會讓你去的，而且還有你娘在呢。你確實已經是曾家的人了，在我看來，你和平亞的命運已經緊緊連在一起了。我們等著瞧吧——誰敢說明年老爺太太就抱不到孫子，我們吃不到紅蛋呢？」「你又取笑我了，」曼娘嘆了口氣，站起來，轉過身去。紫薇站在門外通報，說二少爺和三少爺見曼娘來了。桂姐給曼娘抹了抹眼淚，低聲說：「都是我不好，別讓他們看到你眼睛紅了。你知道，蓀亞還是很頑皮的——一直都是那麼孩子氣。」曼娘走到鏡子前面抹乾了臉，桂姐叫紫薇把兩個男孩帶到正中央的房間，那是客廳。這讓桂姐想起要告訴曼娘，木蘭差了人來問過她什麼時候到，她說晚上就得給木蘭消息。曼娘一面往臉上撲粉，一面覺得，這天發生的一切就像一場夢一樣。這時她聽見蓀亞的聲音在外面喊：「曼娘，我們來看神仙了，這神仙還在給自己的臉撲粉呢。」

她往鏡子裡一看，便看見蓀亞站在門口。

桂姐用責備的口氣喊道：「小叔怎麼能往嫂子房裡偷看呢？要是你們不回座位上坐好，我就叫曼娘不要見你們。」

儘管曼娘膽子小容易受驚，稍微興奮就會心跳不已，但再次聽到蓀亞的聲音還是很開心，這讓她想起了木蘭，也想起了四年前的快樂時光。她走出房門，臉上帶著微笑，襟亞和蓀亞看見她的黑眼睛在睫毛底下閃著光。她優雅地往前走，在門外停了下來，然後互相打招呼。襟亞長大相當多，臉也更瘦長了，但蓀亞還是矮矮胖胖的，臉色更紅潤了，他笑得很燦爛，幾乎合不攏嘴。

他們穿著一色的淺灰藍皺紗長袍。蓀亞自然更好看些；他的眼睛又大又直率，雖然嘴唇是厚了些，只要一笑，臉上就會出現一個酒窩——像是在說：「現在你打算怎麼樣？」襟亞已經十七歲了，更有自覺了些，笑容也很克制。「大夥兒都長大了，」桂姐說，「結果一個個都不懂得禮數，只會你看我我看你的說不出話來。快跟姐姐行禮啊！」男孩們照做了，曼娘也回了一禮，但大家還是不知道該怎麼開口。紫薇站在一旁，饒富興味地看著他們。曼娘用輕得幾乎聽不見的聲音請他們坐，自己也在門邊坐下。蓀亞還咧著嘴笑，盯著曼娘看，好像她是個怪人或陌生人一樣。「襟亞，蓀亞，」曼娘說，「我們四年沒見，你們都長得這麼大了。」她對平亞的兩個弟弟說話時，聲音裡充滿了前所未有的親愛。

「你們剛放學，是嗎？你們的老師好嗎？現在都學些什麼？」「噢，我們學天文、地理和算學，」襟亞回答。這些科目雖然曼娘都聽過，但她也知道這些東西是她永遠都不會學的，因此對她來說，這一切都很遙遠，很模糊。她父親曾經咒罵過這些古怪又大肆宣揚的新科學、天文、地理和物理、化學，說這些都是洋鬼子和譴責纏足的下賤新派才會學的東西。

曼娘試圖想像平亞學的是什麼，問道：「你們都不學國學了嗎？」「我們念《左傳》，」蓀亞說，「不過我們有個老師說，這些東西都過時了，一點用處都沒有。我們離開山東之後就沒唸過《詩經》了。你還記得那個『有子七人，莫慰母心』嗎？我們那時候多愛這段啊！現在我們連在課堂上都不大聲唸書了。」這讓曼娘想起了和他們一起上家塾的日子，想起和木蘭一起度過的那些夜晚，那些愉快的回憶，還有他們一起吟誦的《詩經》。那些詩句的聲音和音調至今還迴盪在她耳邊。「你還是那個淘氣的蓀亞，」曼娘說，但蓀亞跳起來打斷了她。「啊，我們還念英文兒呢，古特莫寧，發樂兒，媽樂兒，不拉得兒，西斯特兒。你就是我的西斯特兒，我是你的不拉得兒。萬，吐，特立，弗沃，法弗……」蓀亞就跟所有的北方人一樣，永遠念不好短音「a」，還把「am」唸成「ime」，「five」唸成「fau」。襟亞在偷笑，曼娘則是眞的笑出來了。「這是什麼？這都是些什麼啊？」她問。「萬，吐，特立，弗沃，法弗，」蓀亞又彎下腰來說了一次，「你是我的西斯特兒。平亞是我的不拉得兒。」蓀亞哈哈大笑，襟亞也笑了出來，曼娘聽不懂他說什麼。她只聽出了「平亞」兩個字，便覺得難爲情。「嗯，所以你正在學一種拿來中傷人的外國話，」曼娘說。「我才沒中傷你。我說你是我的『西，斯，特兒！』」蓀亞說。「『些，些，特兒』是什麼呀？」桂姐問襟亞。「我敢說他一定在講曼娘。」可是襟亞沒回答，只是噗嗤一聲笑了出來，曼娘氣得紅了臉。這時曼娘的母親進來了，雪花迎她入內。孫夫人進來時，已經在另一個院落見過她的男孩們都站了起來。她看見他們在笑，曼娘卻難過得快要哭出來的樣子，就問桂姐說，「這是怎麼回事？」然後她轉向兩個男孩。「她才剛到，你們不應該欺負她，」「我也不知道是怎麼回事，」桂姐回答。「您問蓀亞吧。」襟亞回答，「我們眞的不是故意要欺負姐姐。蓀亞只是在告訴她我們在學校是怎麼學英文的。」「我聽到他說……」曼娘說。她本來想說「平亞」，但話到嘴邊，又收住了。「說什麼？」蓀亞追根究底。「別管這個。反正你一說外國話，我就知道你在中傷我，」曼娘說，想迴避這個問題。桂姐轉向襟亞，問，「蓀亞到底說了什麼？」「好吧，」襟亞索性說個明白，「他說平亞是他哥哥，曼娘是他嫂子。」「也不是什麼太難聽的話呀，」曼娘母親說，但是曼娘又噘嘴又跺腳，蓀亞走到曼娘身邊，親切地說，「別生氣了。你看，我不是沒中傷你嗎？」曼娘哭也不是，笑也不是，因爲儘管蓀亞調皮搗蛋，她還是很喜歡他。

桂姐帶著兩個男孩回他們的院落去了。但從那之後，蓀亞只要碰上曼娘心情不好，或者想捉弄她的時候，就會用「西斯特兒」來稱呼她。但除了這些基本單字之外，無論蓀亞或其他人，在英文方面都沒有什麼進步。

第八章　成親

那天晚上，曾家特別擺了筵席爲曼娘母女接風。曼娘面若桃花，豔麗非常，連嚴肅的曾先生也忍不住看了她好幾次。桂姐一如往常忙著給其他人夾菜，她對客人如此殷勤，孫夫人有點不知所措。蓀亞滿懷歉意，不停地和他的「考辛—西斯特兒」說話。襟亞倒是很安靜，因爲他年紀比較大，而且怕他父親。

曼娘幾乎覺得自己像是要出嫁的新娘子。事實上，比那更好，因爲對她來說，這是和心上人分別兩年之後的重逢。她幾乎沒怎麼吃，全身籠罩著戀愛中少女的光環和魅力。她的眼睛亮得出奇，潔白細牙上方的兩頰紅撲撲的，膝頭也在微微顫抖。她心裡極度渴望的那件事，現在就要在父母之命下做了。這是個極樂世界，桌上的菜餚、談話、蓀亞的聲音、伺候的丫鬟——一切都在她周圍漂浮著。她心裡只想著一件事，「我到底是不是那個能讓平亞痊癒的善心仙女呢？」她身上的三萬六千個毛孔，每一個都散發著超自然的力量，隨時準備協助她，她感覺到一種奇怪、令人陶醉的慾望，震動著她的全身，讓她想立刻把晚飯吃完去見他。除了她的意識之外，還有其他的力量控制著她，紅潮一陣陣湧上她的臉頰，胃裡汩汩作響，額上也冒出了細細的汗珠。

整場晚宴上說過的話，隔天她一句也記不得了。她只知道所有人的眼光，包括僕人們的，都集中在自己身上。

晚宴的甜點是水果，她吃了好幾片梨，方才覺得好多了。

平亞現在住的院落在曾家夫婦屋子後排的西邊。雖然主庭院的房間是相連的，前方還有一道比庭院高出兩尺的共用長廊，但平亞房間所在的那棟建築，是由一面有六角門的牆和主庭院隔開的，六角門的兩邊各種了一棵桃樹。院子裡鋪著兩尺見方、極古老極厚實的地磚，還有用鵝卵石鋪成、盤成各種圖樣的蜿蜒小路。庭院裡有一座假山和一個小池塘，有三道長長的石階通向門廊。主樓裡有三間房，僕人的住處在東邊，和主樓分開。

晚宴甜點還沒上，桂姐就趕著先離席，去準備平亞這次喜氣的探望事宜。雪花迎了出來，問是不是新少奶奶要來了。雪花說「新少奶奶」或者「新娘子」其實都是在開玩笑，桂姐也只是笑著說：「別胡說八道了。」

平亞這一覺睡得很香。那碗熱銀耳雞湯對他很有用，他醒來時滿頭大汗。桌上的洋油燈已經點上，燈芯調得很低。他問雪花這會兒什麼時候了，雪花說他們正在吃飯，孫小姐很快就會過來看他。他吩咐雪花把燈芯調高一點，這樣曼娘來的時候房裡會亮些，接著他又要在滾燙的水裡擰過的熱手巾，雪花拿來手巾給他擦了臉。雪花是個非常聰明負責的姑娘，這就是她會在平亞生病期間被派來照顧平亞的原因。她原本的名字叫梨花，但因爲避曾夫人的諱（曾夫人閨名玉梨），就改叫雪花了。

桂姐一到，發現屋裡的燈點得亮堂，這是上星期從未有過的事。

她要雪花到台階上等著客人，自己和平亞說話。不到五分鐘，便聽見雪花在院子裡喊：「她們來了！」雪花跑上前攙著曾夫人，曼娘跟在扶著小喜兒的母親後面。桂姐等在房間門口準備迎接她們。三個女人堵住了入口，曼娘落在後頭，她站在門口等著，心裡激動萬分。

突然，她眼前出現一片開闊的空間。平亞床上的帳子已經掀起掛好，曼娘從敞開的門裡看見他瘦削的臉，和一雙望著她的大眼睛。她本能地低眉垂睫，避開他的眼光。

這時，曾夫人過來拉起她的手，把她帶到床邊。她對兒子說：「平兒，你表妹來了。」對一個年方十八的女孩兒來說，這麼難為情的場面是前所未有的，但曼娘鼓起最大的勇氣，用顫抖的聲音說：「平哥，我來了。」「妹妹，你可來了，」平亞說。他們就說了這兩句話。但對平亞來說，意義大過整個世界。

曾夫人唯恐平亞說出不適當或讓人尷尬的話，便先把曼娘帶開，讓她坐在床尾的桌子旁，柔和的燈光映在她緋紅的臉和綠色的翡翠耳環上，把她的黑髮和挺直的小鼻子襯得格外立體。曾夫人把曼娘的母親領到一張椅子上坐下，自己坐在床邊，桂姐依然站著。桂姐對雪花說：「你可以和小喜兒到外頭去等著。」平亞從錦被裡伸出一隻手，曾夫人想把他的手放回去，說可不能讓他著了涼。「我這會兒覺得好多了，」他說。母親彎下身去摸他的額頭，的確，燒退了。孫夫人也說他確實比今天下午見到他時好多了。桂姐也過來摸了摸他的脈搏，說，「確實是真的。我還不信仙藥會有這樣的神效。你們母女倆一來，勝過十個太醫。曼娘今天下午還跟我抗議說她不是草藥，我說她比什麼草藥都靈呢，因為她是平兒命中的福星啊。福星降臨了，這光芒一照，病魔就自己離開了。」

曼娘覺得自己簡直收不住臉上幸福的微笑，但當桂姐滿嘴說的都是她的時候，她還是對自己的母親說：「她就是喜歡拿我湊趣兒。」「一切都是天意，」曼娘的母親說。「病勢到了該轉好的時候，有了佛祖保佑，病人自然就會好起來。這不是人力可及，我們母女也不敢居功。」曾夫人高興地說，「今天下午醫生來過，說按照這個情況，過幾天就能吃點老糙米粥了。人的身體還是得靠食物滋養，一旦他能喝粥，康復就快了。那些草根藥湯只能抗病，用來恢復體力是不行的。」平亞靜靜地躺在床上，聽著關於自己的好消息。他伸出的左手露在外面，擱在綠色的錦緞被面上，曼娘看著那隻蒼白枯瘦的手，看得入了神。

曾夫人很滿意，她起身對曼娘的母親說，「你們今兒個旅途勞頓，一定累了，早點歇著吧。」曼娘的母親也站了起來。平亞露出詫異的表情，曼娘雖覺心疼，但也跟著起身。桂姐說，「曼娘才來。表兄妹兩年沒見了，你們應該讓他們多聊聊。你們可以先走，我留下來陪他們。」「那也好，」曾夫人說。這顯然是事先安排好的。桂姐送走兩位太太之後回到房裡，平亞對曼娘說，「曼娘，過來坐在床上，」但曼娘不肯。桂姐說：「表哥要你坐近一點，你就照做，這樣他跟你說話也輕鬆些。」

於是曼娘羞怯地移動了位置，覺得自己在做一件非常不得體卻令人興奮的事。她斜著身子坐在床邊，不由自主地用手輕輕撫弄著錦被。平亞叫她再靠近一點，她抗議道，「平哥，你這是怎麼了？」但她確實又挪近了些。她的手輕輕地、本能地落在他伸出的手上，他高興地握住了那隻手，她也就任他握著。「妹妹，你現在長得這麼、這麼好看了。為了你，我會好起來的，」他說。曼娘求救似地看著桂姐，說：「我現在該怎麼辦？」「妹妹，我等你來等了好久，今天也等了一下午。我以為我有好多話要跟你說，但現在卻一句話也說不出來。不過這沒關係；你總算是來了。」他已經有點喘，但又繼續說，

「能見到你，聽到你的聲音，眞是太好了。我虛弱極了。」「平哥，」曼娘說，「你不能說太多話。我已經來了，你一定要趕快好起來。」她敏銳的眼睛看出他在冒汗。「他在出汗，」她對桂姐說。「我想我們應該給他一條熱手巾。」桂姐走進裡間，那裡是存放藥材和熬藥的地方，還有一只小土爐，爐上總是放著一隻水壺。她擰好一條熱手巾，拿給曼娘。「您的意思是？」曼娘說。「你給他抹抹臉吧，」桂姐說。「我也希望由你來，」平亞對曼娘說。於是曼娘俯下身去給他擦臉，心裡非常激動，她覺得自己從來沒有這麼幸福過。就算她必須照顧他一輩子，她也不介意。桂姐扶起平亞的頭，三個人的頭靠得很近。曼娘輕聲說：「外面有人嗎？給人看見，成什麼樣子了呢？」「人我全打發走了，」桂姐低聲說。桂姐解開平亞領口，曼娘鼓起勇氣，把他的脖子也抹乾淨，最後從床架上拉下一條乾毛巾替他擦乾。「看他多瘦啊，」她說。平亞抓住他的手，說，「謝謝你，妹妹。你不會再離開我了吧？」曼娘往後縮了縮，說，「你放心吧，」接著便起身，從這個嚴重有損名節的處境裡逃出來。她把濕手巾拿到裡間，站在那裡四處張望了幾秒鐘，才走出來坐在椅子上。「坐這兒，」平亞說，她又讓步了，走到床邊坐下。「你也在出汗呢，」桂姐說。曼娘拿了條乾手巾抹了抹自己的額頭。平亞注視著她的每一個動作，當她探出身子，把毛巾放回架子上的時候，他聞到一陣幽香，她的衣服幾乎拂過他的臉。迎著燈光，他看見她的頭髮、鼻子、耳環，還有他初次看見的、豐滿胸部的美妙輪廓，那向來是密密實實地藏起來的。平亞被一種異樣、全新的魅力吸引住了，他一動不動地躺著，一句話也沒說。

曼娘聽見院子裡有腳步聲，便回到桌邊的座位上。平亞不願意，但她默默地指了指外頭。雪花掀起門簾，向桂姐招了招手，低聲說要是曼娘什麼時候想回自己院子了，她就陪她回去。曼娘也覺得是該走的時候了，但不知怎地就是走不了，她還想多待幾分鐘。她很想和雪花多熟稔一點，尤其現在，她簡直羨慕起她的工作。於是她說：「怎麼不叫雪花進來呢？」雪花很高興能有和這位她心目中「新少奶奶」親近的機會，而且她也被她的美麗溫柔打動了。「坐下吧，」曼娘說。「這可當不起，」雪花回答。「請原諒我失禮。您到我們這地兒來，我連一杯茶都沒給您倒。」「都是一家人，」曼娘回答，「不必這麼拘禮。」雪花走進裡間，很快便端來一杯茶。曼娘喝茶時，她又去僕人房裡取了些木炭來燒爐子。她拿著一個裝滿木炭的小竹簍走進來，說，「您看，下人就是這樣，你不問，他們就不動手。」「你自己也得休息一下，」曼娘說。「噢，這沒什麼。我只是進去讓爐子繼續燒著。等會兒少爺就要喝睡前的銀耳湯了。」「夜裡誰陪他呀？」雪花進去了，曼娘問。「噢，這不一定，」桂姐說。「太太和我會在他睡著之前輪流陪他，不過前幾天他情況不太好，我們整晚都坐著熬夜，輪流睡覺。有時候紫薇會來接雪花的班，有時候是鳳凰，她們睡在西廂房。我們最依賴的還是雪花，在他生病這段時間，她從來沒偷過懶。」「你聽到了嗎？」雪花回來的時候，曼娘對她說。「她誇你服侍得好呢。」「這有什麼值得拿來說的？」雪花用一種輕描淡寫的口氣反問。「這是我分內的事兒，我已經習慣了，再說，少爺得有人照顧，要是看見別人沒把他照顧好，任誰也不能就這樣撒手不管的。只要其他人看到太太信任我、經常聽我話的時候不在背後說長道短，我就心滿意足了。」「要是什麼時候需要幫手，」曼娘說，「就來找小喜兒幫你。她雖然是個粗笨的鄉下姑娘，但是很老實，也肯學。要是你願意教她，我真的很希望她能來跟你學點規矩和禮數。」雪花謝過了她，覺得曼娘真是又謙虛又善良。

曼娘見平亞有倦色，便說她該走了，平亞卻說，「妹妹，別走。」桂姐走到床邊問平亞要不要現在喝湯，但平亞說，「叫妹妹留下。要是她走了，我什麼都不喝。」「曼娘，」桂姐說，「你還是待到他喝完湯再走吧。」曼娘實在拒絕不了。於是雪花又去了裡間，曼娘被後頭的水聲、碗匙相碰聲吸引，也跟著去幫忙。雪花是個極伶俐的丫頭，既不拒絕她，也不笑話她。曼娘讓雪花把銀耳湯端出去，她還在裡頭到處看著，突然聽見平亞喊道：「妹妹！妹妹哪裡去了？她走了嗎？」她趕緊跑出去，站在他面前。「你要是走了，以後我就不吃東西了，」平亞說。「妹妹還在，」桂姐說。「可是她也得睡覺呀。她走了那麼遠的路，今天下午才剛到呢，你應該讓她去歇著才是。」「你不會走的，對吧？」平亞問。「平哥，你放心，」曼娘回答。「我就住在這宅子裡。我會再來看你的。」於是曼娘不多久便離開了，雪花打著燈籠給她引路。在路上，曼娘私下感謝雪花為平亞做的一切，但之後又覺得這麼說有點蠢，誰知雪花完全為曼娘溫柔和氣的舉止收服，高興地向她道了晚安。

雪花一回來，桂姐立刻去告訴曾夫人方才的最後一幕，也轉述了平亞說要是曼娘走了就什麼都不吃的事。她們現在該怎麼辦呢？讓曼娘按照他的意願去服侍平亞自然是行不通的，曼娘也不會同意這種不顧禮法的作法。這情況太棘手了，她們越想越覺得，只有把婚禮辦了，才能讓一切順理成章，於是她們決定第二天就去找曼娘的母親商議。

對曼娘來說，這次見面實在是太成功了。她有幸為平亞做了更多事，和他說了比想像中更多的話，也聽見了他訴說自己對她的感情，這是她剛到這裡時想都不敢想的。她躺了好幾個小時，回憶著那晚她看到的每樣東西、他的每一句話、每個動作，一件又一件反覆地想。

第二天早上，事情開始加速發展。曼娘剛吃完早餐，在院裡走了一小段路，才走到家祠南邊的空地，便有一個丫鬟到側門邊告訴她木蘭來看她了，於是她急忙和小喜兒一起趕回屋去。

木蘭正坐在曼娘住的那個院落的客廳裡，和曼娘的母親說話。她變了好多，曼娘幾乎認不出她來了。因為她不但長高不少，而且穿著打扮比曼娘在山東時見過的任何一件衣服都華麗。她顯得那麼高貴大氣，在這個環境裡那麼自在，她的口音輕鬆悅耳，一舉一動就是個從小在這兒長大的北京姑娘。她不再是曼娘認識的那個逃難的孩子了。但那雙眼睛，沒錯，就是木蘭的眼睛，這點毫無疑問。當曼娘走進房間，直勾勾地看著她的臉時，她半咬著下唇，像是在打量她的朋友，同時抑制著想撲過去擁抱她的衝動。木蘭也同樣對曼娘的變化感到震驚。遲疑了一會兒之後，木蘭突然冒出一句：「你這個前世冤家呀，我簡直想死你，等死你了。」

木蘭開得出這樣的玩笑，曼娘可不行。她只能熱情地喊：「木蘭！」木蘭如今的氣派和態度，她還眞有點怕。

兩人一靠近，曼娘又問了一次，「你眞的是木蘭？」接著便抓住她的手，帶著她進了臥室。「我聽說你來了，昨晚整夜都睡不著，」木蘭說，「今兒個我起了個大早，梳妝打扮，我娘還問我是不是要跟誰私奔呢。」曼娘漸漸從剛見到木蘭的畏懼中恢復過來，又覺得自己像木蘭的姐姐了。木蘭個頭還是比她矮，而且她是這世上唯一可以讓她敞開心扉的人。在北京這個陌生的新環境裡，只要有她在，就是一種巨大的力量和撫慰。「我們等了這麼久才見到面，但我眞沒想到會是在這種情況下見面。」曼娘說。

「平哥怎麼樣了？」木蘭問。曼娘瞬間紅透了臉，猶豫了一下才說：「今早我娘讓小喜兒去問了，雪花說他睡得很香。」「你不知道上星期我們有多害怕……你見過他了，對吧？」木蘭問，但曼娘沒有答話，恍若未聞。「待會兒我們就一起進去看他，好嗎？」木蘭繼續說。「這你得先問問太太。你看我現在的處境有多尷尬。沒有允許，我是不能去看他的——那樣不合禮法，人家會怎麼說呢？」這時桂姐闖進屋來，喊道，「木蘭，你的好朋友總算來了，我看你簡直比月亮從天上掉進懷裡還高興。」曼娘和木蘭趕緊把牽著的手放開。「桂奶奶，」木蘭問，「我一會兒要進去看平哥，曼娘可以和我一起去嗎？她這麼大老遠來，你們也應該讓他們見一面才是。」桂姐先是一愣，接著便哈哈大笑起來，兩個女孩都不好意思了。「我又沒說我沒見過他，」曼娘分辯道，木蘭的眼睛狐疑地轉向曼娘。「所以你們其實已經見過面了！」她也笑了出來，又問了桂姐一次要是她倆一起去看平亞行不行。「行是一定行，不過我們還是要讓太太先知道一下。我這會兒得走了，太太請曼娘的母親過去商議事情呢。」木蘭的目光落在桂姐漸行漸遠的身影上，她走了之後，木蘭便問：「她們要商議什麼？」

曼娘終於把曾夫人對她說過的話，以及桂姐對於沖喜的想法告訴了她的朋友。她把自己去見平亞的事講了一大半，但眞正讓她心底激盪不已的場景都沒有說。她提到蓀亞的頑皮，也提到雪花的貼心服侍，這些木蘭都表示了同感。只是木蘭補充說，她聽說其他丫鬟私底下把雪花講得很難聽，說她一心只想著有朝一日能當平亞的姨太太。曼娘說了她做的那個異常美麗的夢，還說那個在風雪中給她帶了木炭來的黑衣女孩就是木蘭。木蘭對這個夢以及它代表的意義感到非常驚奇。「誰敢說我們是眞的從夢裡醒來了，不是活在夢裡的人呢？」「至少，」曼娘說，「過去二十四小時發生的一切，對我來說就像一場夢一樣。」曼娘和木蘭手牽著手，站在觀音像前，凝視著那尊聖潔美麗的雕像，什麼也沒有問。「打從我昨天看到這座雕像，就像是被它吸住了似的。」曼娘說。「它看起來似乎法力強大。我眞想向它上炷香，拜拜它。」「這是明代的德化瓷，」木蘭說。「能找到這麼大尺寸的，很少見了，這可是個寶貝。」木蘭若有所思地朝臥室走去，然後又突然轉身，說，「你說得對，角落裡有個香爐，我們給它上個香吧。」她跑了出去，要女僕拿幾支香來，她倆則小心翼翼地把白瓷觀音連著硬木底座移到書房西牆邊的小桌上。木蘭取來一些香灰裝進青銅香爐，女僕也拿了一只紅盒裝的香來，她接過香，便讓女僕走了。「我們重新結拜一次好嗎？」木蘭問。曼娘甚表同意，於是她們點上香，拿在手裡，向觀音拜了三拜，然後把香插在香爐裡。接著兩人在觀音面前手牽手，再次宣誓成為結拜姊妹，終身不渝，患難與共。曼娘還默默祈求平亞的病能早日康復，兩人美滿幸福。

沒過多久，鳳凰帶著愛蓮來了，說平亞正在更衣，再一會兒她們就可以進去看他了。「媽媽在跟表伯母講話呢，」愛蓮說，「她們在談曼娘姐姐的喜事，說不知道該不該等奶奶到了再辦。」「這麼快？」木蘭問，她轉身向曼娘道喜，但曼娘沉默不語。她們進去看平亞，曼娘注意到情況不一樣了。前一晚的光彩褪了色；少了明亮的燈光，平亞看上去比她想像的還要憔悴蒼白。他氣促聲微，說起話來斷斷續續，雙手和指頭瘦骨嶙峋。木蘭問他現在吃什麼藥，雪花回答說還是一樣的藥方，只是去了枳實和厚朴；也就是說，他現在吃的是大黃、芒硝和甘草，而且大黃必須是酒浸的。她說因為上星期他病況嚴重，發燒說胡話，太醫便改了方子。

這次探病短暫而正式，也是曼娘成親前和平亞最後一次見面，儘管當時曼娘並不知道。她們走出屋外時，雪花告訴木蘭，婚禮很快就會舉行，因為這個消息在僕人之間已經迅速傳開了。曼娘聽見這話時非常鎮靜，彷彿她對此早有充分準備，甚至是歡迎的。「孫小姐，恭喜你了，」雪花說。「這下平亞多了一個人照顧，我的擔子也能輕點了。我聽說就是這一兩天。」「太太說了，孫小姐要到成親那時才能見他。」鳳凰說。木蘭知道曾夫人她們在談「大人的事」，就沒有進去請安，和曼娘兩人直接回院落去，鳳凰也帶著愛蓮回去了。「告訴我，」曼娘問，「你覺得這病怎麼樣？硝石不是拿來做火藥的嗎？」「是沒錯。」木蘭回答，她在和太醫說話時一直關注著平亞的病情。「這只在血裡有實熱積滯，而且情況嚴重的時候才用，可以瀉熱軟堅。血裡有實熱的時候，就得用它來清熱。但這味藥必須用得很小心，不然就會傷身了。」「這怎麼可能啊？」曼娘聽見人居然吃火藥，非常吃驚。「我還是不明白。」「這就像是說，」木蘭說。「當體內有毒素的時候，用毒藥反而有瀉藥的效果，但如果身體裡沒有毒素，毒藥就會對身體本身造成傷害了。」說話之間，曼娘的母親回來了，看上去又喜又憂。「曼娘，我的孩子啊，」她母親開了口，但又停住了。木蘭覺得自己礙了事，便說：「我要去見見我乾媽，你們母女倆可以說說話兒。」但曼娘不讓她走，轉身對母親說，「木蘭就跟我親妹妹一樣，有什麼話就在她面前說吧。」曼娘的母親看著這兩個女孩子，感覺到自己的女兒非常依賴木蘭的幫助。她自己也很苦惱，因爲她是新娘子的家人，不能向曾家尋求建議，現在她說的話，與其說是在對自己的女兒說，反而更像是在對木蘭說了。「曾家的意思是這幾天就成親，好給平亞祛病。在他康復之前，曼娘照顧他也方便。曾家對我們盡心盡力，我實在沒辦法拒絕。但是我跟她們說了，這事兒得問曼娘的意見，你曾伯母說，曼兒要是答應，你對她的大恩大德她終身難報，桂姐說，她確定曼娘會願意的，這婚事越早辦，對平亞越好……曼娘，這是件影響你一輩子的事，我身爲你娘，不能強迫你。你爹已經走了，我是個婦道人家，我們又身在異鄉。這麼大的責任，叫我怎麼擔得起呢？」一想到已故的丈夫，孫夫人便哭了一陣，然後用手絹抹了抹眼睛。

雖然曼娘也知道接下來要發生的事，卻只是默默地聽著母親說話。她沒有和母親一起哭，而是毫不猶豫、簡單地說：「娘，你決定吧。」這便等於是願意了。「日子定在什麼時候？」木蘭問。「她們想的是後天，」孫夫人說。「啊，那豈不是沒有時間籌辦齊全了？」「這會兒我們也不能按平常規矩辦了。一開始她們還覺得應該等老太太來，但她要到可能要一星期以後了，所以她們決定最好還是盡早辦。我們既不通知親朋好友，也不敲鑼打鼓請喜宴了；而且，因爲我們人生地不熟，在這裡其實是作客，所以太太說他們會負責安排一切。這樣一個大戶人家，錢多傭人多，事情要辦好不難。我是全沒了想法，不知道怎麼辦才好。」「我倒是有個主意，」木蘭說。「婚禮畢竟是婚禮，不應該太隨便。讓她在一個院落裡坐上大紅花轎，然後抬到另一個院落去，看上去也不體面。曼娘如今總是個新娘子，不該待在曾家。她就跟我親姐姐一樣，我已經想好了，請她到我們家住幾天，我也跟我娘說過了，她說要是你們能賞光，那就眞是太榮幸了。現在我想請你們母女倆到我家來住，花轎就從我家出去，我爹娘會很高興的。只要你們不嫌棄我們這地方配不上，我就回去告訴我爹娘，下午派人來接你們。」曼娘母女都對這個想法很滿意，曼娘母親說：「曼娘，你覺得呢？人家對我們這麼好。」「我只怕勞師動眾的，打擾了人家，」曼娘說。「妹妹，我也很想看看你家。幾年前我只見過你父親，沒見過你家人。只是我們怎麼能這樣給你們添麻煩呢？」「別這麼說，」木蘭說。「我妹妹莫愁也很想見見你。她今天早上本來想跟我一起來的，可是我說你們才剛到。我爹娘想請你們今晚到我家來吃個便飯，我們見面太高興了，都沒跟你說這事，」她轉向曼娘的母親，把方才的話又說了一遍，還加上一句，「孫伯母，您可不能拒絕。我希望曼娘在當別人的新娘子之前那幾晚跟我在一起。您看著吧，這主意曾伯母一定贊成的，因為眞的沒有更好的法子了。我們跟曾家就跟　家人一樣，這次婚禮不昭告親朋好友，完全是我們自家人之間的事。曾家也不會擔心我們偷偷讓新娘子跑了。」「娘，你瞧，我這個妹妹多會說話啊，」曼娘說。

於是木蘭去見了曾夫人，她也認為這是個好主意。木蘭回來向曼娘和她母親道別，說下午會來接她們去她家。

第九章　婚禮

多虧了木蘭，曼娘的婚禮才比原先可能的樣子更像一場婚禮。他們沒有通知親朋好友，只有木蘭家和牛家知道這件事。對事後才得知消息的人，曾先生夫妻都表示了歉意，理由是新郎病了，所以沒有擺酒。還好新娘住到另一處去了，才能眞的照正式習俗來花轎遊街迎親，雙方交換聘禮嫁妝。

這天下午，木蘭帶著妹妹莫愁、母親的丫鬟碧霞一起坐馬車過來。曾夫人送孫夫人到門口，桂姐陪著曼娘。所有的僕人丫鬟都出來看她，曼娘覺得，自己已經像是個被眾人盯著看的新娘子了。

在大門口，曾夫人對孫夫人衷心表示感謝，因爲現在她們除了以前的表親關係之外，又添了一層親家關係。曾夫人說事情辦得倉促，必然有不足之處，在此先行道歉，也說這樣匆忙的婚禮對曼娘實在不公平，但她將來一定會補償她，無論未來發生什麼事，曼娘都是這個家裡的長房媳婦。

臨出發時，桂姐對木蘭和莫愁說，「那我們就把新娘子託付給你們了。如果她不見了，我就從你們兩個裡頭抓一個來頂替。」「對你是沒問題，平亞那邊是不是沒問題可就說不準了。」木蘭說完，笑著抓住曼娘的手，領著她上馬車。曼娘把她的手甩開，一言不發地上了車。「我眞愛你，可又眞討厭你。」她說。她們一坐定，馬車就出發了。丫鬟小喜兒和她們同一輛車，莫愁、孫夫人和碧霞搭另一輛。「有些東西有替代品，」木蘭說。「但是在某些人的命運中，那個救星卻是無可替代的。」曼娘不知道該怎麼反駁，只說：「妹妹，你是真的在笑話我嗎？你舌頭怎麼不爛掉呀？」「新娘子說這話，可真不吉利啊！」木蘭說。「我覺得你妹妹莫愁比你單純老實多了，」曼娘說。「這倒是，」木蘭說。「她比我好多了。我更想當個男的，可她呀，從來就沒有過這種念頭！」小喜兒也覺得自己似乎應該說點什麼，便說，「我看曾太太和桂奶奶根本不需要擔心，我們家小姐怎麼會想跑呢？就算她跑了，也是跑回曾家去，不是嗎？」木蘭大笑起來。「果然單純老實的姑娘適合你！是我不單純，不老實。就算你跑了，我敢肯定，你那雙小腳也會趁你作夢的時候滴答滴答地把你馱回曾家去的！」曼娘一開始聽小喜兒單純的發言，差點笑出來，但隨即又被木蘭的話氣著了，她咬著嘴唇，說，「你們沒一個單純老實，我不跟你們說話了。」木蘭把掛在自己胸前的小玉桃拉出來，那是曼娘給她的，她一直貼身戴著，她對她說：「好姐姐，饒了我這一次吧。我也只是想讓你高興一下。」她握著曼娘的手，說：「你生氣的樣子爲什麼這麼美呢？」因爲木蘭對曼娘的美貌、她的小嘴和小鹿般明亮的眼睛一直非常欣羨。曼娘回握了她的手一下，說：「我還以爲你是那個黑衣姑娘，來雪中送炭的，沒想到你是火上澆油。」「好個對子！連平仄都完美地合上了呢！」木蘭說道，兩人都笑了。

＊＊＊

曼娘母女被安置在姚先生的書齋，木蘭的父親則暫時睡在母親房裡。

雖然姚家大宅的門面看起來樸素，但這只是掩飾內部奢華的一個障眼法。這宅子雖比不上曾府的富麗堂皇，卻顯得堅實勻稱、陳設精巧，毫無寒酸之氣。曼娘終於明白木蘭的氣派和自信是在什麼樣的氣氛下孕育出來的了。天花板、木製門窗、簾幕、床單、古玩櫃、卷軸、硬木矮几、布滿瘿瘤的樹根花架，以及許多做工精細、匠心獨具的小物件，雖說顯然無須在此用心使力，卻樣樣精美絕倫，證明了他們生活的安逸舒適。儘管曼娘並不知道一只古瓶或一枚小玉印值多少錢，卻也感覺到姚家的財富是她和木蘭之間的某種障礙，她眞希望自己生來就和木蘭一樣富有，要不就是木蘭和她一樣貧窮。

書齋由三個房間構成，在北京，一個房間是房子的標準寬度單位；東端是一間封閉的臥房，另外兩個房間實際上是一個大房間，中間由雕花隔板隔開。中央那個房間後方有一扇六七尺寬的硬木屛風，遮掩著後門。屛風上是一幅描繪宋代宮廷的鑲嵌畫，塔樓的弧形屋頂高聳入雲，背景的遠山間有野雁飛翔，塔樓上身穿低領長衣的宮女雲髻峨峨，衣袂飄飄，有的吹著竹笛，有的站在有頂露台上看魚兒在前景的荷花間悠游。在黑漆背景襯托下，呈現出半透明的白、綠和粉色的精緻圖樣，還用紫水晶、瑪瑙和粉紅碧璽拼出仕女的華服，苔綠色翡翠嵌成蓮葉，玫瑰紅寶石鑲成蓮花，珍珠貝做成的魚在水中閃閃發光，屛風右邊則是一大片乳白滑石做成的燈芯草穗子，象徵此時是秋日，那燈芯草彎折的樣子，幾乎可以讓人感覺到凜冽的秋風。這面屛風，彷彿是塵世凡人的幸福夢境。

曼娘莫名地在木蘭家發現了一種不同的氣氛，她在這裡，比在曾家感覺更自由。這兒更像是屬於女性的世界。木蘭的母親似乎是這裡當家作主的人，其次是她寡居的養女珊瑚。木蘭的小弟弟阿非還是個六歲的孩子；她哥哥迪人不管事，而且總是不在家；常碰見的就只有珊瑚和莫愁。另外是父母和孩子之間毫不拘束，曼娘看見姚先生和孩子們開玩笑，和珊瑚親切閒聊，心裡非常驚訝。

姚夫人的個性比文雅有教養、身材嬌小的曾夫人要專斷些，但姚先生基於他的道家哲學，似乎極為滿意這種無為而治的方式，他讓姚夫人全權打理房子和家庭，然而與此同時，他也堅持自己的某些權利，包括暗中破壞妻子對孩子的管教。於是，他讓妻子認為她是一家之主，曾夫人則讓丈夫認為他是一家之主。但事實上，姚先生對孩子的影響比妻子要大，曾夫人對孩子的影響也比丈夫大。在一個關係密切的家庭裡，這就是個性的交互影響，以致於沒有誰是真正的主人。但在老式的家庭生活中，男人總是扮演著微不足道的可笑角色，無論家庭型態像姚家或者像曾家都是如此。

到了一個新環境，加上見到珊瑚、莫愁和姚夫人的興奮，讓曼娘幾乎忘了自己的處境，平亞好像離她很遠很遠。當人都散去，只剩曼娘母女在房裡休息的時候，丫鬟端來一碗特地為新娘子做的當歸雞湯。曼娘喝完了湯，摘下身上的飾物，待在自己房間裡，這時羅東掀起門簾，說蔣太醫來了。羅東剛辦完一趟差事，不知道曼娘她們來，便把醫生帶到姚先生的書齋去了。曼娘一聽到是太醫，從房裡走了出來，太醫以為她是丫鬟，便問姚先生在哪裡。曼娘回說他在內室，但太醫不知道為什麼她還站在書齋裡不動。如果她身分是客人，就不會從房裡出來；如果她是丫鬟，就該進去通報他來了的消息。他覺得她可能是個客人，而不是丫鬟，既是如此，為了不和她多說話，他便走到書齋西端坐下，裝作什麼也沒看見。但不一會兒，他便感覺那位年輕女子正朝他走來。「太醫先生，」她說，「可以請教您一個問題嗎？」他驚訝地透過眼鏡往上看，那是一張他在這所宅子裡從未見過的美麗面孔。「當然可以，」他以專業的態度說。「是府上哪位身體欠安嗎？」「不，是關於曾家兒子的情況。」老太醫感到非常困惑。他知道準新娘已經到了北京，然而是住在曾家。眼前這位究竟是個丫鬟，還是某個和平亞有私情的人呢？「他情況怎麼樣？會好起來嗎？」曼娘繼續問。「他病情頗有進展，現在看來應該康復有望。」

「您這麼認為嗎？」曼娘聲音都發顫了。這樣關心那個生病的男子其實是很不得體的事。太醫一方面喜歡對著這張漂亮的臉說話，一方面也想探探她是什麼人，「這樣的病，半由人事半由天命。能不能好一半取決於藥效，另一半得看病人的生命力。畢竟他都病這麼久了。」

這時，他注意到這個女子聽見這句話時畏縮了一下，心下有了種奇怪的感覺，覺得和自己說話的這位可能就是新娘子本人。「您是他的親戚嗎？」他微笑問道。曼娘飛紅了臉，遲疑了一下，才回答，「呃——是的。」就在這時，羅東進來沏茶，卻驚訝地發現有位年輕女子正在和老太醫說話。「您不是孫小姐嗎？」他問。「所以你們已經來啦，我都不知道！恭喜您了。」太醫激動地站了起來。「原來這位就是孫小姐！」他說。「我們盼著你來，就像在盼天上的月亮。如今你既然來了，你表哥一定會好起來的。你比什麼醫生都要高明呢。離婚禮不是只有幾天了嗎？」曼娘很難為情，不知如何是好，只好對母親喊了聲：「蔣太醫來了，」接著便像一條魚潛進池塘深處一樣溜進了自己的房間。

＊＊＊

第二天，珊瑚、木蘭和她妹妹一大早就來了，和曼娘母女商量婚禮的準備工作。珊瑚來幫曼娘絞臉，這是每一個新娘子都要做的，其他人則在一旁看著，愉快地聊著天。絞臉不用剃刀，但女孩臉上的細毛都能拔乾淨，確切地說，那其實是用一根浸過水的粗棉線擰下來的。棉線做成一個環，用左手的兩根手指撐開，珊瑚用牙齒咬住線的一端，右手抓住另一端。兩股線交叉的地方緊貼著新娘的臉，隨著右手移動，棉線在交叉處纏繞扭轉，從毛根處把細毛絞下來。珊瑚的技術非常好，曼娘一點也不覺得疼。

最難以置信的，是他們居然把新娘子的衣飾都置辦好了，這原本是孫夫人最擔心的。曼娘當新娘子該怎麼打扮，該戴什麼樣的新娘頭飾，穿什麼樣的裙襖，又該怎麼趕出十二雙新鞋當女兒的妝奩呢？她的珠寶和髮飾該怎麼辦？迎親遊街該有多少只箱籠？又要多少東西才能把這些箱籠裝滿？展示的床褥棉被要準備幾套？男方那邊雖然一口答應負責安排一切，但她們究竟能期待新郎家做到什麼地步呢？

因爲木蘭和她的姊妹們一直在幫新娘子挑結婚禮物，不一會兒，曼娘的臥房就變得和珠寶店一樣，擺滿了一盤又一盤，一匣又一匣的翡翠、珍珠和金飾。曼娘自己沒多少首飾，這一切是她作夢也想不到的。她更沒想到木蘭的家人會對她如此大方。木蘭和莫愁各送了她一副耳環和一枚鑲珍珠的金髮簪。兩副耳環中，一副是鑲著天藍色翠鳥羽毛的老銀點翠耳環，另一副是由複雜的純金環巧妙地勾連出來、重沉沉的老金耳環。珊瑚也送了她一枚髮簪，點翠底子上用珍珠鑲成如意結，做爲彼此認識的見面禮。鐲子她們確定男方家會送來。挑完首飾之後大家才去吃午飯，每個人都累壞了，卻非常快樂，像是剛看完一場戲似的，曼娘第一次感覺到，自己也是富貴人家的人了。

午飯過後，桂姐帶著她的兩個女兒來了，另外還有她的丫鬟紫薇和一個男僕，男僕搬來四只嶄新的紅皮灑金箱子，上面鑲著閃閃發亮的銅鎖。這些是男方家送的禮物。「我們太太說，事情實在辦得倉促，東西也備得不全，」桂姐說，「但新娘子的全套衣裝是最要緊的，其他的可以慢慢補齊。」她從襖子裡拿出一包銀子交給新娘的母親，說這是「門包」，也就是送給新娘家僕人們的銀子，這裡指的便是姚家的僕人了。接著她又遞給曼娘的母親一個紅包，裡頭裝的是一張六百兩的銀票，這就是聘禮，男方家通常在婚禮前幾個月就會把這筆錢交給女方家，讓他們用來買正式禮服以外的各式嫁妝。接著她叫紫薇解開一個紅布包裹，裡頭是個帶抽屜的化妝匣。匣子打開，桂姐當著姚夫人和孫夫人的面拿出各色首飾和髮飾。桂姐被迎去的地方是內院正廳，曼娘躲在自己住的院落裡，但木蘭飛奔到她房間，把她帶出來看珠寶。匣子裡頭有一對足金手鐲，和一雙光彩照人的亮綠色翡翠鐲子；一枚鑽石戒指，一枚波斯綠松石戒指，一枚藍寶石戒指，和一枚綠寶石戒指；一副精緻透亮的小梨形紅寶石耳環；一對插在頭髮上的珠花，一支刻著心心相印圖樣的玉簪；還有一對小小的、鑲著小鈴鐺的金腳鐲。這比一般男方家會給女方的東西要多很多，但大家也都明白，曼娘的母親作客京城，是沒辦法為新娘備妥一切的。

接著，在一個特別的紅色紙盒裡，放著一頂小珍珠串成的新娘鳳冠，和一件珍珠和小顆祖母綠綴成的首飾，珍珠鑲出北斗七星的圖案，彩色寶石串成流蘇。還有一支玉如意，這雖是純裝飾用，卻是重要的正式結婚禮物，通常放在桌上展示，作為吉祥的象徵。雖然形狀奇特的玉如意最初的用途還不清楚，就算用來當指方向的指揮棒都過於笨重。衣箱裡還有一套用彩色絲線繡著並蒂蓮花的大紅新娘緞襖，一塊新娘用五彩祥雲雲肩，和一條深藍百褶緞裙，上頭是簡單的淡綠藍色相間寬波浪紋。連小喜兒也有一套新衣服。化妝匣、玉如意和箱籠通常會放在專為迎親遊街準備的開放式櫃子裡，穿街過巷招搖地送到女方家，但因為曾家夫婦想讓這場婚事暫時保密，便用這種方式送來了。

但是曼娘的快樂並沒有持續太久。她離開母親說要去看著禮物，又說要讓愛蓮看看木蘭和莫愁送的東西，然後便帶著愛蓮溜回自己的房間。「平亞怎麼樣了？」她問那個小女孩。「我聽說他今天不太好，早上太太急著叫人去請醫生呢。」「那醫生怎麼說？」「我不知道，」愛蓮說。桂姐正和曼娘母親及姚夫人商議婚禮安排。吉時定在隔天下午五點前後。珊瑚和姚夫人認為，因為新娘個子不高，最好梳那種在頭頂上多繞幾圈的「盤龍髻」。小喜兒當貼身丫鬟陪著新娘子，雪花會幫她。接著就是新娘母親的問題，以及她在婚禮上扮演的角色。「我想現在這種情況，什麼常規都可以先不管，」桂姐說。「親家母一起過來就是了。」「那怎麼行？」珊瑚說。「孫夫人是新娘子的媽媽，連男方家都不能踏進一步的。」「但她們本來就是親戚，這也只是親上加親。什麼樣的作法對新娘子好，我們就該怎麼辦，」木蘭說。「但你總不能說，花轎到了的時候讓新娘子的母親去迎新娘下轎吧，」莫愁說。「莫愁說得對，」孫夫人說。「我想我還是得去那邊，讓我待在這兒，我放心不下。但是我有個想法：曼娘的婚禮還缺一個正式媒人，這再沒有比姚夫人更好的人選了，她可以在行禮的時候陪著曼娘，引導她。」「我萬分樂意，」木蘭的母親說。「至於孫夫人，我們也不知道她要和曼娘分開幾天。這也得看新郎官進展如何。」「他現在怎麼樣？」曼娘的母親問，每個人都焦急地等著答案。「不太好，」桂姐慢慢地回答，她一點也不想欺瞞她們，又怕讓她們太擔心。「昨晚他睡不著覺，今天一早就抱怨喉嚨乾。兩眼無神，我們就派人去請醫生來看他了。」眾人沉默下來，桂姐又補上一句。「不過這事兒最好別讓曼娘知道。」「我想這種時候，我們就別拘泥禮數了。」曼娘的母親說。「我應該陪著她。我們最好聽聽曼娘自己怎麼想。」她們叫小喜兒去把曼娘帶來，她來時眼睛微微泛紅，誰也沒再提起平亞的病。曼娘的想法是要母親陪著，就算不跟著迎親隊伍走，至少也要自己單獨過去。「你們畢竟也是親戚，」木蘭的母親說。「只要自然，就是好禮數。」

事情就這麼定了。整個下午，曼娘都心事重重。在這情感、不協調的事件和期待的三方衝突之中，她比以往任何時候都感覺到，自己只是命運主宰下扮演的一個角色，她知道自己別無選擇，只能迎接明天爲她準備的一切。珠寶的事她已經全忘了。婚禮的景象在她腦海裡完全變了樣，她覺得自己並不是要當新娘，而是去當看護。雖然她不像一般新娘子那樣興奮，卻也不害怕。

那天晚上，木蘭堅持要曼娘在自己房裡一起睡，新娘子在床上對她說：「妹妹，這次你爲我做了太多。要是沒有你和你爹娘，我娘和我眞不知道該怎麼好。誰不想要一場盛大的婚禮呢？但這回，排場什麼的都得放一邊去，幸福快樂的想法也要先擱下。你以爲我會打扮成一個漂亮的娃娃，整整三天內，就像個普通新娘子一樣讓人盯著看、討人開心嗎？從我成親的那一刻起，我就要換下鳳冠霞帔照料他，爲他侍奉湯藥。這就是我要我娘待在身邊的原因，我想，有了我們兩個，再加上雪花和小喜兒，夜裡就能輪流照看他了。要是他能好，將來自有幸福日子過。要是他好不了，我就爲他燒香念經，長齋禮佛度餘生，公婆絕對不會餓著我的。」

木蘭從來沒聽新娘子說過這些令人驚嘆的話，心裡非常敬佩她。

第二天，五月二十五，是曼娘的大喜之日。曼娘母親在珊瑚和木蘭協助下等候花轎在吉時到來，與此同時，曾家上上下下亂成一團。因爲要爲新娘準備的東西太多了，要掛起紅綢子，張燈結彩，新郎房間也得裝飾起來。所有東西都必須是新的，桌子、燭台、面盆、痰盂、便盆，甚至平亞床上的帳子和被褥——除了他睡的那張床之外，幾乎樣樣都要換新。初夏端陽時家家戶戶門上掛的菖蒲艾草都要取下來，改掛紅色的彩花。端午節時人們通常會在屋子裡燒艾草之類的藥草以驅邪，孩子們胸前掛著美麗的絲綢香囊，裡頭裝著芳香的草藥粉末，以防止夏天的傳染病，夏天是傳染病的好發季節。平亞的房間也照這樣子熏了一遍，然後才搬進去。無論如何，如今的想法是盡可能改變病房裡的氣氛，讓房裡到處都是喜氣洋洋的大紅色，好驅走所有潛伏的邪氣。

在所有準備工作風風火火進行著的同時，平亞的病況卻更糟了。他抱怨看不清東西，大便不通。他舌苔很厚，四肢冰冷，卻覺得體內燥熱。他的脈搏微弱遲緩，醫生必須把三根指頭都深深地按在他的手腕上才能感覺到脈搏，這是血虧的跡象。老醫生靠脈搏和脈象，也就是所謂的「韻」診病，就和現代醫生靠溫度計一樣；但這種感覺非常微妙，只能透過經驗識別，無法具體描述。平亞雖然頭腦清醒，但虛弱得不能說話，整個上午和下午他都是半睡半醒，只恍惚意識到，今天是他大喜的日子。

雖然從大宅外頭看不出辦喜事的樣子，裡頭卻是一派歡慶氣氛。所有僕人丫鬟都穿上了新衣服，連雪花頭上也插了花，戴上了耳環。曾先生沒有去衙門，襟亞和蓀亞也沒去學校，但他們被差遣去買一些包括花炮在內的東西。第一進院落裡準備了一隊鑼鼓嗩吶迎接新娘到來，但平亞的院落只備了絲竹。他們請了一位贊禮和一位有經驗的喜娘，在複雜的婚禮儀式中，每一步都需要喜娘為新娘擔任嚮導和顧問。

他們很早就吃了午飯，因為給新娘梳頭戴頭飾要花上好幾個小時。花轎一到，曼娘便戴上鳳冠，覆上一條大紅綢巾，外人完全看不見她的臉。她的母親在儀式中沒有正式身分，所以先走了，木蘭的母親坐在迎親隊伍中正式媒人的轎子裡，花轎遮得密密實實，新娘子看不到街上的景色，不知道自己被抬到哪裡去，街上的人也看不見新娘。

而在男方這邊，包括僕人在內，全家人都在第一進正廳等待新娘到來。屋子裡擠滿了女眷，其中有些是曾先生衙門裡的好友牛先生家的人。

愛蓮和她的小妹妹麗蓮跑到大門口去張望。不久她就看見迎親隊伍來了，前面走著吹鼓手。這時，花炮轟轟烈烈地放了起來，大門裡的小樂隊也站定了，準備奏樂。一條三尺寬的紅氈子從大門開始鋪起，穿過院子，一路鋪進正廳，這是新娘要走的路。愛蓮看不見新娘，只看見被金線繡花紅絲絨整個蓋起來的花轎。街坊鄰居的孩子和婦女滿滿地跟在花轎後頭，愛蓮和妹妹差點被擠了出去。

花轎直接抬到了第二進院落放下，把長竹槓取出來，換上短木槓。身爲媒人的姚夫人先下了轎，接過一杯桂圓茶，新娘依然坐在黑暗的花轎裡，又熱又暈，不知道自己身在何處。姚夫人接獲告知，說儀式在平亞院落前的祠堂舉行。由於新郎無法親自參加，所以曾家認爲更該強調祖先牌位前的祭拜儀式。他們因此繞了很長的路才走到祠堂，因爲花轎要抬著新娘穿過一道側門，繞過彎彎曲曲的迴廊，女眷們抄了近路先趕過去，鄰居的孩子們則被推到外面。

花轎尚未出現，祠堂台階前早已站滿了女眷、丫鬟和孩子。花轎到了，在台階前一停妥，便鼓樂齊響，贊禮頭戴插著金葉假花的官帽，大聲唸出四句喜詞，然後唱道：「新娘下轎，舉步登堂，步步高昇！請！」

聽見這一喊，姚夫人和喜娘便走到轎前，解開轎帘，取下扶手，把新娘迎了出來。曼娘頭上沉沉的頭飾壓得她喘不過氣，這會兒終於舒暢了些，但她頭上還是罩著紅綢子，什麼也看不見。姚夫人和喜娘一左一右扶著她，她低著頭，慢慢地走了出來。

她被領上石階，此時喜樂響起，花炮比之前放得更熱鬧了。木蘭走到她跟前，低聲對她說：「姐姐，我和我娘都在這兒。」曼娘雖然只看得見女人們的腳，但她想，木蘭那雙天足她是認得出來的。

木蘭感覺到女眷、姑娘、丫鬟和男孩們的眼光都在注視她。在這種情況下，平日的男女之防被打破了，陌生男子可以公然盯著平日深處閨中的少女看，少女也可以盯著身邊的陌生人看。木蘭的每一個感官都因此警覺起來。她不僅用眼睛看，還用了耳朵、鼻子、皮膚上的毛孔和身體的每一個神經末梢來感覺人、觀察人。木蘭的感受，莫愁和其他姑娘丫頭也同樣感覺到了。女人連眼都不用抬就能感覺到誰在房間裡，誰有敵意，誰很友好，這對女性來說是很正常的能力，西方人神秘地稱這是「第六感」。在這種情況下，女人可以同時聽兩個人說話，只消一眼就能把其他女人的衣裝、鞋子、耳環從頭到腳看得一清二楚，就像聰明的讀書人能一目十行一樣。這也是婚禮甚至喪禮能讓女性的本能整個活躍起來的原因。

在這一群人當中，木蘭最注意的是牛夫人的眼睛，她是個方臉老太太，額頭低而窄，人中很長，還有一張寬闊卻神經質的嘴。整張臉就是個極富支配欲的面相，也就是所謂的「馬臉」，眼睛到嘴巴之間的距離比較長。這樣的臉據說大部份屬於能幹的婆婆和統治者，比如說慈禧太后。有這種「馬臉」的男人通常具有優秀的統御能力，但放在女人身上，異乎尋常的感官敏銳度結合了講求實際的現實主義和強烈的愛恨，往往會產生可怕的結果。這樣的人通常都很能幹、有禮而圓滑，但只要他們下定決心要得到權力或金錢，就沒有什麼能阻止他們。不知道有多少比她們更美的宮廷女子被用計消滅，又有多少年輕太子被長著這樣一張臉的女人謀害了！

曼娘並沒有圍觀人群那樣的愉快感。對她來說，這確實是場熱鬧轟動的大事，她要去某個地方，去做一些她無力控制的事，但這卻同時有些許崇高的莊嚴，一種神聖的決心，去履行她爲此而生的命運，一個也許早在她出生前就被天意注定了的命運。一切都不可避免，每件事彷彿都是上天的安排。這安排的其餘部份尚未展開，也不清楚，但她心裡已經沒有任何懷疑和困惑了。

陪伴新娘的喜娘走上前來，掀起新娘蓋頭紅綢巾的一角，因爲新郎沒有出席，所以由婆婆曾夫人拿著一桿裹著紅紙的新秤，用秤的一端輕輕地把紅綢從新娘臉上挑開。由一根水平秤桿和可滑動秤錘組成的桿秤象徵吉利，因爲它的名字有「稱心如意」的意思。紅綢掀開時，所有人都靜默了片刻，接著便是一陣窸窸窣窣的讚嘆聲，彷彿一尊絕美的大理石像揭開了面紗。

曼娘始終低著頭，她依然覺得自己像個人偶，表演著指示要她做的動作。贊禮一喊，她的雙膝便不受控制地跪了下去，「跪！叩頭！再叩頭！三叩頭！起！跪！叩頭！再叩頭！三叩頭！」她隱約意識到自己是在對祖先牌位跪拜，儘管只有她一個人，新郎不在，但她也不是站在正中間，而是有點偏右，左邊的地上放著一個跪墊，是給不在場的新郎用的。

接著，大廳中央放了兩把儀式用的椅子，贊禮要新郎的父母上去坐好，接受新娘的跪拜。曾家夫妻穿著全套官服、官帽和鞋子，胸前有方形的五彩繡蟒補子①，顯得格外高大威嚴，但兩人都笑得很開心。贊禮再度喊著要新娘跪下叩頭，曼娘照做了，接著又被命令站起來。

她站起來，又被告知要站在西首，面對賓客和親戚。因爲新郎人在病床上，所以省略了夫妻交拜之禮。接著她又被吩咐雙手拎著上衣下襬兩側，先向媒人姚夫人彎身行禮，然後是桂姐和小叔小姑們，他們也都回了禮。

接著贊禮吟唱詞藻華麗的傳統「吉祥話」，祝這對夫妻百年好合，百子千孫，瓜瓞綿綿，然後，稱爲「新人」的新娘子便被護送到洞房。

鼓樂手又吹起來了，然後響起了更多鞭炮聲。喜娘陪著新娘，後面跟著雪花和貼身丫鬟小喜兒，一行人被領著穿過後面的一扇門，走過一條紅氈標記的小徑，便到了後頭的院落。新娘的母親雖沒有正式身分，也看完了整場儀式，這時也回自己的院落去了。曼娘緩緩走過庭院，僅僅三天以前，那個安靜的黃昏，這裡的每樣東西對她來說都是那麼神奇，而她覺得，那好像是幾輩子以前的事了。

她走上台階，映入眼簾的是一大片灼眼的火紅和金色。正廳牆上掛滿了紅綢金字的喜幛；桌椅鋪著大紅繡花桌巾，門上掛著紅紅綠綠的彩綢，地毯上也鋪了一層紅布。中央桌上的一對銀燭台裡插著三尺高的紅燭，兩邊擺著景泰藍花瓶和香爐。雖然現在還是白天，蠟燭還是點上了。正中間那面牆掛的喜幛上有個三尺高的「囍」字，這個字是把「歡喜」的喜寫兩次，代表是男女兩家「結合」的喜事。空氣裡瀰漫著放完鞭炮後的硫磺氣味，曼娘覺得有點迷醉。

在婚禮儀式進行的時候，平亞的母親和桂姐都必須離開平亞的房間，雪花也有擔任新娘貼身丫鬟的小任務要做。花轎一到，打扮得漂漂亮亮的雪花就趕緊跑到前院去，留下一個女僕照顧平亞。而在新娘踏進平亞院落的那一刻，她又趕在前頭，以確保接待新娘的一切都井然有序。通常女性賓客會和新娘一起湧進新房，但曾夫人和桂姐只安排了幾個人進去，她們向親戚解釋，說人太多會打擾新郎，儘管那天

① 補子又稱胸背，簡稱補，指明清官員服裝上位於胸前和背後的方形裝飾。不同等級的官員補子圖案不同，文官和武將的補子又不同。文官補子的圖案用飛禽，武將的補子用猛獸。（清代官員沒有用龍或蟒的除非是王公貴族，王爺雖可用蟒，但補子是圓形的，作者在這裡除了文武，等級也有所誤解，這裡曾家夫妻的服裝要是真用了龍或蟒，曾家早就抄家了）。

她刻意避開了「生病」這個詞。首先獲准進去的自然是新娘子的喜娘，以及小喜兒和雪花，眾人商定下一個進去的是桂姐，然後是木蘭和莫愁。但木蘭的母親堅持要藉這個機會去看看平亞，大家也答應了。曾夫人親自陪著其他客人去了第三進主廳，那裡備好了招待賓客的茶點。

平亞躺在床上，蓋著粉紅色的新棉被。他知道今天是他成親的日子，也感覺到屋裡的一切都是紅色的，桌上點著一對高高的紅燭，蠟燭裡的蘆葦燭芯不時發出劈啪聲。外頭安排事情的嘈雜聲弄得他疲憊不堪，他們甚至從早上到現在都沒想過要給他換衣服。花轎到了，絲竹樂聲和鞭炮聲把他從瞌睡中驚醒，雪花進來提醒他，說婚禮就要開始了，她要離開一會兒。十分鐘過去了，什麼也沒發生，他有點倦，打起了瞌睡，直到又聽見音樂聲，他花了一些時間才意識到自己醒了，音樂是為自己的婚禮準備的。他不知道雪花去了多久，自己又睡了多久，為什麼新娘子還沒有來。過了一會兒，女僕過來輕輕地摸了摸他，告訴他新娘來了，這時他才完全清醒過來。

他看見他的新娘和喜娘等人走了進來。她的紅綢巾已經揭開，她可以看到房間，房間的樣子已經大不相同，她幾乎認不出來了。喜娘直接把她領到床邊，因為按照習俗，新娘是要坐在床上的。平亞掙扎著想動，但桂姐阻止了他，他躺回床上，氣喘吁吁。喜娘滿口都是為這種場合準備的吉祥話和詩詞，她說了一些類似鸞鳳和鳴之類的話，又說既然新郎新娘沒有交拜，現在應該由新娘向新郎行禮，曼娘雙手拎起新娘襖的兩端照做了。然後她轉過身坐在床邊，略微側坐，並沒有完全轉向新郎。

新娘是不該開口說話的，新郎也找不到話說，曼娘坐在床上，有一種自己已經到達某個目的地的感覺，不管那個目的地究竟是什麼。說也奇怪，當這一切都經歷過之後，她也沒有想像中那麼害怕了。房間裡都是熟悉友好的面孔，她愉快地看著大家，其中最令她感到欣慰的是木蘭，她目不轉睛地看著她，滿臉帶笑，她也報以微笑。因爲她之前就在這屋裡待過，見過這房間，也認識桂姐和雪花，所以一切對她來說並不像一般新娘那樣陌生，她覺得這眞是太好了。木蘭上前祝賀新郎新娘，其他人跟在後面。

木蘭的母親向新郎問好，平亞神志清醒，還認得出她，虛弱地稱呼了她的名字。他說得這麼清楚，每個人都很高興。「平亞，祝你美滿幸福，」木蘭的母親說。「你有這樣一個好新娘，拜她的福氣，你很快就會好起來的。」這段時間，照說曼娘是不能看新郎的；不過既然他開了口，她也有了看他一眼的機會。她看見這個躺在她面前的人，這個她生命中最重要的人，讓他早日康復是她無可推託的責任，她感到一股異樣的平靜，覺得一切都有了回報。如今他被交託到她手中了，但如果他好不了，那也不是她的錯。「謝謝，」平亞回應了姚夫人。「給大家添麻煩了，等我能下床，一定親自登門致謝。」他手臂摸索著，說，「我可以稍微坐起來一點嗎？」「這可使不得，」眾人齊聲阻止。現在，按照習俗，新娘和新郎要一起吃一場儀式性的小酒宴，包括一杯酒、一碗豬心和一些豬的重要部位，夫妻吃了之後，就會「永結同心」或「心心相印」。其他習俗可以省，但這個不能，「合巹」這件事只有在新郎新娘單獨在一起的時候才能做。於是雪花搬進一張矮几放在床上，把東西準備妥當，大家就都出去了。喜娘想留下幫忙，但桂姐把她叫出來，並且告訴新娘子這些都只是形式，她只要讓平兒吃他吃得下的東西就好。

門關上之後，曼娘繼續坐了一陣子，羞怯地望著平亞。她心跳得好快，卻一句話也說不出來。平亞朝她伸出手來，她把手交給他，他無力地握住，說：「妹妹，今後你再也逃不開我了。」「就算你趕我，也趕不走了，平哥，」曼娘說。「我就是來服侍你的。爲了我，你一定要好起來。我什麼都願意做。我甚至可以不睡覺，直到你好。」「眞對不起，我沒辦法站起來和你一起參加婚禮。你看看我，虛成這樣，」平亞聲若蚊鳴。「你根本不該想這種事，」曼娘說。「一切都順利嗎？」「嗯，一切都順利，」她回答。「妹妹，難爲你了。」「你安靜躺著吧，一切都會好起來的。」曼娘站得離他很近，但床上擺著一張矮几，她又戴著高高的頭飾，掛滿了珠串和流蘇，她覺得動起來非常不方便。「我們得做這個，」她說，端起兩杯酒。她遞給他一杯，說：「拿得住嗎？」他的手雖然發著抖，但還是接過去了。曼娘拿起另一只杯子，很快地碰了碰他的杯子，在他潑倒酒之前，迅速收回兩只杯子，放在矮几上。因爲她也不能喝酒。

然後她拿起一隻湯匙，從碗裡舀起一小片豬心和湯試著餵他，把碗端得離他很近。但他人是平躺著的，她的頭飾又重，實在餵不進去。她的手激動得發抖，可是他才喝了一小口，湯就從他嘴邊流出來了，她趕緊放下碗，湯卻灑在新被子上。她把碗放在矮几上，又從他頭頂上方的架子上拿了一條毛巾，把他的臉和脖子擦乾，然後才發現自己的衣服也弄髒了。「給我一小片豬心吧，」平亞說。「我本來就是要給你的，」曼娘說。她用象牙筷夾起一小片豬心給他，但平亞說，「不，你先咬一口，」於是曼娘自己咬了一口，把剩下的部份給平亞，他吃下去了。「從今以後，除了你，誰也別想侍奉我，」他說。婚禮就這樣結束了。

第十章　謀畫

趁著其他人坐在中央正廳的時候，木蘭到處看了看。中央正廳的木製分隔牆後面，是個只有四五尺深的狹長房間，以兩扇側門和正廳相連，通往一個安靜的石砌庭院，庭院裡有石凳、石桌和石板鋪成的小路。石凳上擺著盆花和低矮的紫杉，還有一些像木桶又像鼓的瓷凳子。遠眺牆外，木蘭看見約莫一百碼外的鄰居家有一棵很高的樹。這是個美麗而安靜的角落。從這個庭院，木蘭可以透過帶柵欄的窗戶看見平亞那屋子的裡間。她看見曼娘在擦自己的衣服，便開口說：「你擦完了嗎？」曼娘抬起頭，見是木蘭，便說：「請進。」於是木蘭穿過窄窄的後廳，發現裡間已經擺上了新床和新家具，作爲新娘自己的臥室。「你這院子眞漂亮！」木蘭說著，便想把她拉出去看看。但曼娘只走到門檻前，朝外望了一眼。這裡以後就是她自己的院落了，不知道有多少個日夜要在這裡度過。這時，雪花開了門，請陪伴新娘的各位到另一個房間去，那裡準備了長壽麵和印著「囍」字的子孫餑餑。

接著她爲年輕小姐們端上栗子糕、湯麵、餃子和「囍」字餑餑。曼娘不吃，雪花說，「您現在多少得吃點，今兒晚飯他們會再送東西過來。」「她今晚喜宴不去嗎？」木蘭問。「新娘子得敬酒的。」「確實是，」雪花回答。「但按照慣例，明兒早上之前，她還不算正式『拜見』過公婆，所以今晚也不能離開新房。一般婚宴要到第三天才辦，不過我們也不管這些形式了。連孩子們在內，只開了三桌。就是姚家、牛家、太醫夫妻和我們自己家各一桌。您很幸運，今晚不會有人鬧洞房，因爲這只算是家宴。」曼娘聽勸，吃了一碗麵條和幾個餃子，北方人都喜歡餃子，曼娘也是。這時喜娘跟她說新娘子的禮服可以脫下來了，又說等一下她得換衣服，準備晚上的事兒。

曼娘聽見平亞房裡有聲音，便對雪花說：「他在喊你呢。」雪花到前屋去問他要做什麼，平亞用微弱的聲音說，「我叫你們好多次了。新娘在哪兒？」

雪花很快就回來了，笑著說。「新郎官找的是你，我們這群人真是該死。他喊了好多次我們都沒聽見，只有新娘子聽見了。」

於是曼娘進去了。木蘭想起一件事，便出了屋子回到中央正廳，問丫鬟錦羅，「銀屏呢？」「她說肚子疼，婚禮一結束就回家去了，」錦羅說。「你看見迪人了嗎？」木蘭問。「沒有。我想他也回去了，」錦羅說。木蘭沒說什麼，只是派人帶話給曼娘，說她帶著莫愁和錦羅去她母親那兒了。她們去了曾夫人房間所在的內院，發現四位夫人——她的母親、曼娘的母親、牛夫人和蔣太醫的夫人正在聊天，桂姐和牛夫人的女兒素雲在另一個角落裡說話。姊妹倆進了房間，先彎身行了一禮。牛夫人說：「姚太太，我真要恭喜你呀，你這兩個漂亮女兒是怎麼養的？光看著就讓人高興。」「我先生經常在家裡誇她們，」太醫夫人說。「我聽說她們家事藝術和文學都很有造詣，不但縫紉、廚藝、繡花樣樣通，連天文、地理、算學和醫學也懂呢。」「過獎了，」兩個女孩的母親謙虛地說。「都是您和您家老爺厚愛，太寵她們了。」「木蘭，莫愁，過來讓我瞧瞧，」牛夫人說。「看她們這樣兒，可不就是戲臺上那些才女嗎？將來哪家娶到她們，可真是好福氣了。她們倆規矩又這麼好。在這個新派時代呀，養女兒可難了。連姑娘家都要進學校寫文章，出了學校，就滿嘴的『婚姻自由』，什麼都要學新派，可一點規矩都不懂。這世道啊，眞不知道要變成什麼樣子喔。」她說話的聲音清晰而從容，用的是一種慣於發號施令、從來也沒人反駁過的口氣。她繼續說。「俗話說呀，『女子無才便是德』，姑娘家要學的重要事情，是如何持家、侍奉長輩、管理下人和生兒育女。有些人讀得來書，有些人讀不來，你怎麼能逼著她們去讀呢？但現在風氣變了，個個都說要上學，要讀書，讀完了回來，還是一樣嫁人，在學校學的那些東西全都用不上。有很多人只知道四五二十，五五二十五，還不是一樣賺大錢，當大官。」她仔細打量著木蘭和莫愁，然後轉頭對她們的母親說：「你沒給她們裹過腳？」「她們的爹不准，」姚夫人說。「如今天足時興了，」牛夫人說。「我在素雲十歲的時候就給她裹了，現在她不肯再裹，我也只能隨她，因爲官府也不讓裹了。以後啊，所有漢人女子都要跟滿人一樣有雙大腳囉。」素雲聽到母親提起自己，就轉過頭去聽，她母親命令，「素雲，過來，跟姚家妹妹聊聊。」

素雲站起身，姿態優雅，儼然高官女兒似地走了過來。她衣著優雅，舉止優雅，談吐也優雅。她不莽撞，不無禮，卻顯得高傲而矜持；她並不缺乏女性魅力，只是不知怎地有種優雅過頭的感覺，而且她這些舉止都是有意識的；簡而言之，她就是某個人爲造作圈子的產物。她總是用香水手絹兒掩著鼻子，好像覺得自己隨時都可能被身邊的人弄髒了似的。那個樣子莫名地令人想起古代美人西施最愛的姿態——不知道究竟是心痛還是牙痛，但無論如何都要做出來的著名「顰眉」表情。

眾家夫人比起女孩們的腳來了。素雲因爲裹過腳，所以雙腳腳背上都有塊難看的隆起，但也因爲這樣，所以她的腳比其他人都小。木蘭對自己不滿意的一點，就是腳太大了。「姚小姐腳大，可好多了，」素雲說。「我現在不管怎麼放，想讓腳大也大不了呢。」「別這麼說，」木蘭說。「就算是天足，腳也是小的好。」這是素雲第一次戰勝木蘭。素雲知道自己贏了，但木蘭還不知道。素雲又接著說：「昨兒個我去了譚副尚書府，譚大小姐也放腳了，她說兵部徐員外郎家的小姐們也在放腳呢。」素雲的嘴邊順滑地滾落一串官銜，就像上了油的水車。木蘭不認識大官的女兒，自然也說不出關於她們的任何消息。素雲再次戰勝了木蘭。儘管如此，木蘭還是很喜歡、很欽佩素雲，因爲她只要見到漂亮姑娘就喜歡。她妹妹莫愁就實際多了，她看出這其實是一種勢利的表現，回到家之後，莫愁對木蘭說，她一點也不喜歡素雲。

＊＊＊

牛夫人和某些女人一樣，對事實和處境具有特別的洞察力。也許這只是因爲腦子裡很清楚知道自己要什麼，簡單而明確，完全不受細節困擾。這會兒她正盤算著三個家庭裡年輕人的未來，包括曾家、姚家和她自己家。她有兩個兒子，十九歲的懷瑜和十七歲的同瑜。懷瑜已經和一位陳家小姐訂了親。同瑜還年輕，她那善於謀畫的腦子很希望爲他和某個官宦之家結上更具重要性的姻親。姚家不是當官的，所以她希望無論如何都要和曾家拉上關係，她女兒素雲今年十五歲，嫁給襟亞或蓀亞都行。她知道木蘭和曾家關係密切，說不定將來會嫁給其中一個。在這種情況下，她特別注意木蘭，同時也在心裡審視著襟亞和蓀亞的個性。

一般人也許會選擇更年輕、更積極的蓀亞，但牛夫人並不是一般人。她想要一個會做官的女婿，她知道做官的特質和做人的特質完全不同。在當時，好人是當不了官的；積極的人不能當官；急躁的人不能當官；誠實的人不能當官；有學者風度的人不能當官；太聰明的人不能當官；謹慎認眞的人不能當官；太有勇氣的人不能當官。整個官場，甚至當時的腐敗官僚，都不是同一種類型的，因爲官場吸納的源頭太多，就像一片海洋，成了所有官宦之家的子孫和無法獨立謀生的孩子的聚集地，這當中自然也有些誠實的人，有學者風度的人，以及積極和謹愼認眞的人。但我們所說的這片「宦海」，隨時都有風浪，有人因而滅頂，有人乘勢悠游，只有結合了積極精神和智慧，再加上一點冷酷無情的人，才能駕馭成功的浪頭。在官僚機構的無數個職位中，要是有個人不太誠實，不太急躁，既不想把事情做好也不想改變現狀，不太謹愼認眞，又有良好的人脈關係當後盾，這個人的官運絕對是一帆風順。

眼下襟亞聰明程度一般，受教育程度一般，溫順和保守程度也一般，但他是沉默謹愼那種類型的人，他最大的優點就是膽小，這可以保證他不會陷入麻煩，比起來，蓀亞就太坦率，太開放，也太莽撞了。襟亞生性退縮，加上有個嚴厲的父親，把他所有的勇氣都打沒了，蓀亞則因爲是最小的么兒，還沒有被馴服和塑造。牛夫人的最終判斷是，有了她自己在官場上的靠山，襟亞當官這條路必然安全無虞，而蓀亞就難以預測了，他很可能會出現正統派上流階層害怕的新穎思想。因此，她的心裡對沉默謹愼的襟亞更有好感。

牛夫人不是個憤世嫉俗的人，她只是個雄心勃勃、講求實際、精明幹練的女人，這一切都得益於她從實際經驗中學到的知識。難道不是因爲她不僅訓練了她的丈夫，並且成爲他的推手，才讓他步步高昇的嗎？他不就是個人畜無害、毫無威脅性的普通人嗎？難道不是她，才爲他聚斂了一筆財富嗎？她不就是因爲這樣，才在北京被人議論的嗎？難道她丈夫膽敢在她面前撇清說，他能當上戶部主事，並不完全是因爲她和王夫人的關係？這位王夫人可不僅是她的表姊，還是一位大學士的妻子呢。她先生姓牛，而她姓馬，北京的茶館裡流傳著拿他們的姓氏作文章的歌謠，諷刺戶部主事的貪婪。其中一首四字謠是這樣寫的：

黃牛駢蹄
白馬篤篤
牛馬齊軛
百姓甭活！

牛夫人有個外號叫「馬祖婆」，這是個禪宗佛教裡聖人的名字，意思是說她無所不能。由於這個詞有那麼點恭維的意思，人們有些時候在她面前稱她馬祖婆，她心裡倒還挺喜歡這個稱呼的。牛先生則被朋友們親切地稱爲「牛財神」。關於這個，還有一首不怎麼有讚美意味的歌謠，說的是牛吃了「搖錢樹」上的錢，把肚子吃得鼓鼓的。

好牛不踏後園地
好馬不吃門前草
搖錢樹下
吃個肚皮飽

所謂的「搖錢樹」，它的枝幹是一串串的紙鈔，結的果子是一個個的金元寶，就像榆錢一樣。人們只需要搖搖它，金子就會像雨點一樣落在地上，任人撿拾。約莫此時，四位夫人接獲通報，說牛大人赴宴來了。他擺著像往常一樣的派頭，帶著四個轎夫、八個侍衛，每個都要管飯帶賞錢。曾先生在木蘭父親和蔣太醫待的那間正廳門口迎接他。他們按著官場做派，行禮如儀，滿口大人長大人短，木蘭的父親只得先忍著。

牛先生一開始並不知道自己是怎麼掌權的，早在他意識到之前，他就被自己的妻子捧上去了。他的臉肉團團的，而且團得也不是很好看，但從他高昇之後，北京的算命先生就把他這種臉當成「福相」的代表。根據算命的說法，肥胖代表脾氣好，因此一般來說，胖就是福氣。但以牛先生這個例子來說，並不算是一張快活和氣的臉；這甚至算不上一張聰明好看的臉，而是個平庸的印記和貪婪的標誌。

他家長年經營錢莊，在北京和天津都有產業。清末以來，中國的科舉及文官制度開始崩潰，學位官位都能用一定的價格捐到手，尤其在遇到洪災或飢荒的年月，政府更需要籌集資金。於是牛先生捐了個舉人，接著又透過「孝敬」某位有權勢的太監，被任命為兵部庫部司主事，負責為軍隊採買食品和物資。事實證明，這些錢一點也沒白花，他獲得了很高的回報。再加上牛夫人和她那位貴為大學士夫人的表姊，他自此在宦海中一帆風順。

因此，牛先生變得自信起來，他在每個人面前都愛擺架子，只不敢在那位比他大一歲的妻子面前造次。他相信自己不蠢也不平庸，這種自信是透過對別人說教，特別是對下級官員說教得到的。這些人在背後笑他，開他的玩笑，在他面前卻表現得非常殷勤，甚至到了諂媚的地步，因為他們知道他喜歡這樣，這又更增加了他對自己的信心。他在家裡嚴禁旁人犯他的名諱，所以那些總是在背後說主人壞話的僕人，絕對不會在他面前說出「牛」這個字。在北京，有些胡同的名字很奇怪；比如說有條胡同叫「牛尾巴胡同」，還有個「牛毛大院」，他家有個擅拍馬屁的管事首開風氣，把「牛毛大院」稱爲「主事大院」或「大人大院」，這位大人也同意他這麼做。但這就開了個危險的先例，牛家有僕人開玩笑說，那「牛尾巴胡同」自然應該叫做「大人尾巴胡同」，這已經夠荒謬，要是牛奶再改叫「大人奶」，就更是不倫不類了。

要說其他方面，至少從表面上看，牛先生還算是一位廣受敬重的主事。不管怎麼說，他都不是個壞人。只有好奇的人才會去打聽他的出身。他在戶部任職之後，家中的錢莊便由牛夫人掌管，錢莊的生意迅速紅火起來，因爲這些錢莊接受存款，實際上就是賄賂的合法管道。沒有誰比牛先生本人更會得意洋洋地公開抨擊官員腐敗了。牛先生還學會了一些高雅的文學詞兒，這是官場交際必不可少的。但他偶爾也會犯點小錯。有一句稱讚人的成語叫「鶴立雞群」，意思是一個人和同伴相比，有過人的才華和美貌。這是個聽起來很不錯的成語，有一次，牛先生在公開說話的時候，誤把它當成是自謙之詞，一開口便說：「今日我很榮幸和大家站在一起，就像鶴立雞群……」少數幾個意識到說錯了的人忍住沒大聲笑出來，牛先生也沒發現自己說錯。但演說結束後，人們都在私底下議論紛紛，成了北京官場上一個經久不衰的笑話。

牛先生和曾先生同爲山東人，而且認識袁世凱，正是他把自己的同鄉介紹給袁世凱的。袁世凱當時迅速崛起，成爲滿清政府中堪稱最重要的漢人官員，他的「新軍」掌握著眞正的軍事力量。透過這層關係，曾先生被任命爲電政總局副督辦，兩家也因此有了深厚的提攜關係。

＊＊＊

於是那天晚上，這些人在喜宴上同桌了。

第三進的宴會廳裡擺了三桌，廳裡掛著姚家、牛家和太醫送的紅綢喜幛。木蘭的舅舅馮二爺也趕在開席前來赴宴。除了在這種場合中交際的男人和女人之外，還有這三家的男孩和女孩。襟亞和年紀大些的牛家男孩坐在男人桌，蓀亞和小一點的牛同瑜以及四個女孩坐在另一桌，還有一張桌坐的是帶著小孩的女人。孫夫人身為新娘子的母親兼近親，坐的是主位。木蘭的乾姐姐珊瑚沒有來，姚夫人說她不太舒服，而且家裡還是得留個人在，不能把整個家都交給下人。

儘管不正式，但畢竟是宴會，所以還是上了酒。當男人們聊天喝酒的時候，曾夫人便為新娘缺席、不能向客人敬酒這件事對女眷們表達深深的歉意，也還是邀請她們晚宴結束之後去「看新娘」。不認識新娘的太醫夫人及牛夫人很想見見她。牛夫人舉杯祝新郎新娘身體健康，並且向曾夫人道賀，對新娘子的美貌和禮儀舉止大加讚賞。曾夫人也讚道：「我這個兒媳婦，不管長輩下人都喜歡她。她從小就是個聰明有規矩的姑娘。牛太太，這話我也不怕在自己人面前說，雖然她是我的姪女。今天看到她打扮成新娘子的樣兒，你會以為她就是個下凡的美人，但過一會兒，你就會發現她女子四德無一不備。我要謝謝她爹娘，把她教得這麼好。我只希望平兒有福氣享受。」

眾人一陣沉默，因為那天沒有人願意提生病的事。

曼娘的母親看著這幸福的景象，心裡很受觸動，她想起自己的丈夫，想著要是他能親眼看見自己女兒嫁進這樣一個好家庭，不知道會有多高興。婚禮結束之後她就沒再見到女兒，再要看到她，得等到隔天，因爲她是新娘的母親，又是個寡婦，寡婦一般是不能進新房的。現在曾夫人一提起自己和已故的丈夫把曼娘拉拔大的事，她心裡一陣抽痛，淚水便從眼角湧了出來。

曾夫人和其他女士自然知道她爲什麼掉眼淚，桂姐趕緊用話轉移她的注意力，「我先敬您一杯，保證您明年就當外婆，以後您的孫子會當大官，那時候您就是朝廷的誥命夫人了，」大家紛紛表示同意，也都笑了。

「我是個沒用的女人，」曼娘的母親說，「又不懂北京的習俗。就算是這場婚禮，我也無能爲力。這婚禮大大小小每件事，都是新郎的父母爲我們娘兒倆打理的，他們對我們實在太好了。我唯一能做的，就是留下我心上這塊肉，希望她做個本分孝順的兒媳婦，不要辜負這個家裡長輩的疼愛。」她用指頭揩了揩眼睛。

晚宴吃罷，曼娘的母親回自己的院落去了，其他女眷都去看新娘。男人裡頭只有馮二爺和太醫去了。新娘已經爲此做好了準備。在喜娘和雪花的幫助下，她換下了禮服，但依然戴著新娘的頭飾。因爲他們很不想打擾新郎，所以是在裡間看曼娘的，裡間又小又擠，而且來的人都是親近的朋友親戚，所以也沒有人試圖開新娘玩笑或說些讓她難爲情的話引她發笑。

新娘靜靜地站在床前讓人看，她的頭髮上垂著珠串，整個人美極了。木蘭和莫愁走到她身邊準備保護她，雖然其實她並不需要保護。

太醫到前廳去看平亞，他回來之後，大家請他坐下，但他說：「不用，我很快就要走了。」他是個聲音柔和的老人，留著一把飄逸的白鬍子，嘴裡叼著一根兩尺長的煙斗。「這位是太醫，」木蘭對曼娘說，接著她對喜娘說，「他們兩位都是新郎的大夫。一個醫身，另一個醫心。」

曼娘一聽見介紹太醫，臉就紅了，她想起了兩天前和太醫那次孤注一擲的面談，雖然其他人並不知道這件事。

看新娘的人很快就走了，屋裡只剩下喜娘和兩個丫鬟，她們幫新娘脫下衣服。一切準備就緒之後，喜娘說了幾句吉祥話，便催促新娘回到新郎房間，並隨手關上了門。

現在只有曼娘和平亞在了。但她發現他睡著了，她不敢吵醒他，他迫切需要休息。她沒有出聲，看見過夜的東西都已經爲他備齊了。然後她把床帘拉好，走進了隔壁自己的房間。

她獨自坐在紅燭下，想著以前發生過的，以及將來要面對的一切，想了很久很久。

第十一章　命運

那天晚上十點左右木蘭才和家人回到家，她父親很生氣。因爲他直到喜宴開席，才發現自己的兒子迪人不聲不響地溜走了，沒參加這個重要的家庭聚會。在他們回家的路上，姚夫人無意中提到銀屏也回去了，但很快就把話題轉到別的事上頭去。木蘭父親問珊瑚的第一句話就是：「我那孽種在哪裡？」「別問我，」珊瑚簡短地回答。這種答話方式對珊瑚來說很奇怪，她很少心情不好，也幾乎沒有過粗魯的表現。「你這是什麼意思？」姚先生問。「我姓謝，」珊瑚說，「我沒資格管這個家的事兒。」他們從來沒聽過珊瑚這麼說話。珊瑚從小在姚家長大，就跟這個家裡的孩子一樣，他們從來沒把她當親戚，而通常稱她「大小姐」。再說，她是個單純樂天的女子，對生活的看法也很簡單，說出這種話實在太不像她了。「怎麼了？」木蘭問。「誰得罪你了？」「你不是說你不舒服，所以要待在家裡嗎？」母親問。「沒人得罪我，」珊瑚努力擠出一絲微笑，她很後悔剛才衝口說出那樣的話，尤其是在父親面前。莫愁用手肘碰了碰木蘭，低聲說珊瑚的眼圈兒是紅的。「有人得罪你了，」莫愁說。「一定是大哥。」她覺得絕對有什麼事發生，一定是迪人做了什麼錯事。「我那個混帳在哪？」木蘭的父親又問了一次。「他在自個兒房裡睡覺呢，」珊瑚說。姚先生邁著沉重的虎步離開了，每個人都捏著一把冷汗。剛才還笑著的丫鬟錦羅這時連聲音都不敢出，本來等著服侍小姐夫人休息的丫鬟們，包括碧霞、錦羅和乳香都被吩咐去睡了。她們帶著興奮的心情離開，想著這家裡大概很快就會有好戲看了。

丫鬟都走了之後，珊瑚才告訴她們發生了什麼事。她正一個人吃晚飯，僕人進來通報說少爺身體不舒服回來了，這會兒在自己房裡吃東西。她還說銀屏也回來了，從西邊的側門回來的。「這事兒可千萬別告訴爹，」珊瑚說。「可我總覺得有什麼事兒不太對勁，而且我覺得，如果他有什麼不舒服，我有責任去看看他。所以我就到東院去了，結果發現他一點問題也沒有，銀屏正服侍他吃飯呢。我進去的時候，銀屏拎著他的耳朵，兩個人都在笑。他們以為我不知道他們回來了，顯得很難為情。『婚禮上人太多，我不喜歡，所以我回來了──銀屏是頭疼，』迪人說得結結巴巴的。我什麼也沒說，只是問他婚禮怎麼樣。但我沒走，就坐在那兒跟他說話，他越來越緊張，越來越煩。他問我為什麼不回自己房裡去，我說我想等到你們回來聽聽全部的消息，而且我也不想睡。然後他就在房裡踱來踱去，這時候，突然從他衣服裡掉出來一塊紅色繡花的東西。我不知道那是什麼，他看起來很尷尬，趕緊彎腰撿起來，就在這時候，銀屏不見了。他突然開始教訓我。『我知道你是好意，』他說。『但是我愛怎麼樣就怎麼樣。我不要你管。』我說我不知道我管他什麼了。然後他說，『我叫你一聲姐姐，不過是禮貌上這麼喊。我姓姚，你姓謝，這個家是我家，不需要你插手管我的事兒。』我大吃一驚，氣得說不出話來。只好走了。」「我會叫他跟你賠罪的，」木蘭的母親說。「別把小事兒鬧大了，」珊瑚說。「你們待我恩重如山，我會服侍你們到老。但是等你們百年之後，木蘭和莫愁也結婚了，這裡就不再是我的家，到時候我會自己照顧自己的。」

「娘，」木蘭說，「您不能任著大哥這樣欺負她，縱容他對他沒有好處。就算我們是女孩子，遲早要離開這個家，但這還是我們自己的家，我絕對不會讓一條鬥魚攪翻整個金魚缸的！要是這種情況繼續下去，最後姚家會變成什麼樣？我不相信只有女孩子樣樣都要好，男孩可以壞沒關係。男女平等。」

「木蘭！」她母親制止了她，因爲這種話是異端邪說——從維新派的文章看來的東西。「我只知道，」珊瑚說，「銀屏二十，迪人也十七了。不能繼續這樣下去。萬一發生什麼事，傳出去這個家的名聲可不好聽。」但木蘭只聽見母親又說了那句已經說過上千遍的話，「我希望他慢慢會改。」

＊＊＊

銀屏來這個家的時候十一歲，是木蘭的叔叔從杭州帶來的。因爲她比迪人大三歲，所以被指派去照顧這個小男孩，這差事從那之後一直做到現在。她聰明、能幹又漂亮，但帶有一點寧波人的粗俗和大膽。當她和其他丫鬟吵架的時候，她還是保有寧波人的習慣，每次提到「我」的時候，都會指著自己的鼻子，說「阿拉」。

碧霞是個北京丫頭，說著一口漂亮的京腔，人又有禮貌，她是在銀屏之後被賣到這個家來的，爲期八年。錦羅和乳香也是北方人。這麼一來，銀屏就成了姚家唯一的南方姑娘，但北方丫鬟們聯合起來排擠她。其他人雖然也學會了聽南方話，因爲姚夫人說話時仍然帶著濃厚的餘姚口音，但是當銀屏用她的南方方言和太太說話時，其他丫鬟都很不喜歡。不過整個來說，她舉止得體，分內的工作也做得很好，完全有能力一個人對抗北方聯軍。姚家的孩子都說北京話，但迪人和銀屏的關係太親密了，也從她那裡學會了用寧波話說「阿拉」，和人吵架的時候也會指著自己的鼻子以加強語氣。

珊瑚離開迪人房間之後，迪人還希望銀屏自己會再回來。他不敢喊她，怕引起別人注意。但是她已經被嚇跑了，她很理智，知道這時候不能回來。迪人徒勞地等了一刻鐘，耐心盡失。他習慣了為所欲為。他沒喊銀屏，卻抓起一只杯子往地下一摜，摔得粉碎。這時，一個知道事情始末的老女僕聽見了聲音，走過來問他要什麼。他見來的不是銀屏，便大聲要那女人出去，自己激動得近乎發狂，躺在沙發上喘氣。

當他父親未經通報便出現在他房門口時，迪人嚇得簡直像白日見了鬼，他父親眼神淩厲，臉上沒有一絲笑容。雖然他沒做什麼當場被逮到的錯事，但在那烈火似的憤怒眼光下，他還是感覺自己所有幹過的壞勾當都曝了光。他沒在唸書，也沒睡覺，姚先生看到他頭髮蓬亂，一張臉頹廢又粗野。他穩步走向自己的兒子，問他為什麼擅自離開聚會，迪人還沒來得及回答，他便在他臉上狠狠地甩了一耳光。這個練武之人的耳光打得太重了，迪人一個踉蹌，倒在沙發上。他父親一言不發，轉身走了出去。

那之後的幾天，迪人忍受著脖子扭傷的疼痛和精神上的折磨，他不知道自己究竟是為了什麼事挨打，也不知道珊瑚是不是把整件事的經過都說出來了。妹妹們不跟他說話，母親對他嚴厲而冷淡，連銀屏也因為害怕，躲他躲得遠遠的。

＊＊＊

因為這樣，木蘭一直沒有去看曼娘，直到第三天，曾家老太太和李姨媽來了。老太太送來一份禮物，還帶話說想看看木蘭，於是木蘭和妹妹便前往曾府拜見。她們去了之後，驚訝地發現，曼娘在小喜兒和雪花的協助之下，已經放下了新娘子的所有禮俗，像個妻子一樣地照顧平亞了。平亞的病情似乎有所好轉，曼娘整整一星期都容光煥發，快樂無比，那是她一生中最幸福的一星期。

老奶奶從山東帶了一些老家口味的粽子。雖然端午已經過去很久了，但她知道這種粽子孫輩們甚至全家個個都愛，所以特地做了帶來。平亞從小就喜歡老家的粽子，從婚後第七天的晚上就一直吵著要吃，曼娘沒辦法拒絕。她要雪花去問曾夫人的意見，曾夫人說給他一點就好。曼娘把那約莫男人拳頭大小的甜粽子給了他一半，另一半留給自己，但他把自己的一半吃完之後，又把那另一半從她手裡搶了過去，他們扭打了一小陣子，她只好把粽子給他。雖然她很高興他的身體已經好到可以和她搶食物了，還是央求他：「平哥，最好還是少吃一點，」但他不聽。

到了半夜，他開始說肚子疼，而且越疼越厲害，曼娘在他身邊坐了一整夜，完全嚇壞了。

黎明時分，他的情況已經變得非常嚴重。她看見清晨的灰暗光線從窗戶透進來，才派雪花去告訴他母親。母親來了之後半小時，平亞一直很清醒，然後就突然軟了下去。太醫來了，把脈之後發現他脈搏很微弱。曼娘還是鼓起勇氣，用嘴貼著平亞的鼻子朝裡吹氣。她看見他似乎想咳出什麼卡在喉嚨裡的東西，那東西讓他不能呼吸，於是曼娘彎下腰，直接把他嘴裡那塊痰給吸了出來。要是神佛有心，就不可能眼睜睜看著這樣的景象而不去救他。但神佛若不是瞎了就是聾了，不然就根本是在遠遠的地方逍遙。

那天正中午，平亞死了。

曼娘緊緊抱著他的身體，喊著：「平哥，回來啊，」她一次又一次把嘴貼在他的鼻孔上，想把氣吹進去。就連第一次經歷這種悲痛的平亞父母，見到新娘子那無望、悲哀的掙扎，都覺得比新郎的死更為淒慘。

過了一會兒，老太太來了，和他母親一起硬把曼娘從平亞臨終的床上拖了下來，帶到西廂房的一張床上躺著，奶奶坐在她身邊，木蘭、莫愁和母親一起進了房間，這時所有人都看出來，其實曼娘還是個年紀那麼輕、那麼小的一個女孩，但是誰也幫不了她。「行善，就必有善報，」木蘭想著，「這話還是眞的嗎？」

＊＊＊

這回的粽子是李姨媽幫著包的。那天晚上，李姨媽還在傷口上灑鹽，說曼娘給平亞帶來了厄運，是孫家的厄運才讓曾家死人，暗示平亞之所以會死，是因爲他成了孫家的女婿，而孫家是註定要死絕的。桂姐聽見這番話，直接指責李姨媽怎麼可以詛咒老太太娘家死絕。這件事後來被奶奶知道了，奶奶勃然大怒，從此李姨媽失去了奶奶的庇護，在家中的地位也一落千丈。

在平亞入殮之前，木蘭一直不方便去曾家。她聽說曼娘不吃不喝，悲痛過度病倒在床。到了第三天，桂姐親自來請木蘭過去安慰曼娘，因爲能做這件事的只有她了。「昨天晚上，」桂姐說，「她母親和我陪了她一整晚，但是她一句話也不說，我們問她什麼她也不回答。我跟她娘談了談，都覺得必須請木蘭來陪她幾天。其他的事交給我們打理就行，我們只想讓木蘭陪著她。」木蘭的母親答應了，於是木蘭和桂姐上了騾車，這時桂姐低聲對木蘭說，其實她來這兒還有另一個原因，就是他們需要有個人能時時刻刻看著她，免得曼娘因爲絕望而尋短見。這種殉情也許値得寫成一首詩，配得上一座貞節牌坊，淒美到可以當成故事傳誦或者記載在地方志上，但是對疼愛曼娘的曾家夫妻來說，這一切都不值一提。

這是木蘭第一次接觸喪事，她不敢太靠近棺材，但得知曼娘住的是另一個院落之後，便覺得即使要過夜也不介意待在那裡。

曼娘現在住的地方，就是她剛到那天木蘭見她的那個院落。在這十來天裡發生了多少事情啊！木蘭覺得曼娘是某種未知力量的受害者，被什麼人或什麼東西欺騙了——她也不知道究竟是什麼。造化果眞弄人嗎？木蘭實在不明白。

她發現曼娘睡著了，她母親在旁邊照看她，她見她累了，便要她去休息一下。當她坐在那裡，看著這個失去至愛之人的年輕新娘時，突然頓悟了。曼娘待在這個房間裡的第一個下午做的那個夢瞬間變得清晰無比。那座瓷觀音仍然立在那裡微笑，那慈悲、深不可測的微笑。這位女神之所以受人愛戴，就是因爲她大慈大悲、救苦救難。木蘭如今全懂了，那條兩邊擺滿棺材的黑暗長廊，以及夢中的曼娘必須走過去的、深溝上的棺材蓋獨木橋，代表平亞的喪事。但橋的另一頭就是永明宮，曼娘會在那裡過著平靜的生活。因爲有死，於是也有了重生。她能讓曼娘明白這一點嗎？

木蘭雙手抱起觀音像，把它移到床前的一張桌子上，讓曼娘一睜開眼睛就能看到。而木蘭，就是曼娘夢中那個雪中送炭的黑衣姑娘。

她輕輕地喊了小喜兒，要她去雪花或鳳凰那兒借一件黑衣服，然後她換上了黑衣，坐在曼娘床邊。曼娘動了動，木蘭說：「姐姐，我給你送炭來了。」曼娘睜開眼睛，便看見了觀音和她夢中見到的黑衣少女。「是你嗎，妹妹！」她有氣無力地問。「是我，」木蘭說。「我給你雪中送炭來了。」「我在哪？」曼娘問。「下雪了嗎？」她看了房間一圈。「我為什麼在這兒？」「你在曾家的祠堂裡，」木蘭說。「外頭下雪呢。你夢見自己結了婚，當了新娘，你丈夫平亞死了，他死的時候，你痛苦萬分。但是你看，這座祠堂後面有一條長廊，長廊後頭有座橋，橋板是棺材蓋做的，再過去是一座宮殿。平亞在殿外等著你。你還記得嗎？」「妹妹，你在騙我，」曼娘說。「外面沒下雪。」就在這時，外面突然下起了一陣夏季暴雨，沉重的雨點劈劈啪啪響亮地打在院子裡的石磚路面上，屋頂上的水順著鉛管往下流，聲音很悅耳。

小喜兒喊著趕緊把洗好的衣服收進來，這聲音把曼娘帶回了現實。「不，平哥死了！」她鬱鬱地說。「我騙了你，但也沒騙你，」木蘭說。「不是下雪，但是你看看這場美麗的陣雨。」但在雨聲之外，曼娘還聽見遠遠的地方有鐘鼓聲傳來。「那是什麼？和我之前聽到的空中樂聲好像。」「是和尚在另一個院裡念經，」木蘭說。「平哥死了！我知道的！」曼娘又說了一次。就這樣，木蘭在曼娘醒來的那一刻，異想天開地把夢境和現實融合在一起，連死亡也因此減輕了一點刺痛，感覺像作夢一樣不真實。

這個幻象取代了面對命運的痛苦和怨懟，讓曼娘明白了眾神為她規劃、也是她注定要經歷的生命藍圖，這種對命運的接受成了她的救贖。她相信命定，相信萬事萬物都是天意，也相信觀音。如今她半信半疑地覺得，自己就是觀音殿裡的一個神仙侍女，她的懲罰必然是她前世和平亞一起做了什麼的報應。

而同時，每個人都對她很好。她依然是曾家、也就是她丈夫家的兒媳婦。因為不管是人是鬼，都希望能和家人在一起。曼娘的心靈，終於在曾家找到了今生與來世的避風港。

就這樣，到了第三天下午，她終於能在棺木前哭出來了，雖然這是她按照習俗該做的。桂姐和雪花聽見她哭了，趕緊去告訴曾夫人，因爲這表示最壞的時刻已經過去了。她們把這一切都歸功於木蘭，因爲她靈光一閃爲曼娘所做的事，其中的智慧遠超過她自己的理解。

曼娘再次一身縞素，從頭髮上繫的結子到腳下的鞋。自從她父親的葬禮以來，她就愛上了代表哀悼的白色，沒有什麼顏色比這更適合她了。穿上喪服的她有一種幽靈般的美。喪事有時候純粹是一種社會習俗，有時卻以挑釁似的浮華和奢侈來慶祝，表示對神靈的反抗。有時候，這是一種因爲對逝者的愛而產生的自然行爲，所以便簡單而眞誠，服喪的人開始喜歡上這些儀式，就跟虔誠的佛教僧侶開始喜歡這種敬拜誦經的儀式一樣。這不是曼娘第一次服喪，因爲之前已經有過她父親和弟弟的先例，但她爲平亞服喪的情況和前兩次都不同。她每天都在丈夫的棺木前痛哭，然後點起供桌上的蠟燭，這對她來說是非常私人的，充滿了精神上的意義。而對於木蘭和曾家的人來說，她日復一日，全心全意的悼念，簡直是一種無法用言語形容的美麗莊嚴。

曾先生想在城南買塊地做爲他們的家族墓地，因爲他覺得他的家族應該會永遠定居在北京。但老奶奶反對，因爲她丈夫葬在泰安的祖墳，她自己也想葬在那裡。眼下把平亞的遺體帶回山東又是不可能的事，因爲曼娘承受不了這樣的長途旅行。於是靈柩便暫時停放在平亞院落前的家祠裡，它將在那裡一直躺到春天。

大家同時也決定，曼娘和母親此後就在平亞生前住的那個院落長住，由雪花和小喜兒服侍。她母親和她同屋睡，因爲天黑之後她容易害怕。那尊白瓷觀音就放在她臥房桌上。曼娘越來越信佛。雖然她想要什麼就有什麼，但她還是喜歡把房間佈置得簡單樸素。她再也沒碰過那些珠寶，只留下了那對銀燭台，和新婚之夜照亮她的那盞美麗洋油燈。

不久之後，爲了超渡丈夫的靈魂，她開始吃長齋，也開始繡佛像和菩薩像。她身在富貴的私人宅邸，卻彷彿已經立誓爲尼。她那個院落潔淨清幽，遠離塵世喧囂，院裡的石榴花開得豔紅似火，還有魚池、石凳和盆花。

那年冬天，一個嬰兒打破了這裡彷彿尼姑庵似的清修氣氛。

曾先生很關心自己長子一房的後嗣問題，他妻子私下請曼娘的母親探問一下可不可能有孩子。第一個月，曼娘的月事沒有來，她把這件事告訴了母親，她母親又告訴了曾夫人，她寧願相信她的兒媳婦就是「有喜了」。但曼娘對她母親說不可能，她向木蘭發誓，說自己還是處子之身。木蘭把這件事告訴了母親，她母親又告訴了曾夫人，全家人這才知道他們的希望落空了。

曾夫人認爲，除了家族制度要求平亞必須有後之外，對這個年輕寡婦來說，這一個個的夜晚也太過漫長，尤其是第一年冬天，要是能收養一個孩子，便能讓曼娘的心思有所寄託，不再爲此鬱鬱沉思。曾先生於是寫信給他們在山東的家人，找到了一個剛滿周歲的小男孩，他母親願意把他過繼給曼娘。這孩子被帶到北京，曼娘很疼愛他，抱著他的時候，便覺得自己眞的是個母親了，也爲平亞續了香火。

這孩子取名叫阿宣。

第十二章　臘八

曼娘正式進了曾家門之後，木蘭就越來越常過來，曾家也不再當她是客。她經常留在那裡吃晚飯，有時也在那兒過夜，這是她母親允許的。她的父母還沒有正式談過她和曾家兩個男孩中任何一個訂婚的事，因爲曾家夫妻還是希望能常常見到她，要是眞的訂了親，她就不能再往曾家跑了，而且她年紀還小。但他們都心照不宣地認爲，木蘭的父母絕不會在沒跟他們事先商量過的情況下，就讓她和別的年輕人訂婚。也就是說，如果曼娘算是兩隻腳都踏進了曾家的門檻，那麼木蘭可能已經踏進一隻腳了。就算她想跑，曾家夫婦也抓得住她的後腳。

木蘭的父母還不知道該怎麼安排她的未來，尤其是她的父親。道家信徒天生比儒家開明。儒家總是確信自己是對的，而道家則同樣確信別人都是對的，錯的是自己。因此，不守常規的姚先生對西方思想態度很開明，甚至會在女兒面前大談婚姻自由，這非常符合道家不干涉自然的論點。他認爲，西方把青年男女的婚姻寄託在年輕人盲目輕率的衝動上，這種想法極其巧妙而深刻，就和道家一樣。他相信婚姻這種事是上天注定的，他甚至連他大兒子訂親的事都還沒打算要「干涉」。

與此同時，木蘭對曾家夫妻的稱呼是「爸媽」，喊曾家的男孩爲「哥哥」，蓀亞比她大一歲，所以是她的「三哥」。

現在已經是隆冬時節。北京的冬天是無與倫比的，只有這座得天獨厚的城市本身的其他三季能夠超越。因爲北京是個四季分明的城市，每個季節都自有其完美，也各有不同之處。在這座城市，人們身處文明之中，同時又活在自然裡，城市的極度舒適和鄉村生活之美得到了完美融合和保存，一個人在這樣一個理想城市裡，會發現自己在心智獲得刺激的同時，靈魂也得到了安息。是怎麼樣一種偉大的精神規劃了這樣的生活模式，讓人類的理想生活得以在這裡實現呢？的確，北京的天然景觀已經極美，城裡有湖泊，有園林，城外繞著透明碧藍的玉河，還有紫色的西山環抱。連天空也助了一臂之力：如果天空不是那樣澄澈的深藍，玉泉的水就不會那樣清透如翡翠，西山山坡也不會有那樣濃厚豐富的薰衣草色和紫色。的確，這座城市是一位偉大的建築師規劃的，這是當時世界上從未有過的城市規劃，它兼具了寬廣的人文精神、對崇高和宏偉的理解，以及家庭生活的舒適，這是其他任何地方都無法比擬的。但是，北京城作爲一個人爲創造物，並不是某一個人的作品，而是一代又一代具有追求美好生活本能的人們的共同產物。氣候、地形、歷史、民俗、建築和藝術結合，造就了如今的北京城。在北京的生活中，人的因素是最重要的。一個北京男孩、女孩、男人或女人說話時，口音中那份絕不會弄錯的沉穩悠閒，便是這種人本文化和舒適生活的明證。口音就是這兒所有人精神的聲音。

平亞過世後的半年間，曼娘沉浸在哀悼中，沒有出過院落一步，與其說她看見了北京的冬天，不如說是感覺到了那股氣氛。她領略到北京冬日的魅力：乾爽寒冷的空氣、晴朗湛藍的天空，以及屋裡準備過冬的用品，都和泰安沉悶的冬天截然不同。就算外面下著暴風雪，她屋裡的秋海棠也開得了花，因爲厚厚的門簾、紙窗、厚重的地毯、火爐，都讓屋裡溫暖而舒適，可以讓人工作到深夜。曾夫人叫她把平亞的一件貂皮大衣改給她自己，她實在不需要。大部份時間，她都忙著在做八雙繡花鞋，這是做爲新娘的她應該在婚禮後隔天早上的正式婚宴上送給婆婆的，但因爲平亞生病，她沒能做出來。送給婆婆的這些禮物必須是新娘自己親手做的，這是炫耀自己針線活的機會，也是盡責的表現，絲毫不能馬虎。女人們穿上了兒媳婦做的鞋，也會非常高興而且自豪，因爲這表示媳婦不但尊重她們的地位，而且還是個勤儉的好媳婦。

而木蘭是個北京孩子。她在這兒長大，也沉醉在這座城市豐富多彩的生活中，它包覆著所有居住在這裡的人，就像一個偉大的母親，慈祥地滿足孩子們所有的心血來潮和慾望。又像一株千年老樹，在其中一根枝椏上安家的小蟲對另一根枝椏上的小蟲在做什麼一無所知。她從北京城學到了寬容、親切和有禮，就像我們多少都會在成長歲月中從居住的城鄉中學到一些東西一樣。她成長的地方有鋪著黃色琉璃瓦的宮殿、紫色和綠色屋頂的廟宇、寬闊的林蔭大道、曲折蜿蜒的胡同、繁忙的街道，和接近鄉村風格的寧靜區域；就算是普通人家，也必然有石榴樹和金魚缸，而且絲毫不遜於富貴人家的豪宅和花園；在露天茶館裡，人們懶洋洋地靠在柏樹下的藤椅上，花上兩毛錢，消磨一整個夏天的下午；到了冬天，人們在室內的茶館裡吃著熱氣騰騰的蔥爆羊肉，喝著白乾，大家摩肩接踵，無論尊卑；精采絕倫的戲園子、華麗的餐館、集市、花燈街和古玩街；成了每月日期標誌的廟會；有窮人也可以分期上會歡樂過節的制度①；什剎海的露天雜耍人、變戲法的，還有天橋的廉價戲園子；街頭小販各式各樣的叫賣聲、剃頭擔子的響鐵聲、挨家挨戶收舊貨小販的鼓聲、冰鎮酸梅湯小販敲黃銅碗的響聲，個個叮噹作響，發出最完美的節奏；婚喪遊街的行列浩浩蕩蕩一排半里長，大官轎子隨從前呼後擁；滿人婦女和來自蒙古大漢的漢人駱駝商隊，喇嘛和佛教僧侶形成鮮明對比；街頭藝人、表演吞劍的人和乞丐各自自由地從事著自己的職業，遵循著百年傳統認可的不成文榮譽準則；而在乞丐和乞丐頭子、小偷和小偷靠山、官吏和退休文人、聖人和妓女、賣藝不賣身的歌女和揮霍的寡婦、和尚的姘頭和太監的兒子、票友和戲迷，以及熱情幽默的普通人之間，處處可見豐富的人性。

在這個城市度過的童年激發了木蘭敏銳的想像力。她學會了各種有名的北京童謠，裡面充滿了對生活詼諧的評論。她小時候就拖著漂亮的兔兒爺燈車，迷戀地看著煙火、皮影戲和偶戲。她聽瞎子唱曲兒，描述古代英雄美人的故事，也聽唱「大鼓」的藝人說書，他們把北京話的音韻、節奏和藝術展現得淋漓盡致。從這些獨白當中，她第一次體會到語言的美妙。而從每天日常的交談中，她不知不覺地學會了北京人安靜、不受干擾、舒緩的說話風格。透過那些一年一度的節日，她理解了春夏秋冬的意義，這一套節日體系像曆法一樣，從一年的開始到結束，規範著人們的生活，使人得以和一年間的韻律和自然緊密聯繫在一起。紫禁城和古代學府的皇室氣派，佛、道、喇嘛和回教寺廟以及他們的儀式和典禮，儒家的孔廟和天壇，富貴人家和人際圈的往來和禮物交際，以及古塔、老橋、塔樓、拱門、皇后陵墓、詩人舊居的歷史魅力都被她一一吸收，這個城市的每一塊磚都充滿了傳奇、歷史和神秘。

她也很早就開始瞭解豐富的北京民間傳說，包括這裡的神明、這裡的迷信，以及這裡的美。其中有

① 這裡指的是類似「蜜供會」的制度。蜜供是一種蜜糖點心，過年拜神必備，堆成佛塔狀，除灶王供三座之外，拜天地及佛祖各五座。因價格不斐，北京餑餑鋪便發明出「蜜供會」的制度，從年初開始按月收錢，過年時便送蜜供到家，減輕一般家庭負擔。後來月餅也沿用相同的制度。

兩個傳說她特別喜歡，也深信不疑，後來還把故事說給曼娘聽。一個是皇宮北邊鐘樓那座大銅鐘的故事。鑄鐘的師傅幾次鑄鐘都失敗，皇帝威脅要懲罰他。師傅的女兒爲了救父親，趁著四下無人的時候跳進了熔銅汁的大鍋，銅鐘便毫無一絲裂縫地鑄成了。從此每逢颳風下雨的夜晚，人們都會聽到那口銅鐘哀怨的哭泣聲，那就是鑄鐘師傅女兒靈魂的低吟。如今，她還在附近的金爐娘娘廟裡受人崇拜，被稱爲「金爐聖母鑄鐘娘娘」。另一個傳說與西城外的高粱橋②有關，據說這座橋是以一個太監的名字命名的。西元一四〇九年，永樂皇帝重建北京時發生了一場大旱，京城供水緊缺。一天夜裡，皇帝夢見在西門外遇見了一對白髮蒼蒼的老夫婦，他們帶著一部手推車，老先生在後面推，老太太在前面拉，車上放著一隻油簍。皇帝問簍子裡裝的是什麼，老人回答說裡面裝的是北京城的水。第二天，他和將軍討論了這個夢的意義，隨即派太監高亮到西門外，並吩咐他，只要碰到了符合描述的老夫婦，就捅破油簍，立刻調轉馬頭回城，千萬不可回頭。高亮聽了命令便出城去，果然遇見一對推著手推車的老夫婦，他戳破油簍，然後連忙上馬轉向。他聽見身後傳來奔騰洶湧的洪水聲，到了西直門，他忍不住回頭看了一眼，洪水瞬間沖來，高亮慘遭滅頂。於是皇帝便建造了這座聯拱石橋來紀念他。直到今天，這座橋依然屹立在玉河上，慈禧太后曾經在這裡乘船去頤和園。楊柳掩映的堤岸環繞著農田，農婦跪在水邊洗衣服，老百姓在岸邊閒逛、釣魚、划船，使這片郊區有了一種獨特的江南鄉間美景。這是夏天木蘭最愛去的其中一個地方。

正如前文所說，曼娘在寡居的前半年，幾乎沒有機會親眼看看北京。但是她有一種與世隔絕的女性特別發展出來的聽覺。各式各樣的聲音，既奇特又美妙。一大早，她就從院子裡聽見了北京街頭小販的叫賣聲。她聽見了鼓樓的暮鼓和鐘樓的晨鐘，雖然它們離曾家有一里遠，但它們的聲音半個北京城都能聽見。鼓聲表示夜裡的更次，雪花跟她說了更次的意義，所以當她夜裡躺在床上睡不著的時候，聽見鼓聲，就知道現在是四更天，可憐的朝廷官員和大臣已經聚集在紫禁城的東華門，到了五更天，天一亮，就要入宮上朝了。

曼娘遇見的許多事物對她來說並不算完全陌生，但每樣東西都比她山東老家做得更好或更漂亮。在開始吃齋之前，她已經知道北京的臘腸和鴨子比山東的好吃，冬至時吃的湯圓也比山東湯糰好吃。北京有各式各樣的糕點和甜食，還有許多「小食」，這些東西叫什麼並不重要，但你得嘗過了，才不會被這個國家其他地方的同名食物騙了。她原本堅持山東白菜非常美味，但後來發現北京白菜也一樣好，而且天氣越冷越好吃。現在她還是會吃湯圓，吃臘八粥。臘八粥是一種在十二月初八吃的粥品，用小米、白米、糯米、紅棗、小紅豆、荸薺、杏仁、花生、榛子、松子、瓜子仁，加上白糖或紅糖一起熬。這是一種完全不同的臘八粥，她覺得山東臘八粥簡直不能和它相提並論。

說到臘八粥，木蘭和蓀亞還有一段小插曲。

＊＊＊

②高梁橋因橫跨古高梁水而得名，位於今北京西城區海淀區交界。另有一個傳說「高亮趕水」，稱高梁橋即「高亮橋」音轉而來。

臘月二十，曾家一家人受邀參加太醫家的宴會，姚家的女眷和小姐們也得到邀請。這一天是「封印」日，是官員在春節假期關閉衙門的日子。在宴席上，桂姐在眾人面前說起木蘭和莫愁繡的花，說她再沒見過比兩姊妹繡得更好、設計和色彩搭配得更出色的活計了。通常女鞋上的設計都遵照傳統圖案，但木蘭把繪畫中的「樹枝姿態」融進了女鞋的花枝設計，那雙鞋是姊妹倆送給母親的新年禮物。莫愁還繡了一隻色彩斑斕的鴨子，栩栩如生，看上去簡直像是要從緞子背景上跳出來似的。「眼見為憑，」桂姐對曾夫人說。「我們回家時一定得順路拐過去一下，讓你看看那雙鞋。」「別聽她的，」莫愁謙虛地說。「可是曾伯母，您確實好久沒來我們家了。宴席結束之後和我們一起去吧。」曾夫人很想看看那雙鞋，因為她很喜歡姚家姊妹。於是她們便去了姚家，看到了姊妹們的作品。由於巧妙地運用了深淺色調，那隻鴨子確實像是要從黑緞底色中躍出一般。「這鞋子穿了太可惜了。」曾夫人說，「這鞋應該進貢到宮裡去。」她對姚夫人說，「你這究竟是什麼肚子，怎麼生出這樣的女兒來的？這讓我想起來，木蘭前幾天給我們送了她做的臘八粥來，味道特別好，老太太很喜歡，吃了兩碗呢。粥裡的堅果像是化在嘴裡似的。老年人沒牙，就愛吃這樣的軟東西。」木蘭很高興，說，「要是老奶奶喜歡，我就去給她做。」曾夫人心想，能娶到一個會做菜的兒媳婦，可真是有福氣啊。

於是她們回家的時候，木蘭就跟她們一起走了。她到了曾家，看見曼娘正在和那個剛滿周歲的孩子玩。那是個冬陽暖暖的下午，幾盆快要枯萎的菊花在白色的冬日下兀自立在房間裡，給這裡帶來了一種清冷寧靜的光彩。孩子躺在曼娘母親房間的床上，那裡還放著幾只曼娘一直在做的緞子鞋面。「那些都做完了？」木蘭問。「我只做完六雙，」曼娘說，「還有兩雙要做，這一年都快過完了。我只有夜裡能做，但是有時候這孩子鬧得我一次只能繡幾針。」木蘭在牆上看到一幅「九九消寒圖」，由九排九個圈組成，是一種計算從冬至到春天來臨這段日子的方式。等到九九八十一個圈填滿，寒冷的季節便結束，春天的溫暖天氣也就開始了。木蘭走到牆邊，在春節前僅剩的十天裡畫上了兩隻鞋。

她扳著手指頭算了算，說，「只剩十天了。你打算怎麼做啊？」「如果不是有這個孩子，這倒不是件難事，」曼娘說。木蘭低聲說，「我把這雙拿回去，替你做吧。」曼娘對自己的針線活至今一直很自豪，從來沒想過讓人代做這件事，也從來沒機會看到木蘭和她妹妹的手藝。「要是針腳不一樣，馬上就會被發現。」曼娘說。刺繡的針腳必須完全均勻平順，而且要盡可能緊密，花瓣邊緣稍微彎了一點點都是粗心。要讓每一針都精確到百分之一吋之內，對姑娘們來說是很費眼力的。木蘭拿起放在床上的繡樣仔細端詳了一下。「我想我可以，」她帶著微笑，自豪地說。「我不敢說比得上你，但肯定不會讓你丟臉。」這時鳳凰來到門口，說太太並不是真的要木蘭熬臘八粥，但要是有木蘭做的花生羹，老太太一定會很高興的。「我們都很喜歡你做的臘八粥，」曼娘說，「你是怎麼做的？」「其實也沒什麼仙法，」木蘭說。「我只是從醫書上看到，加一種東西進去，就會讓堅果很快變軟。要是太太答應，我現在就做一點。」鳳凰去跟太太報告，回來說太太派她來當幫手。「雪花呢？」木蘭問。「她有點著涼，不舒服，在另一個房間裡，」曼娘回答。「這裡的爐了不夠大，」鳳凰說，「我們得從廚房弄一個來。」她叫僕人拿來一個大爐子，幫著木蘭準備。雪花聽見她們在做的事，也起來要幫忙，但曼娘和曼娘的母親不讓她起來。「這是我該做的，」雪花說，「我不敢麻煩鳳凰。」「但她是太太派來幫忙的，」曼娘說。鳳凰一直是個心高氣傲的女孩子，只服侍她想服侍的人。她不講情面，直截了當，不像雪花那樣會特意去討好別人。雪花的個性是「圓」的，而鳳凰是「方」的。她對曼娘母女不怎麼客氣，這讓她們心裡不太舒服。

所以雪花還是努力站起來幫忙。她趁鳳凰不在的時候，說：「只是受了一點風寒，昨兒個我已經躺了一整天，現在好很多了。我不想讓別人以爲我在逃避責任。」「誰會這麼想啊？」曼娘不同意她的說法。「我知道你不會，但其他人就難說了，」雪花回答。「你現在還不應該下床到處走，」木蘭說。「不過如果你一定要幫忙，我們就把花生送到你房間去，你可以一直剝到我們生好火。」於是她們便在中央那間屋子裡放了一隻爐子，小喜兒顧著火。廚房的人聽見姚家的女兒要給老太太做東西吃，都很興奮。

鳳凰似乎很樂意幹活，曼娘私下對木蘭說，「眞奇怪，你居然叫得動她。我娘和我都不敢使喚她做事。」「每個人都是不一樣的，」木蘭說。「就看你怎麼用。我想鳳凰總有一天會爲這裡幫上大忙的。」過了約莫一小時，花生羹便好了，那花生軟得幾乎化在嘴裡，簡直不可思議。這羹稠稠的，可以潤喉，花生羹和杏仁羹不但營養，對咳嗽和聲音沙啞也有療效。鳳凰和小喜兒跑前跑後，把花生羹分送到各院落去，老奶奶高興極了，開玩笑說要把木蘭留在身邊當貼身丫鬟，什麼也不用做，只要天天給她熬花生羹就行。

這會兒男孩們都到廟會去買年貨了。木蘭要蓀亞給她弟弟阿非買個萬花筒。這是她在蔣家看到的新玩具，她完全被迷住了。色彩變化的對稱圖樣對她來說太美妙了。兩兄弟回家之後，蓀亞直接去了曼娘的院落。他買了兩個萬花筒，木蘭很高興，但問他多少錢的時候，他卻不肯告訴她。「你不必給他錢了，我想他不會收的，」曼娘說。「你不如付他一碗花生羹還好些。」花生羹真的只剩一碗了，本來木蘭要和曼娘分著吃的，但木蘭接過碗，遞給了蓀亞。

他剛從寒冷的外頭進來，更覺得這花生羹加倍好吃。「這是哪兒來的？」他問。「我在我們家從來沒吃過這樣的東西。是誰家送來的禮物嗎？」木蘭笑而不語。「要是我讓你天天都吃得到這個，你拿什麼謝我？」曼娘說。「我給你磕頭，」蓀亞說。「好！這也不難。做這個的人就站在你眼前，」曼娘指著木蘭說。「你問問她願不願意姓曾，要是她願意，你能享的福可比這碗花生羹多得多了。」但木蘭突然不見了。從另一個房間傳來她的回答：「人都是不知足的。這完全是現貨交易，沒得賒帳：一隻萬花筒換一碗花生羹。你享你的口福，我享我的眼福。你能不能再吃到一碗花生羹，得看我想不想再要一隻萬花筒。」蓀亞去了他母親房間，發現襟亞已經吃完了自己那碗，他母親給他留了一碗，蓀亞不敢說自己已經吃過了，只好又吃。他母親問他好不好吃，他淡淡地回了一句：「不壞。」「不壞！」鳳凰人在那兒，聽見這話，說：「在另外那個院落裡，他還說天天都想吃一碗呢！」「原來你已經吃過了！」他母親驚訝地說，蓀亞覺得很難為情。雖然他也不知道為什麼要難為情。

＊＊＊

木蘭回家前去向老太太道別，曼娘陪著她去，到了那兒，看見曾夫人和桂姐都在那兒陪著老太太。「我兒，」老奶奶說，「你真是心靈手巧！我活這麼大把歲數了，還沒嘗過這麼好吃的花生羹呢。」「那沒什麼；是我孝敬您老人家的，」木蘭回答。「要是老太太您喜歡，我就教錦緞做，那您就天天都吃得到了。」錦緞是老太太的貼身丫鬟。「像我們這樣的人家，可以說要什麼有什麼了，」老太太說，「我們實在不應該放縱自己享受太多好東西。要是我們能學會珍惜五穀雜糧，珍惜一切能吃的，不浪費食物，也能少造點孽。只怕我們家下人丟掉的東西，也還是窮人的大餐呢。唯獨這花生羹，原本就是窮人吃的東西，是從土裡來的，我老婆子喜歡這個，是因爲它不費牙口。你是怎麼做的？」「這做法也沒什麼神奇，」木蘭回答。「你只要在裡頭加點鹼就行了。我從書裡學來的。」「她這可眞不簡單，」曾夫人說。「書本任誰都能看，但我們家那幾個男孩子就沒從書裡學到多少東西。我們家蓀亞不管對書本、對大人之間該懂的禮儀全都比不上她。奶奶您還沒看到她們姊妹倆做的刺繡呢。」曾夫人說著她們下午見到的情景，木蘭轉身走到外面，去教錦緞熬花生湯。她從曼娘房裡帶走一雙要繡的鞋，用一塊絲綢帕子包著，怕被人發現。

接著曾夫人又講了花生羹的事，以及鳳凰如何透露出木蘭給蓀亞喝了一碗，蓀亞後來又如何尷尬的事。這話題讓桂姐、曼娘和奶奶既高興又驚奇，木蘭回到屋裡，發現她們都在笑。「怎麼了？」她問。「原來蓀亞在我們房間吃了一碗，然後去太太房間又吃了一碗。」曼娘說。木蘭立刻明白她們在笑什麼，臉也紅了，她很少臉紅的。「這樣很好，年輕人彼此處得這麼好，我很高興，」奶奶說，試圖爲難爲情的木蘭解圍。「那不是送他的禮，是現貨交易，」木蘭很快地說。「他給我弟弟阿非買了隻萬花筒，那花生羹是付給他的錢。」木蘭把萬花筒和要繡的鞋子一起包在絲綢帕子裡帶回家，不知怎地覺得這段經歷讓她很開心，雖然她也不知道爲什麼。

第十三章　戀愛

兩年後，木蘭十六歲了，她經歷了一場自己所知最激動人心的情感體驗。她上了學，父母給她訂了親，然後她發現自己戀愛了。

在這段時間，與這一切事件有關，並且對她的生活產生了重大影響的人，是一位來自四川的傅先生①。這位傅先生後來成了民國的教育部長，負責正式採用注音字母，在學校裡和正統國字一起教。

傅先生身材瘦小，留著小鬍子，還抽大煙，卻是個極爲聰明、極富想像力的學者。他有兩大愛好，一是遊覽名山，二是蒐羅並編輯古書。他有一位受過現代教育的妻子，這對夫婦待在北京那段時間，幾乎每年都要離開首都一陣子，去參觀一些歷史名山。他們還實際在山裡住過，過了一段隱士學者的生活，他出行時只帶一卷鋪蓋，裡頭捲著幾雙襪子和長袍，另外就是一箱古早版本的書。襪子要是穿髒了，就和書放在同一個箱子裡。後來他在大學裡講授中國書目學和古代版本學時，已經是這個領域公認的權威。他堅持躺在舒適的沙發上講課，學生們則看著這個又瘦又小，菸癮又極大的人，滿懷敬意。

① 指傅增湘（1872－1949），傅字叔和，一字潤沅，號沅叔，別署雙鑒樓主人、藏園居士、藏園老人、清泉逸叟、長春室主人等。中國近代藏書家、學者、教育家。

這位學者不但有學識，而且絕頂聰明，尤其女子教育，他和他妻子是這方面的先驅。二十多歲時，他在中國西部的家鄉四川省已經是個公認才華橫溢、前途無量的年輕人。二十六歲通過會試，欽點翰林，接著又在另一次考試中拔得頭籌，被授予翰林院編修之職。義和團之亂爆發時，他和家人正在去北京的路上。一九〇三年，他成了袁世凱總督的秘書。由於曾先生也在袁總督手下工作，木蘭的父親因此結識了傅先生。傅先生看事情的格局之大吸引了木蘭的父親，於是彼此成了莫逆之交，情誼之深更甚於曾傅兩人。傅先生受命南下組織並訓練新軍，回北京後又被任命爲直隸提學使。一九〇六年，他在天津創辦了北洋女師範學堂，由他的妻子擔任校長。

由於傅先生和她父親的交情，木蘭被送進了這第一所官辦的女子學堂，也因此成了第一批受益於女子教育運動的人。而透過傅先生的介紹，木蘭一家又認識了一個四川青年孔立夫，傅先生一直對他評價甚高。傅先生伉儷經常去姚家拜訪，傅夫人也非常希望姚家姊妹成爲他們學校的學生。

傅先生夫婦正在北京度春假。而因爲四月一日到十五日碧雲寺有廟會，木蘭一家也正要到西山郊區的避暑別莊住三四天。傅先生夫妻都喜歡爬山，木蘭的父親便邀他們同行，住在他們的鄉間別莊裡。

木蘭曾經問過曾夫人能不能讓曼娘來。曾家向來不是浪漫的人家，也沒有鄉間別莊，曾夫人說她只去過碧雲寺一次，那已經是十二年前的事了，當時孩子們都還小。如今曼娘雖然在北京已經住了一年半，但出家門的次數也不過十來次，主要是到城南去買東西，還有幾次是去孔廟之類的地方，在那裡，她看到石碑上刻著過去幾百年來所有中舉考生的名字。曾先生允許她去孔廟是因爲他的儒家思想，他認爲喜歡這些東西的女人更可能把孩子培養成讀書人求取功名。春天時她甚至沒和她母親一起到法源寺賞紫丁香，因爲花朵太容易擾動年輕少婦的心。她也沒去參觀過宏偉華麗的雍和宮，因爲她說不定會看到黑色簾幕後面淫穢的歡喜佛，那是只要給喇嘛幾文錢就能看的。然而，正如曾夫人所說，去廟裡參拜一般來說是可以的，因爲去廟裡拜神是虔誠的好事。

曼娘越來越像個念佛的人，公婆也對她越來越有信心，但他們還是想保護她，不讓她被這花花世界干擾。「她會住我房間裡，和我睡同一張床，我對她負責，」木蘭說。「她都還沒機會去看看山呢。」「蘭兒，你眞有勁頭！」曾夫人說，現在她已經用這個親暱的名字稱呼木蘭了。「我也沒看過幾次山，還不是活到這把年紀。不過我覺得讓她和你一起去，讓她放鬆一下，倒是個不錯的主意。我問問你乾爹。」於是，四月十二日，木蘭一家、曼娘，以及傅先生夫妻一起來到了玉泉山西山附近的鄉間別莊。姚先生對眞實鄉間生活的看法是，沒有女僕在，才更能享受生活。儘管他們還是帶了一個廚師，但女兒們經常自己做飯。

對於不習慣北京帝都氣派的曼娘來說，這次旅行眞是太快樂了。每樣東西都讓她著迷——高大的箭樓，有著厚厚城牆的西直門，看起來就像一條四五十尺長的隧道，城門外駕驢車的車伕和小商店，在露天茶館裡喝茶的老百姓，鋪著石板的御道通往頤和園，既寬闊又宜人，兩旁的大柳樹已經冒出了纖細的綠葉，晴朗湛藍的天空下，美麗的鄉村襯著遠方西山的紫色山坡，越過城牆，可以瞥見圓明園的廢墟，然後便看見了頤和園的金色屋頂和亭臺樓閣。

她覺得最讓人愉快的是玉泉山的鄉村，到處都是農家的房子，運河裡有雪白的鴨子悠游，西山就像母親摟著孩子似地環抱著北京城。木蘭家的別莊就在這裡。前方是玉泉邊的玉峰塔和頤和園的萬壽山，掩映在綠葉中，後面的山上滿是寺廟。

他們抵達的時候剛好趕上午飯，下午遊覽了碧雲寺。他們爬上玉峰塔的四層石階，發現裡面擠滿了遊客。因爲時間還早，他們便轉往臥佛寺，在那裡看到一尊二十多尺長的銅鑄佛像曲肱而臥，身邊放著許多皇親國戚敬獻的還願鞋，有的鞋有幾尺長，是用繡花黃緞做的。姚先生提醒大家不要太累，因爲他們第二天還打算去「八大處②」，也就是彼此鄰近的八座寺廟。

第二天他們去了秘魔崖，這是山上最別緻，也最樸素卻美麗的地方。這懸崖藏在山頂上一群廟宇後面，而這些廟又藏在峭壁一角的樹林中。年長的女士和曼娘騎驢去，但木蘭和莫愁更喜歡和男士及男孩子們一起用走的，晴朗的春日裡，女孩們清亮的聲音和驢童們響亮的笑聲交織在一起。

女士們在寺廟山門前下了驢，等到她們走到懸崖，都已經上氣不接下氣了。一身白衣的曼娘頭髮已經挽成髻，但看起來還是個年輕姑娘，木蘭和莫愁梳的是辮子。木蘭有個習慣，不管是走路還是站著，她總會把辮子弄到前面，把辮子尾巴繞在食指上玩。

這秘魔崖實際上形狀就是個五十尺深的天然洞穴，由一塊斜突出來的岩石構成了屋頂的樣子；站在崖下的人總會覺得，要是這片懸崖砸下來，所有的人都會被壓成肉泥。據說懸崖前有個深潭，現在用一塊巨石蓋起來了，因爲怕有人會掉進去。木蘭的父親給大家說了這潭裡藏著兩條龍的傳說。六世紀時有個道家聖人收了兩個男孩當弟子；有一年遇上大旱，這兩個男孩跳進深潭，化爲一對青龍，帶來了雨水。所以這裡有一個亭子，就是爲了紀念龍王而建的。

男人們走在前面。當木蘭走到洞穴入口時，看到一位身穿普通黑色連衣裙的中年婦女，和一個約莫十歲左右的女孩坐在那裡，她們先聽見一個男孩說話的聲音，接著才看見一個十六歲上下、很瘦的男孩從石屋附近跑出來，站在那裡和那對母女比手畫腳地說話。他有一對明亮的眼睛，鼻子很挺，一臉聰明相。他穿著一件淡藍色棉布大褂，那明亮的淡藍色和他年輕白皙的臉和靈活敏捷的身體很相稱。「娘，」那男孩說，「這廟就是爲了紀念聖人盧師和他那兩個化成龍的弟子建的。」他的聲音和表情裡有什麼引起了姊妹們的注意，她們和曼娘一起遠遠地站著，看著他對他的母親和妹妹說話。「故事倒是個好故事。可又有誰眞見過那兩條龍呢？」他母親說。「乾隆皇帝就見過，」那男孩還是面帶微笑，比劃著說。有一天呢，他來到這個地方，看見那潭裡有兩隻小海獸的影子，和尙指著它們，跟皇帝說那是龍，皇帝哈哈大笑，說，『哎，不過是一尺長的小魚罷了。』話才說完，那龍便越變越大，越變越大，最後從潭裡一躍而起，飛到空中，衝上山頂，然後消失在雲裡。」「你在騙我，」他母親說。「沒騙你。龍太大了，所以才叫神龍見首不見尾呀，但是皇帝看見一隻巨大的龍爪子像山一樣從雲裡伸下來，綠色的龍鱗閃閃發光。皇帝一看嚇壞了，嚇得肚子疼起來，就回家去了。」男孩的母親大笑起來，看得出她是個快活的女人。顯然，這男孩是那種能讓一個孤獨的女人生活得充實快樂的兒子，讓她一再地驚訝自己竟然生出這樣一個男孩。

女孩們被這個故事和男孩講故事活靈活現的方式逗樂了，也掩著手絹兒偷笑。莫愁說她覺得好像在

② 八大處，又稱西山八大處，是指位於北京市西郊翠微山、盧師山、覺山三座山的八處漢傳佛教寺院。分別是：長安寺、靈光寺、三山庵、大悲寺、龍王堂、香界寺、寶珠洞和證果寺。

什麼地方見過這個男孩，木蘭也這麼覺得，但就是想不出在哪裡見的。她很喜歡他那興奮的表情和態度。但她也沒辦法確定這傳說究竟是眞的，還是他爲了讓母親高興當場編出來的。

就在這時，傅先生踱著步子回來了，看見那男孩，說，「哎呀，這不是立夫嗎？」接著便迎上前去。男孩的母親對傅先生非常客氣，儘管他看起來似乎跟他們很熟。傅先生轉過身喊道：「來見見孔太太和她的孩子們。」他先介紹他們，說，「這位是孔太太，這是立夫，這是立夫的妹妹。都是我們四川老鄉。」那位母親滿面笑容。木蘭走近時，只覺得那男孩的眉宇之間很特別，儘管穿著平常，卻讓他看起來格外與眾不同。「了不得！」傅先生熱情地稱讚道，「你看我們四川出來的就是不同凡響。或者我該這麼說，是峨嵋山靈氣所鍾才有這樣的男子！」木蘭看著那個男孩，心裡對他更感興趣了，因爲她知道被傅先生這樣稱讚的人必然有其過人之處。孔立夫有點難爲情，他母親說，「我們不過就是普通百姓，但傅提學使對我們母子一直都很照顧。」

那男孩按照四川古禮向姚先生深深鞠了一躬，接著又轉向姚夫人，也深深鞠了一躬。當然，他略過了女孩們，這是一種禮儀。「你是聖人後裔嗎？」姚先生問道，因爲他們姓孔。「不，我們沒有這份榮幸，」孔立夫回答。「要是每個姓孔的人都是聖人後裔，那麼聖人就要名譽掃地了。」木蘭聽了這得體的應對，不禁微笑起來。立夫說話很快，在眾人面前顯得口若懸河，泰然自若。木蘭的父親也笑了，就連迪人也第一次被一個和他同齡、卻敢於說出自己想法的人產生了好感。「但至少孔太太是楊繼盛③家後人，這很了不起，楊繼盛是三百年前的人了，」傅先生說。「我覺得這孩子有點楊繼盛先生的味道。」木蘭聽父親說起過楊繼盛，因爲在北京城劵門外有一棟老房子，據說就是楊繼盛故居。楊繼盛是明末的一位學者和官員，當時朝政極其腐敗，他在明知有生命之危的情況下，依然彈劾了臭名昭著、權傾一時的宰相嚴嵩，舉其五奸十大罪。他因此被斬首，但他的聲望、榮譽和勇氣永遠被後人銘記，這位無畏的人呈送皇帝那份形同自殺的萬言諫書，起草地點建了一座亭子，至今依然遊人如織。「你們住在哪兒？」姚先生問。「城南四川會館，」立夫回答。「你們今天就回城裡去嗎？」傅先生問。「不，我們留在這兒過夜，借住臥佛寺。」「你看過香山嗎？」傅先生又問。香山離臥佛寺只有一里腳程，曾經是乾隆皇帝的狩獵園林，但自從咸豐朝之後放棄打獵，這裡就再也沒有狩獵活動了。

如今，雖然園林在朝廷統治之下不對一般公眾開放，但管理人是一位姓英的先生④，他在女子教育方面和傅先生有密切合作，後來還在園林裡創辦了一所女子學校。「沒有，我們進不去，」立夫回答。「我們明天要去那兒。你願意和我們一起去嗎？」傅先生問，立夫興高采烈地答應了。讓一群剛介紹認識的普通人加入姚家女眷的出遊活動，即使對傅先生來說也頗不尋常，顯然他是把孔家人當成了平起平坐的親密朋友了，因爲他自己也曾經是個窮小子，對於有前途的年輕人總是極力幫忙。

回程路上，姚夫人對先生說，讓這個年輕人和他們同行，恐怕對年輕女孩們多有不便，姚先生只用一聲簡短得幾乎聽不見的「喔。」回應。女孩們倒是對事情有了突發的轉折感到頗爲興奮。

他們漫步走向主殿，這座主殿在義和團之亂中倖免於聯軍的破壞，他們看到了一些古老的壁畫遺

③ 楊繼盛（1516—1555），字仲芳，號椒山，直隸容城人，明代政治人物，官刑部員外郎，因彈劾權臣嚴嵩而遭處決。

④ 指英斂之（1867—1926），滿族赫舍里氏，名英華，字斂之，滿洲正紅旗人，清末民初教育家、記者，保皇黨、維新派人物，中國近代天主教精神領袖。輔仁大學、《大公報》創辦人。

跡，畫的是十八羅漢遊西山的情景。他們出廟時，又看見立夫和母親從他們身後的十字門出來，因爲離得遠了，便沒有和他們搭話。莫愁看見立夫朝一棵柏樹扔了塊小石頭，只見一隻烏鴉從樹上飛出來，發出一聲刺耳的叫聲。那男孩手臂獨特的擺動姿勢，讓她突然想起自己是在什麼地方第一次見到他的。

「欸，他不就是我們在白雲觀看見的那個扔銅錢的人嗎？」她對木蘭說。到這時，莫愁完全想起來了。事情發生在三個月前的新年期間，在北京城外一里處的大道觀白雲觀，那是城裡的男女老幼從正月一日到十九日都會去逛廟會的地方。廟會最後一天是北派道家創始人的誕辰，成吉思汗非常尊敬他，他的遺骨就葬在觀中⑤。這天有男子的繞觀賽馬及女子賽車，還有大批民眾去那兒「會仙人」，因爲據說仙人會在十八日喬裝打扮降臨凡間，不管是碰見他或摸到他都會交好運。他可能扮成大官，可能是街頭乞丐，也可能化成狗或驢。最令人興奮的是，誰也沒辦法確定躺在路邊的狗或睡在舊席子上的乞丐是不是仙人。要留心的就是狗、乞丐、和尚或老太太是不是神奇地消失了，如果五分鐘前才看見的那個蜷縮在角落裡乞丐突然不見了，那麼他就是了，遊客們會很高興自己給過他錢或者見到他。這讓人們對乞丐慷慨，對動物仁慈，還造成了大量人潮和男女之間的推擠，因而這裡總是歡樂不斷。

那一天，木蘭和莫愁去了白雲觀。入口處有一座橋，叫做窩風橋，由於這座道觀叫白雲觀，一位與之競爭的佛教和尚便在附近建了一座西風寺，取「西風吹散白雲飛」之意。於是丘眞人爲了迎戰，建了這座橋，以攔住佛教法術吹起的風。橋下有個黑暗的橋洞，洞中有個老道士盤腿而坐。洞頂懸著一枚大銅錢，遊客用小銅錢對著大銅錢扔，要是打中了，就會有好運。然而，大銅錢掛在橋和洞頂之間一個刁鑽的角度上，幾乎不可能打中。道士們便藉著這項消遣或迷信（隨你怎麼稱呼），收得了大量現金。

兩姊妹站在那裡看，正好看見一個男孩打中了目標。觀眾中爆出一陣掌聲，男孩滿意地走開了，木蘭也扔了幾個銅子兒，幾次嘗試之後，也打中了。掌聲更響了，那男孩聽見打中大銅錢的聲響和掌聲，轉身望著木蘭笑了一笑，然後便不知哪兒去了。「那男孩子會不會就是仙人啊？」莫愁對木蘭說。

其實他們在秘魔崖見面後不久，木蘭就認出了他，只是當時並沒有說什麼。如今莫愁更進一步問她「那就是那天在白雲觀扔銅錢的男孩，你記得嗎？」的時候，木蘭也只是說：「是的，我也是這麼想。」

立夫帶著他母親和妹妹從她們身後大約五十碼的地方下來，姊妹倆因為想確定他就是那個男孩，忍不住又轉頭看了他一兩次。她們看見他左手牽著母親，右手還在指天畫地，覺得這人實在是有意思。

立夫一家人在山門前趕上了他們，走到前頭去了，因為木蘭家的女眷們花了一段時間才騎上驢。她們看著這三口之家走在她們前面，立夫牽著妹妹走在母親的驢子旁邊，傅太太便和木蘭的母親說起這一家的事，兩姊妹豎起耳朵聽著。

立夫的父親在北京當過一個小小的官。他的家族中有個叔叔，把家產揮霍殆盡，讓立夫的父親變得一貧如洗，但他父親並沒有抱怨，只是努力想辦法謀生。立夫九歲時父親過世，遺孀帶著孩子們繼續住在北京的四川會館，因為她是北京人，那附近又有很好的學校。這時他的叔叔再婚了，對象是個上海的

---

⑤ 指丘處機（1148－1227），字通密，道號長春子，山東棲霞人，金末元初全真道道士。丘處機為金世宗、金章宗、金衛紹王、金宣宗和元太祖成吉思汗敬重，並因遠赴西域勸說成吉思汗減少屠殺而聞名。在道教史和信仰上，丘處機被奉為全真道「北七真」之一，以及龍門派的祖師。

摩登女孩。立夫父親死後的某一天，叔叔突然現身，想要掌管哥哥的財產，因為他想，哥哥既然做過京官，想必積攢了不少財富。這時傅先生出面干預，讓叔叔空手而回。從那之後，立夫母親有了傅先生的保護，對他非常感激。同時傅先生也被立夫的聰穎打動，和他成了朋友，還把自己的大圖書館借給他，任他使用。立夫就像一隻被野放進森林的小猴子，在沒有人教導的情況下學起了爬樹，在樹枝間晃蕩。

一行人走進香山時太陽已經下山，但頤和園和石塔還在夕暉中泛著微光，園林和山谷都已經覆蓋在陰影裡，鬱鬱的松林散發出清涼的芬芳，讓木蘭覺得這一天無比完美。立夫和他母親在前方兩百碼處，但在柔和的夕陽下仍依稀可辨。就在他們準備轉往臥佛寺之前，看見立夫揚起手臂向他們揮手道別。

＊＊＊

那天晚上，木蘭的父母和傅先生夫婦商議了秋天送姊妹倆去天津的學校。雖然北京也有女子學校，但天津的學校是最好的，傅太太應允會親自照顧木蘭和莫愁。而且，兩姊妹也可以每月回家一次度週末，她們的父母似乎已經被說服了。

傅先生夫婦還談到了把迪人送去英國留學的事。傅先生說，他英文雖沒懂幾句，這不打緊，他可以到了英國再學。不僅姚先生同意這個想法，連迪人自己也興致勃勃地回應了。

木蘭的母親有點猶豫，但珊瑚表示支持。「年輕人應該到國外去見識見識，開開眼界，」她簡單地說。「時代變了，」傅先生說。「從外國大學回來的學生現在也可以通過我們的考試，同樣可以取得進士和翰林的朝廷頭銜。你們就算不希望他做官，也應該讓他接受這一代人能給他的最好教育。」「我擔心的是他年紀還這麼輕，」他母親說。「遠渡重洋，離家萬里，誰來照顧他呢？」「我可以自己照顧自己，」迪人說。「我已經夠大了。如果你們送我出國，我一定會好好用功的。」這還是迪人第一次說出他要努力用功這種話。「說不定他就從此改了也說不定，」珊瑚說。「他現在也十九歲了，應該開始做點正經事了。你們看看孔太太的兒子。我看見他和他母親、妹妹走在一起的樣子，就像一幅二十四孝圖似的。可人家的眼睛、耳朵和鼻子，不都長得跟其他人是一樣的嗎？」「家貧出孝子，板蕩識忠臣，」姚先生引了一句格言，聽起來像是當場拒絕了迪人的提議。迪人的父母答應考慮這個想法。他的父親是同意的，因爲他自己是自由派、家裡有錢，又不知道該拿那個嬌生慣養的兒子怎麼辦。迪人對這事很有熱情，因爲這表示他將看見一個新世界，並且去做這時代最幸運的年輕人正在做的事。歸國留學生個個都穿洋服，拿手杖，說英語，似乎很享受這樣的氣派。而且說眞的，他也想讓自己出人頭地。

他母親還是覺得這樣做不妥，但讓她態度軟化的是，這解決了一個迫在眉睫的問題。銀屏現在已經二十二了，依然待在這個家裡。她不能在北京嫁人，因爲她是南方人，想回老家，但又沒人帶她回去。去年春天，銀屏本來都要和迪人的舅舅馮二爺一起回南方去了，但出發日期總是兜不攏，到了最後一刻，銀屏又病倒了，不得不放棄在那年回鄉的想法，這事後來便沒了下文。情況很尷尬，因爲一個二十二歲的寧波姑娘已經懂得很多了。也許，就像珊瑚之前向他母親建議的那樣，把迪人從銀屏身邊送走，就能讓他重新開始。

因此，當全家人第二天出發去狩獵園林的時候，每個人都興高采烈，木蘭和莫愁是因爲秋天要去上學，迪人是因爲認爲自己要去英國，作父母的則是因爲孩子的教育問題終於有了解決的法子。

狩獵園林離這裡不遠，所以大家是走路過去的。傅先生和孔太太約好早飯後在園子邊的寺廟碰頭。他們到的時候，發現立夫和他母親及妹妹已經在外頭的石拱門附近閒逛了。立夫笑著上前和他們打招呼，但對兩姊妹、珊瑚和曼娘只是點頭示意，這是符合禮教的舉止。木蘭和莫愁正面看著他的臉，忍不住笑了，經過昨晚的所見所聞之後，她們對他這個人更感興趣了。

當迪人和他說話的時候，女孩們假裝彼此閒聊，但都在聽。而在聽到立夫第一次對孔子後裔的回話之後，迪人也喜歡上立夫了，因爲他自己也經常批評當官的人，而且有什麼說什麼。其實迪人也是個相當聰明的孩子，就是有點叛逆，和官家子弟在一起總讓他覺得厭煩。在他看來，立夫這人與眾不同，他似乎和他一樣有些離經叛道的想法。也許因爲出身貧寒，立夫對財富完全不屑一顧，認爲每個人都有他天生的價值。當迪人遇上了這樣的一個人，他是會拋開自己的虛榮，以平等的身分與他交往，還是只因爲那天早上他心情好，再加上要去英國了，所以才希望和一個長輩們認爲是好青年的人交朋友呢？

在狩獵園林山腳下，方丈和一群僧人特地出來迎接傅先生，他們說著流利的官話，因爲西山的僧人對於接待城裡來的高官和皇親國戚已經很習慣了。方丈手裡拿著一串念珠，在前面帶路。這個如今稱爲香山的園林位於一片樹木茂密的陡坡上，並且一路往後方的小山延伸。在參天古樹之間有條陰涼的小路，之後便是幾段長長的石階，一路往上到山頂的主樓，兩邊蜿蜒的道路則通向各式寺廟建築和大殿。立夫和迪人走在老爺們後面，一面和幾個和尚說話，夫人們跟在後面。木蘭的母親因爲自己的某種原因，似乎一心想和立夫的母親交朋友，於是和她走在一起。傅太太則走在最後，和兩個年輕女孩、曼娘和珊瑚同行。

一行人正準備走上一小段台階，立夫轉身攙著他母親。迪人一個人留在那兒，也等著自己的母親過來然後攙扶她，她高興地叫道：「好兒子，你要是天天都這樣，我不知道會有多高興哪！」迪人對自己的表現也很滿意，說，「娘，在家裡你有一大堆丫鬟服侍，不需要我。至少我心裡頭是孝順的。」「少往自個兒臉上貼金了，」他母親說。「你是看到了孔太太的兒子攙了他媽媽，你不攙一下自個兒的娘怪難爲情的。和他交朋友對你有好處，可以從他那裡學到一點正經東西。立夫，你願意跟我兒子作朋友嗎？」「姚夫人，您這是在開玩笑，」立夫回答，「只要您不認爲我配不上，就是我的榮幸了。」當珊瑚、木蘭和莫愁看見迪人扶著母親走上石階，她們都用胳膊彼此推來推去，驚訝得面面相覷。兩位母親問了彼此兒子的年齡，姚夫人才知道立夫十六歲，比迪人小三歲。孔太太說，自從她丈夫去世，他們一直靠房租過活，現在他們打算把四川的房產賣掉一點，好讓立夫上大學，把一切都押在立夫的教育上。木蘭聽了這話，靈魂深處陷入了沉思。木蘭知道有窮人，但在她認識的人中，還沒聽說過有人爲了讓兒子上大學需要賣掉自己微薄的家產。不過她倒是挺贊成這個想法的。

這時有個和尚建議他們走邊上的小路，比較不那麼累人，女士們就從左邊走了。他們被領進一塊圍起來的圈地，一進院子，便看見一座面朝懸崖的廳子，崖上滿是高大的綠樹，水順著崖面往下流，匯聚成底下一個清澈的池塘，正廳前是一個擺著石凳石桌的小院。這地方如此美麗寧靜，木蘭忍不住倒吸了一口氣，接著便聽見立夫驚呼：「啊，這裡要是有個書房可以唸書該多好啊！」

迪人拿出相機，說：「我得在這兒照張相才行。」照相是迪人認眞的其中一件事，他不但學會了照相，還學會了自己沖洗照片，而因爲考慮到玩相機可以讓他少搗亂，他想要多少錢他父親就會給多少。

於是女士們被要求站在一起。木蘭有個古怪的習慣，只要看到什麼美得出奇的東西，眼睛就會泛出一滴淚，但也僅此一滴。所以只要珊瑚看見木蘭在抹眼睛，就會取笑她，「你幹嘛哭啊？」曼娘也說，「妹妹，你眼睛怎麼了？」木蘭就這樣成了眾人關注的焦點，但她只是笑笑，說，「沒什麼。」立夫和母親原本站在附近看著他們，木蘭的母親也喊他們過來一起照相。「來嘛！我們跟傅太太就跟一家人一樣呀，」珊瑚說。最後傅太太只好去拉立夫的母親過來。木蘭和莫愁站在最尾，立夫便站在旁邊，但離她們至少有一尺遠。

這張照片是木蘭拍得最好的照片之一，因爲她的表情既興奮又困惑，側著頭，半舉起手，像是又要抹眼睛似的。她蹙著眉的樣子眞是美極了。

立夫和同齡的年輕女孩在一起自是覺得不自在，所以一直和迪人同行。木蘭、珊瑚和曼娘一起走，因爲木蘭覺得既然是自己邀了曼娘，就有責任讓她玩得開心。莫愁則和自己的母親以及孔太太一起，她是個安靜的姑娘，兩位夫人聊天時總是一言不發，孔太太因此很欣賞她。結果直到午飯時間，立夫都沒有和女孩們說過一句話。

在他們離開大殿去園裡其他院落和建築閒逛之前，和尚先問了他們晚膳是吃素還是吃葷。木蘭的母親說她和曼娘吃素，不過老爺們可能就無肉不歡了；但傅先生說，他們人在這兒，當然都應該吃素，因爲只有嚐過和尚們準備的素齋，才有資格談吃素。西山的出家人端上桌的素齋是連皇親國戚都滿意的。他們有素火腿、素雞、素魚捲，都是用豆腐做的，但無論外觀和口味都和葷菜毫無二致；還有用大量油脂烹調的青蔬，以及各式各樣美味絕倫的麵捲和酥餅。

當他們再回到山頂的大殿，便看見殿裡擺上了兩張桌子，上頭放著銀匙和象牙筷。傅先生和傅太太認爲他們算是這天的東道主，因此分坐兩桌，傅太太和女眷們一桌，傅先生和老爺少爺們一桌。但由於女士比男士多，而姚先生更喜歡和女兒們坐在一起，於是突然帶著妻女坐到男士那一桌去，原先的計畫便被打亂了。因爲女士那桌空位多，立夫的母親便堅持要莫愁到她們那桌去，於是立夫的妹妹和木蘭的弟弟，這兩個小孩最後就和年輕女士們坐在一起。結果一張桌是木蘭和珊瑚在照顧小孩子，另一張桌則是莫愁和立夫在照顧大家的母親。方丈遠遠地坐著，見一切都安排妥當，說了祝大家吃得愉快，便退下了。

大夥兒吃著飯，話題轉到了西山的廟裡隨處可見的乾隆皇帝墨寶。這座廟的正前方就有一幅。「皇帝一定很爲自己的書法自豪，」姚先生說。木蘭正在想，皇帝不管到哪兒都要留下自己的字，實在有失皇帝體面。這時她聽見立夫在另一桌說：「物以稀爲貴。一個皇帝到處亂寫字，豈不是太掉價了？」所以他們的想法顯然是一致的。但莫愁卻覺得這話對皇帝不公平，儘管她並沒有開口反駁。「您喜歡乾隆皇帝的字嗎？」立夫問傅先生。「喔，」傅先生說，「他的字端正有力，但稱不上精彩或出眾。」「他題的那些詩，我沒見過一首好的。」立夫說。「都是些平常的宮廷詩——總不脫讚美天下太平、繁榮富庶、有鳳來儀、紫氣東來之類的——就是你意料中覺得他會說的那些。」這時莫愁突然問道：「難道他說了你意料之中的話，就是糟糕的詩嗎？」這是對立夫的直接挑戰，雖然她只是一時衝動說出了自己當下想到的話。立夫驚訝地看著她。這下他不得不直接回應了。「要是你說出來的都是別人意料之內的話，自然算不得好詩，」他說。這時莫愁也覺得有必要多說一些話回應。「但這要看情況。詩人和隱士都不是平常人，所以不會說平常的事。但乾隆是皇帝。他必須說別人意料中他會說的話，因爲他必須做眾人意料之內的事。對隱士來說是糟糕的詩，對皇帝來說卻是好詩，因爲他必須統治國家，必須感受他統治的那群平常男女的平常想法。皇帝是必須平常的。」莫愁停了下來，自覺說過頭了，有些失禮，她並不想挑起爭論。

「那麼，根據你的說法，」傅先生說，「就算是他的書法，也是好的，因爲它很平常、很勻稱，不是奇僻、才氣十足的那種字。」「嗯，他的字確實圓潤飽滿，」莫愁說。接著她想起了乾隆時代的偉大印象派詩人兼畫家「揚州八怪⑥」，於是又接著說：「皇帝不能怪。要是揚州八怪作了皇帝，豈不是要天下大亂？」「莫愁，你怎麼敢這樣和傅伯伯頂嘴？」她母親說，她不懂他們在談什麼，但她知道自己這個十四歲的女兒和一個著名學者爭論是不禮貌的事。「讓她說說自己的想法吧，我喜歡聽。」傅先生說。另一桌的閒聊已經完全停下來，都等著聽莫愁要說什麼。「我只是想替皇帝說句話。」莫愁說。「就算是普通遊客，也經常在亭臺樓閣、懸崖峭壁上隨意簽名題詩，一個國家的皇帝爲什麼就不能這麼做呢？他在這裡重建了這麼多寺廟，就算他不願意，朝臣也會要求他留下銘文好紀念他。畢竟他是承平時期的皇帝，是藝術和文學的贊助人，他的詩正是那種裝飾歌舞昇平時代的詩歌。宮廷詩就是這個樣子。他的字說不上別具一格，但一個皇帝的書法就必須端整正統。他的字圓潤、飽滿、方方正正的，但柔軟渾圓的輪廓後面隱含著力量，這就是一個皇帝該有的特質。」

「人嘛，生來就不一樣，」木蘭的父親滿意地笑著說。「傅太太您看，我這三女兒的字就是這樣，圓潤飽滿，一個字一個字排得整整齊齊的。木蘭的字就有男子氣。」「這種事是沒有辦法的，」傅太太說。「筆跡是個性的標誌。如果你思維不規整，就寫不出規整的字來。」這話雖然確實是傅太太自己的觀點，但同時也反映了她先生的看法，她先生甚至更進一步，認爲只要看一個人的筆跡，就能判斷他的命運。傅先生和許多老學者一樣，在擁有開明思想的同時，也依然帶有神秘主義色彩，他眞心地相信占星術與算命，沒有人能說服傅先生放棄它們。「你可以從一個人的字看出這人是長壽還是短命，」傅先生說。「這就是我要說的，」莫愁說。「乾隆一直活到八十九歲，是歷史上在位時間最長的皇帝。」「我不信，」立夫說。「你還太年輕，」傅先生說。「不知道爲什麼，我寫字總是寫不好，」立夫說。「你怪想法太多了，」傅先生說。「這本身並不壞，但需要紀律約束。性格最高等的類型當然是含有一點古怪或自由精神，卻能設法恢復正常平衡的性格。你需要的是一個能把你拖回來的人。」傅先生接著闡述了他包羅萬象的二元論。所有生命都是中心性和偏心性兩種力量彼此作用的結果。沒有偏心就沒有進步，沒有中心就沒有穩定。人的一生便源於這兩種對立原則的和諧互補，就像陰陽互育一般，產生了一年四季。

突然，他們聽到木蘭和珊瑚大笑起來，每個人都轉過頭來看，有個人問：「你們在笑什麼？」「沒什麼，」木蘭說，但笑得更響了。「她們在笑我啦，」曼娘解釋。「木蘭說我的字看起來像隻小耗子，這就是我膽小如鼠的原因。」「我只是在開玩笑，」木蘭解釋。「傅伯伯說的，要是有誰寫的字像貓，就能吃掉老鼠。」「這就要看情況了，」傅先生說。「你聽過老鼠咬貓嗎？」於是傅先生便說了一個故

---

⑥揚州八怪是清代乾隆年間活躍在江蘇揚州畫壇的革新派畫家總稱，具體人數不止八人，綜合各家說法計有十五人。今多採李玉棻《甌缽羅室書畫目過考》的說法，指金農、鄭燮、黃慎、李鱓、李方膺、汪士慎、羅聘、高翔八人。其他被稱為「揚州八怪」的還包括華嵒、高鳳翰、邊壽民、陳撰、閔貞、李葂、楊法等。

事，說老鼠在飢荒年代長得又大又胖，打贏了貓，結果逼得貓落荒而逃。「那你的字像什麼？」傅太太問木蘭。「我的字什麼也不像——好吧，也許像條蛇，」木蘭回答。「蛇也能吃老鼠的，」莫愁在另一桌說。「姐姐，你覺得我會吃了你嗎？」木蘭問曼娘。「那可說不定，假如那時你餓急了，」曼娘回答。「那樣的話，我豈不是要被所有人吃掉了？」珊瑚說，「因爲我的字就跟栗子一樣，既不圓，又不方，而且永遠也排不成直線。」「你妹妹的字像什麼？」傅太太問。木蘭略停了停。「她的字就像春天的鵪鴣，身子圓滾滾，羽毛滑溜溜的。」這時，知客僧正好進來，聽見了「鵪鴣」這個詞，便爲飯菜不夠好表示深切的歉意，說：「非常抱歉，我們實在端不出鵪鴣來。」

所有人都笑了，只好向他解釋他們是在談論書法。傅先生拿出一張十元票子遞給知客僧，感謝他的美味晚膳。

＊＊＊

直到現在，木蘭還沒有和立夫說過一句話。晚飯後他們休息了一會兒，因爲曼娘已經在抱怨今天爬得夠多、也走得夠多了。約莫三點鐘光景，傅先生夫妻提議往遠些的山上去。女眷們大多謝絕，傅太太只好留下陪她們，說自己以前爬過了。莫愁體態更豐滿、更不喜動，也說她要和母親待在一起，因爲她向來不喜歡爬山。迪人因爲他父親要去所以不去，立夫的妹妹年紀太小。結果只有五個人去爬：傅先生、姚先生、立夫、木蘭和她的小弟弟阿非。木蘭喜歡爬高山，喜歡山上壯麗的景色。

雖然離半山亭路程不到一里，但整條路大部份都是上坡。傅先生就跟所有的瘦子一樣，是善於登山的人，而木蘭的父親即使到了這個年紀，也是輕鬆上山，如履平地。如果有必要，他現在依然能日行百里。立夫覺得自己好像被丟進了木蘭那一群，長輩們都走在前頭，他又不能完全無視她。他變得非常緊張，他反覆掰著指關節，手指張了又合，因爲他是在書堆裡長大的，之前從來沒認識過漂亮的姑娘，所以他就只跟那個小男孩說話。有惡作劇的念頭在木蘭腦子裡轉。

她玩笑似地對阿非說：「你去問問孔先生，去年過年的時候他是不是去了白雲觀廟會。」接著立夫便把回答說給阿非聽：「你告訴你姐姐，我在那裡看見她把幸運銅錢扔到窩風橋底了。」

這種交談方式太有趣了，兩人都放聲大笑，互相看著對方，兩人的談話就這麼開始了。

他們前方十五碼處有一株高大的白松，孤伶伶地直立在一座小丘上，銀色的樹皮襯著綠色的山坡，顯得十分美麗。「孔先生，」木蘭說，「你能打中那棵白松嗎？」「如果你要我打，那我就試試，」他說。他撿起一塊雞蛋大小的圓石頭扔了出去，石子砰一聲重重地打在樹幹上。「好！」小阿非大喊。木蘭有點羞，因爲她就要擺出極不淑女的姿勢了，但她扔出的石頭離那棵樹只有一尺遠。立夫鼓勵她再試，她第二次也沒中，於是他教她如何用手指夾住石頭，還教了她兩種投擲方式，一種是手越過肩膀上方的上手投法，另一種是從下方出手的下手投法。「你站的方式不對，」當她準備再試一次的時候，立夫說。這點木蘭知道，但她拒絕把腿張開。她雙腿併攏，再試用上手投法，結果打中了，弄得她自己搖搖晃晃，差點兒摔倒。立夫報以掌聲，阿非發出了讚嘆，木蘭自己也歡呼起來。

因爲她很高興，所以不知不覺吹起了口哨。立夫很驚訝。「欸，你會吹口哨？」木蘭微笑看著他，繼續吹。那曲調是首描寫一年十二個月的歌，一首流行的民謠，兩人一起上山的時候，立夫也跟著唱了起來。姚先生回過頭看，發現女兒很開心；他對傅先生說了些什麼，傅先生也回頭看了看。

他們越爬越高，眼前出現了一幅新的景色。下面是深深的峽谷和陡峭的翠綠斜坡，再過去是更遠的群山。在那裡，在群山和雲霧之間，木蘭感到舒暢自在。春天的空氣令人心神振奮，鳥兒們似乎也和木蘭一樣感覺到了，突然迸發出力量，飛掠山谷，鳴叫聲響徹了天空。

一行人在半山亭稍事休息。木蘭問他們看見遠處那些有鋸齒狀城牆的古怪建築是什麼，她父親解釋說，乾隆皇帝把那些地方建成西藏建築和梯田的樣子，這麼一來，他手下的士兵就可以練習攀登西藏的要塞，另外有一些是紀念他平藏的遺址，還有一個是皇帝觀賞射箭比賽的看台。大部份建築都已傾圮，木蘭不由得想起了「一將功成萬骨枯」這句話，於是沉默不語。北京離蒙古大平原很近，城裡也有不少藏族喇嘛，有種皇皇帝都的氣派；碧雲寺、臥佛寺和許多其他寺廟都有成吉思汗和蒙古統治過的痕跡。「嗯！」姚先生突然冒出一句。「立夫，你讀過〈弔古戰場文〉嗎？」「讀過，一切歸結起來，不過這句——『而今安在哉？』」立夫回答。「我眞希望有一天能到西藏去看看，」他幾乎像在自言自語。傅先生開始唱起京戲裡《李陵碑》裡的唱段，情緒激昂、充滿感情地吟唱著這位將軍觸碑自殺前的詞句，木蘭輕聲地和著，這又讓立夫大吃一驚。木蘭的聲音異常柔和。這是最難唱的幾個唱段之一，立夫自己從來沒學過唱歌。這曲調蒼涼悲傷，木蘭這時感受到了生命的悲與美。

但是，如果說木蘭扔石頭、吹口哨、唱京戲這些事讓立夫感到吃驚，那麼立夫在回寺廟路上說的一句話也同樣回敬了她。木蘭說其他人沒能親眼見到他們看見的一切，眞是可惜，然後他問：「你認爲今天看到最美的景色是什麼？」「半山亭風光，」她回答。「那你覺得最美的又是什麼？」「那些廢墟。」

他回答。

＊＊＊

姚夫人很希望立夫能和迪人交朋友，便邀請孔家晚上和他們一起吃飯，這樣大家就可以一起回來了。因為每個人都餓了，所以早早就吃了晚飯。姚傅兩位酒量都好，俗話說：「酒逢知己千杯少」。晚飯之後，他們坐在戶外，看著月亮從頤和園升起，一面討論著孩子們的計畫。「把迪人送到英國去吧，」傅先生說。「你又不缺錢。新學最是要緊。如今這個新世道，得知道大洋外的世界大事。現在死背四書五經可行不通了。」傅先生身形雖小，氣魄卻因為美酒和月光而宏大了許多，他談到了他對未來和世界的憧憬。作母親的還是舉棋不定。迪人要出國，兩個女兒要去天津上學，這表示家裡會有一番大變動，而她的本能是反對變動的。但莫愁說：「哥哥，你應該去。男子漢應該行走四方，看盡世界，不該只待在一處。」

「說得對，」傅先生說。「把他從你富足舒適的世界裡帶出來，才能讓他長成一個男人。到了國外，他就不得不自己照顧自己，不會有丫鬟幫他準備洗澡水、伺候他洗漱、幫他泡茶。要是他想喝茶，就得自己泡，這對他的身體有好處。」這樣的理由對姚先生來說很有說服力。

他們本來打算隔天回去，但姚先生說：「明兒是十五，月色更好。」只是姚夫人還是不放心把家單獨交給女僕照看，而且曼娘也很擔心孩子，儘管孩子是交給婆婆照顧的。因此女士們第二天就離開了，但姚先生和傅先生夫妻又在那兒待了兩天。

第十四章　承諾

木蘭先和曼娘一起去了曾家，接著才回自己家。

曼娘的公婆見她回來很高興，但曾先生見她看上去那麼年輕嬌豔，又有幾分疑懼，不知道該不該讓這樣一個年輕的守寡兒媳在大庭廣眾下露臉。曼娘十八歲守寡後，仍然繼續長大，現在她比以前個頭更高，也更漂亮了。他對木蘭也有類似的感覺，因爲她似乎也長大了，自然爲她這個年齡的女孩帶來了微妙的變化。她的臉和雙頰圓潤起來，眉睫更黑，眼睛也更亮了，再加上這趟出行，讓她的肌膚更添了幾分自然光澤。他不知道自己是不是有擁有她當兒媳婦的幸運，也不知道一個美麗和才華兼具的女子會有什麼樣的命運。

曼娘說了兩姊妹要出外上學的消息。「事情還沒定呢，」木蘭說。「我爹娘只是在商討這件事。」「這個年紀了還上學嗎？」曾先生說。「把女孩子帶離家裡，到外地住校，一點好處也沒有。再說，爲什麼要到天津去呢？」桂姐說，「人家又不是我們家的人，我們哪有權利管這個啊？」曾先生只是笑了笑，曾夫人說，「木蘭就跟我自己的女兒一樣。」「我們最好小心點，」曼娘說。「要是讓鴿子飛了，就不知道她會不會回來了。」「你在說什麼呀？」木蘭說。「我只是去唸書，每個月都會回來向你們請安的。」當木蘭回到家，在自己房間裡換衣服時，丫鬟錦羅進來對她說：「你不在的時候，這房子顯得又大又空。乳香回去探親了，銀屏和我都很孤單。前天我們還一起去看了碧霞的寶寶呢。」碧霞嫁給了羅東的兒子，他在王家幹活。「碧霞怎麼樣？」木蘭問。「她很好，」錦羅說，「她的寶寶很漂亮。那天是孩子滿月，太太沒注意到，我們就決定代表你們給孩子送了一雙虎頭鞋和兩塊銀元當滿月禮。我們三個還另外湊了點錢，給寶寶買了個小手鐲。碧霞要我們先謝謝你們，過些日子，她還要帶著孩子過來請安呢。」「虧你們能想到這個，眞是太好了，」木蘭說。「銀屏還好嗎？」「也眞是難爲她了，」錦羅說。「大夥兒都不在家的時候，我們兩個聊了很多，我開始覺得這事兒不能全怪她。我們做下人的不比你們是這家裡的小姐。我們服侍主人太太，一做就是五年十年，但每個人都得考慮自己最終的出路。像是我，如果可以的話，我願意一輩子服侍小姐……」「當然可以，錦羅。我們從小一起長大，簡直跟姊妹一樣，要是分開，就太讓人難過了。」

「但對銀屏來說，情況就不一樣了。」錦羅繼續說。「她是最早到這個家裡來的，又有幸侍奉了大少爺。但她已經二十多了，年紀比少爺還大，地位說高不高說低不低的。她實在沒辦法等到少爺成親才做打算，但她已經過慣了這個家的舒適日子，既不願意回老家嫁給一個鄉下小伙子，也不願意離開北京。碧霞嫁了，乳香的爹娘在北京，雖然我沒了父母，但我知道只要跟小姐在一起，是不會有問題的。但是她能怎麼辦呢？」「你這話說得在理，」木蘭說。「連泥土裡的筍子都還往上冒頭呢，誰不想在同伴裡當拔尖的呢？但如果她不想回南方，我們能不能給她選個丈夫，就在北京嫁了呢？」「這就得看心思了，」錦羅說。木蘭在她說話時一直看著她。「這個世界啊，你想要什麼都有，除了人心。如果她的心思是放在別的地方，那什麼都好辦。但如果她就是認定了這裡，那就眞是個問題了。少爺人長得英俊，對她又好，高興的時候滿口甜言蜜語。當然他不高興的時候也會發脾氣，但這在男人來說也不是什麼意料外的事。而且，就算她願意走，他也可能不會答應。她說……」這時乳香進來，說銀屏肚子疼，迪人遣她來拿藥。過去這一年銀屏老是鬧肚子疼，已經沒有人覺得驚訝了。

但到了下午晚些時候，銀屏的情況明顯比平時更糟糕。迪人來到他母親的房間，臉色蒼白，說他們說不定該去請醫生。珊瑚說：「等著看吧，不是什麼新鮮事兒。給她點瀉藥和安神散，叫她別吃飯，再給她點去年收的蓮葉羹。」「一定是你跟她說你要去英國了，」莫愁說。「我是說了，」迪人說，「她還說很高興我能出國，能看到大洋彼岸的世界呢。」「是我我也會這麼說，」莫愁說。「你冤枉她了，」她哥哥說。「她嘴唇都白了，難道這痛還能是裝的不成？」「我沒說她肚子痛是裝的。但我要說，如果你跟她說你又不走了，她的肚子痛馬上就會好。」「你眞的決定要去？」珊瑚問。「當然，」迪人說。「你們沒有一個人眞正瞭解我。你們總是怪我不用功，說關於唸書的蠢話。但那就是我相信的東西。人家說『讀書當官』，你們告訴我，我爲什麼要當官，爲什麼要拚命讀書？你們站在我的位置想想，我們家是需要我掙錢，還是需要我做官？你們都稱讚立夫，但他母親是指望著他養活她的。儘管如此，我還是想成爲一個和其他人一樣的男子漢，我必須瞭解這個世界，出國留學是另外一回事。」他母親對他這番話非常滿意。迪人的膚色異常白皙，鼻子和木蘭一樣又挺又直，眉毛則和他父親一樣粗黑，再加上剛從他上唇兩側冒出來的小鬍子，讓他看起來頗有男子氣概。方才那一番滔滔不絕，更讓他顯得高尚、堅決而眞誠。「如果你眞的下定決心要努力向上，作個男子漢，那就萬事大吉了，」他母親說。「昨兒個你對我盡孝，讓我在孔太太面前很有面子。我不求你掙錢或當官；我只希望你當個跟其他人一樣的人就行。但你那脾氣要改改，不要一不高興就砸東西。」「娘，那是因爲我們有東西可以砸，而且有錢買新的。要是有能力砸東西的有錢人不砸東西，不買新的，要那些工匠怎麼討生活呢？錢，錢，錢！爲什麼我會出生在這個富裕的家庭裡啊？孟子說：『天將降大任於斯人也，必先苦其心志，勞其筋骨，餓其體膚，空乏其身，行拂亂其所爲，所以動心忍性，增益其所不能。』可我既沒出勞力，也沒餓肚子，老天爺一定不怎麼看重我！」莫愁和珊瑚都笑了，但他們的母親不懂這段文字在說什麼。「我從來沒聽過人家這樣解孟子的，」莫愁說。「你眞的懂孟子在說什麼嗎？」「我當然懂。」「孟子還說了：『何以異於人哉？堯舜與人同耳。人之所以異於禽獸者，幾希。』如果砸東西是對的，那麼把糧食倒進陰溝裡也是對的了。你誤讀了孟子，還把自己的錯推到老天爺頭上。」迪人被堵得說不出話來。「你也跟你二姐一個樣，」他說。「你長大了，倒是反過來教訓我了。」

＊＊＊

除了自己的姊妹之外，迪人對每個姑娘都很溫柔。銀屏睡在同院落她自己的房間裡。他回到她房間，見她躺在那兒，臉上蓋著一條被單。他輕輕掀起被單，問她現在覺得怎麼樣，銀屏卻突然別過臉去。「你去得還眞久，」她說，迪人看見他在抹眼淚。「剛才我疼得厲害，不過這會兒好多了。」「你可不能太傷心，」迪人說。「要是你今晚讓腸胃休息一下，說不定明天就好了。你只能喝蓮葉羹，我們至少要到明天才能去請醫生。」迪人拉出銀屏摀著臉的手，說：「我剛剛在跟三妹妹爭論孟子的事。她們好像都在跟我作對。只有你懂我；天上地下，只有我們兩個是互相理解彼此的。」銀屏笑了。「等你走了之後，自然會有其他更懂你的人，到了那時，你還想得起你小時候的一個丫鬟嗎？」她像個成熟女人在對一個天真的孩子說話，聲音裡有一種令他著迷的溫柔。她說話向來直截了當，沒有文雅姑娘那種柔順躊躇的腔調，她的聲音和容貌都展現出寧波人特有的活力，據說要是有個寧波姑娘想拿下一個上海男孩，是決無失手可能的。迪人儘管口才好、體格壯，內心卻完全是個柔弱嬌氣的上海男孩。就像他自己抱怨的，他既沒賣過勞力，也沒餓過肚子，就像個軟殼蛤蜊。銀屏的話讓他有點惱火，因爲他對她是很眞心的，於是他回她：「你不相信我？要是哪天我忘了你，或者我心口不一，就讓我嘴上長疔瘡，抽筋抽到死，死後化成一頭驢，下輩子都讓你騎在底下！」

「這青天白日的，何苦發這種毒誓？」銀屏笑著說。「是你逼我的！這是我成爲男子漢的機會，我非去不可。你好好照顧我的狗，要是我對你不忠，等我回來，我就比這狗還賤。你可以隨便踢我、打我，我就睡在你床底下。」迪人喜歡一切外國東西——外國照相機、手錶、自來水筆，甚至糟糕的外國照片。他還養了一隻西洋獵犬，走到哪兒都帶著牠，可是餵狗的人總是銀屏。迪人不懂得該怎麼對待狗，動不動就踢牠、虐待牠，讓狗不知如何是好，因此牠對銀屏比自己的主人更忠心。這會兒他指著狗，說：「要比忠心，人還能比不上狗嗎？」「論聰明，狗不如人；論忠心，人不如狗，」銀屏回答。「不是我不相信你。你有機會留洋，就應該去，我也沒有權利干涉你的前途。但誰知道你什麼時候才會回來呢？我已經成年了，就算我想等你，也可能會發生我無能爲力的事情。要是我不嫁人，成了個黃臉婆，老處女，人家笑我：『你等什麼呢？』叫我怎麼回答？要是我任憑別人處置，等到你回來，我身子不就是別人的了？爲人莫作婦人身，百年苦樂由他人。」銀屏嘆了口氣，露出痛苦的表情，額上沁出了汗珠，迪人替她擦了擦。「可以了，」她說。「你對我這麼好，我很感激，但我們一直說的都是荒唐的胡話。你生來是主子，我是奴才。每個人都有自己的命，這是天生注定，改變不了的。我也不是一輩子賣斷給你家，總有一天我家人會來贖我回去，我會嫁給一個鄉下小伙子，回去當個農婦。我在你家這段日子吃好穿好，對我來說已經夠有福氣了，所以我們還是別談以後吧。」這時狗聞到食物的氣味，吠了一聲。一個僕人掀了簾子進來，用托盤送上一碗蓮葉羹，又對迪人說：「晚飯好了，太太在等您下去呢。」「叫她們先吃。為什麼我非這時候吃不可？」因為父親不在家，迪人現在很放肆。「我餵你，」女僕走了之後迪人說道，銀屏也由著他。蓮葉羹不夠甜，迪人準備去廚房拿糖，但她說：「別去了！當心人家背地裡嚼舌根，」於是他又轉了回來。然後她說，「你最好去吃晚飯。我沒事兒，你也得裝裝樣子。」迪人按她的吩咐去了，吃過晚飯又回了銀屏房間。

隔天早上，迪人向他母親和妹妹們說，他決定還是不去英國了。英國哪有銀屏好。

＊＊＊

但是當他父親回來，迪人又沒有勇氣跟父親說他不去了。「你最好把你的辮子剪了，」有一天傅先生說，「再去做幾套西服。」剪辮子在當時是一種極端維新的行為。這有點危險，因為可能會被當成密謀推翻滿清帝國的革命份子。革命份子通常會剪辮子，因為辮子是臣服於滿族的象徵。但對於要留洋的學生來說，這是可行的，也是很自然的一件事。

這使迪人大感興趣，所以又不提不去英國的事了。接下來的幾個月裡，他的妹妹們對他的外國髮型、西服、領帶、鈕扣都覺得有意思又好笑。迪人覺得自己變得很聰明、很時髦，對自己滿意得不得了，舉止像是換了一個人。銀屏不得不處理他的服裝和清洗問題，她總是弄錯，理由如果不是因爲激動，就是因爲怨恨。外國襯衫長得出奇，袖子的剪裁也很奇怪，老是扭來扭去的，很難分辨袖口的外面是哪一面，她老是把他的袖扣扣反。而她對學會怎麼熨他的衣服、怎麼把衣服疊進衣箱裡也完全不抱希望了。「洋人的衣服怎麼會有這麼多口袋和扣子？」有一天她說。「昨兒個我數了一下，他身上總共有五十三顆鈕扣，裡外都有。」但是迪人很快樂，他學會了把雙手插在褲袋裡走路，打顏色鮮豔的領帶，背心上繫著一條錶鍊，把手放在大衣翻領裡，揮著一根手杖，就像他看過的那些時髦的歸國留學生和外國人一樣。

莫愁幫著銀屏弄衣服，因爲穿洋服在當時對一個年輕人來說是很特別的事，看到自己的哥哥穿得這麼上手，她也覺得很自豪，她學會了幫他熨衣服。

現在經常來拜訪他們的立夫，站在迪人身邊顯得有些老氣，也有點寒酸。他並不特別想去姚家，但這幾家的女主人彼此非常友好，每個人都設法歡迎他來。漸漸地，他在有錢人家裡的不安消失了，雖然他從來也沒有感到自在過。由於財富的落差，他和迪人之間有明顯的隔閡，雖然他也很欣賞迪人的安逸。他盡量表現得彬彬有禮、善於交際，但在兩姊妹面前，他不允許自己說笑，而且總是和她們保持一定的距離。有一次，在姊妹倆的堅持下，他非常靦腆地把《千字文》的第一頁逐字倒背了一遍，因爲她們從傅先生那裡聽說他行。有些時候他很沉默，但談起自己的想法或信仰時又言詞犀利，顯示他對自己所知的知識極爲精通。有一次他對木蘭說：「某事如此，但知其爲何如此，乃一大樂事。」

那個年代，男孩和女孩之間的社交活動慢慢變得越來越被允許；但在古老傳統中長大的這兩姊妹，在男訪客面前總是保持著矜持和莊重。然而在立夫背後，她們卻還是忍不住要議論他。

他那好爭辯、認眞的心態特別吸引木蘭。相較之下，她哥哥相貌好，口才也好，偶爾也頗寬宏大量和藹可親，思想上是有些聰明，卻從未認眞過，這實在不是他的錯。但兩人一比，立夫除了衣裝之外，全都勝過他。

迪人買了一雙漂亮的英國皮鞋，花了三十五塊錢。立夫也有一雙西洋式的皮鞋，然而是本地做的，因爲在學校裡上體能課需要買。但是他從來沒有養成擦西洋皮鞋的習慣，鞋子的皮革都磨成乾癟粗糙的灰色了。有一天他離開之後，莫愁說：「你看見他的鞋了嗎？多髒啊！我眞想把那雙鞋從他腳上扒下來，交給銀屛擦一擦。」「擦不擦鞋，有什麼差別嗎？」木蘭說。「外表也是很重要的，」莫愁說。「外表不重要，」她姐姐回答。過了幾天，當立夫穿著他那雙依然沒擦的鞋走進來的時候，姊妹倆都忍不住看著對方笑了出來。木蘭給莫愁使眼色，莫愁鼓起勇氣，說：「立夫，我可以問你一個問題嗎？」「什麼問題？」立夫說。「你的鞋——」木蘭開始大笑，莫愁沒能把話說完，立夫搞不清楚她們在笑什麼。木蘭這時出來打圓場，她說：「我們想考考你。傅伯伯說，韻書裡任何一個韻部的字你都背得出來，請告訴我們，上聲九蟹，蟹部的字有那些？」

莫愁對木蘭的急智感到驚訝，她居然能當下把「鞋」改成了「蟹」，也就是韻書裡上聲第九韻的韻部名。

立夫一口氣背了出來，「蟹、解、買、獬、奶、矮、拐、擺、罷、駭……我想想。還有楷、挨和駭。」「精彩！」木蘭喊道。「怪不得傅伯伯把你讚到天上去了。」「這東西實在蠢，」立夫說。「不過是用來愚弄那些不會寫詩的人的把戲。寫詩限韻毫無意義，反而常常扼殺了一個人原本自己選韻腳時能寫出來的好詩句。再說，那些韻書至少也有七百年歷史了，現代人應該有自己的韻書以適應現代的發音。孔老夫子時代也沒有韻書，但《詩經》裡好詩卻是非常多的。」這時姊妹倆已經忘記他的鞋子了，儘管它們確實很破舊。「我同意你的說法，」木蘭說。「發音是一定變了的。比如說，『鞋』以前一定發成類似『崖』或『孩』的音，不然要怎麼和韻書裡的『買』『奶』押韻呢？」「就是這樣，」立夫說。「在不同的方言裡，我們有時候還是會把『螃蟹』說成『旁孩』，把『鞋子』說成『孩子』。」「確實如此，」莫愁微笑著說。「我們在北京說『擦鞋子』，銀屏是杭州來的，就會說『擦孩子』。那天她說她想『擦孩子』，我還以為她要擦哪家的寶寶呢。」「你要是不信，我這就叫她來，」木蘭說。這時立夫開始低頭看著自己的鞋子，莫愁有點嚇著了。

銀屏來到內屋，木蘭說，「銀屏啊，你能幫孔先生擦亮他的孩子嗎？」

這時大家都笑了，銀屏還真的拿來一盒鞋油，把立夫唯一的一雙皮鞋擦得像新的一樣，他很吃驚，莫愁很滿意。

對於這件事，立夫只知道一半。多年之後，莫愁才把另一半告訴了他。

＊＊＊

六月某日，曾夫人和曼娘在下棋，桂姐在一旁看著。曼娘剛過了她丈夫的兩週年忌日，看上去有些疲憊。她的孩子阿宣已經會跑了，正在她身邊玩兒。

曾夫人說：「這些日子怎麼不見木蘭來了？」「天曉得她在幹什麼？」曼娘說。「她上個月月底來看過方先生，之後就沒再來過。」方先生就是當年山東那位老塾師，妻子過世了，膝下又無子，孤身一人，便來了北京和曾家人生活在一起。曾先生在名義上給了他一份記帳的工作，但是他太老了，根本幫不上什麼忙。對孩子們來說，一日爲師，終身爲父，這是一種古老的習俗，身爲一個老師，他必須受到應有的尊重。「說不定她正忙著爲她哥哥出國做準備呢，」曼娘加了一句。「他什麼時候走？」「我聽說是這個月底。」「人爲什麼非得出國念洋書不可，他母親又怎麼放得下他讓他走呢？我就不會讓我們家小蓀亞走這麼遠。」「前幾天木蘭叫錦羅給方先生送禮物來的時候，我把她帶到我房裡問過，但她什麼也不說。可是到了隔天，木蘭親自來給方先生請安時，她親口告訴我，說這事兒跟他們家的丫鬟銀屏有關。他母親認爲，只要能把他從銀屏身邊帶走，送到外國去，他可能就會徹底改過，變成一個新的人。」「可是爲什麼只爲了讓一個男孩子離開一個丫鬟，就要讓他這麼飄洋過海呢？」桂姐問道。「誰知道呢？」曼娘說，眼睛轉回棋盤上。之前她一直在專心說話，沒注意到她的炮已經快被曾夫人的過河卒子吃掉了。曾夫人的棋藝要高明得多，可以讓曼娘一隻馬。「我看你還是認輸吧，」桂姐說。「太太的卒子一過了河，就跟車一樣強，可以直攻老師的。」「你的炮別擋路，」曾夫人說。

「我看你這幾天氣色不太好，天氣又熱。你可以去看看木蘭，四處走走，對你有好處。」但桂姐說：「我想，不如我們請木蘭和她哥哥來家裡吃頓飯吧。這有幾個名目，一給迪人餞行，二給方先生接風，再者也是對木蘭請曼娘去玩兒的回報，來而不往非禮也。這樣我們就一箭三鵰了。把這開成一場年輕人的宴會，讓曼娘和咱們家兩兄弟當東道主。」「你這話當眞？」曼娘興奮地說。她從來沒自己辦過宴會。「我有過這種想法，但沒敢提。我可以自己付整場宴席的錢。我每個月十塊錢月錢從來也用不完，錢存了又要做什麼呢？」「你說得對；錢最好就是用在給人際關係添柴加薪上頭，」桂姐說。「不過呢，晚宴用你們三個人的名義去辦還是好些。你也得讓兩兄弟有機會歡迎方先生，與其分開吃三頓飯，不如一起辦；再說，讓他們兄弟倆給迪人踐行，比由你出面更合適。」「那愛蓮呢？」曾夫人問。「不然這麼辦吧，」桂姐說。「就分成三份，我付愛蓮那份，太太付兄弟倆那份，曼娘，你就付你自己那份。」「爲什麼一定要這樣呢？」曼娘說。「這頓飯雖然掛的是我們所有人的名字，但我想付全部的錢，我拿得出二十四塊錢，那也儘夠了。就辦在我那後院裡；那兒涼爽。娘，就賣我個面子吧。」「既然她堅持，就依她吧，」曾夫人說。「我們該請誰呢？」曼娘問。「看你了，」曾夫人說。「就請姚家姊妹和她們的大哥，要是你想，也可以請阿非一起來。我們家這邊，就是你和那兩個孩子。他們下星期學校不上課。」「該請牛家的人嗎？」「我想不用了，」桂姐說。「就算我們請了素雲，現在她也不會來了。」

因爲素雲馬上就要和襟亞訂婚。過去六個月，對素雲的父親牛大人來說是極爲美好的半年，風調雨順，五穀豐登，商業也很興旺，於是官府稅收多了，從大小官吏往上直到主事大人也個個油水豐厚。主事大人對他的妻兒們說：「要是天從人願，來年收成也一樣好，國泰民安的話，那麼今年冬天我們就回祖廟裡拜謝祖宗。這都是皇恩浩蕩、先人庇佑。飲水必要思源，你們得記住這一點。」牛先生心情簡直好極了，五月端節時，爲了慶祝自己的好運，他讓大兒子和陳家小姐成了親，接著又在妻子鼓勵下，打算讓女兒素雲和襟亞訂親。雙方已經互換庚帖，就快辦正式的訂婚儀式了。「這倒是讓我想起了木蘭，」曼娘說。「我們最好快點，不然她就要被別人偷走了。這樣一個仙女似的姑娘肯定是早早就訂親的，誰家腿快誰先得。前幾天我還聽說福州林太傅家打算去姚家說親呢。我們不能再這樣一年年耽擱下去了。」「她說得對，」桂姐說。「我也在想這件事兒，」曾夫人說。「眞不知道我怎麼會讓這事一直拖著，我一直把木蘭當成自己的。」「但我們得快點，」曼娘說。「她就要離家去上學了。」「你幹嘛這麼急啊？」桂姐說。「到底是蓀亞要娶她，還是你要娶？」

「我是急啊，」曼娘回答，「既然襟亞都要訂親了，爲什麼不也幫蓀亞想想呢？你會有個聰明孝順的兒媳婦，我在這個家裡也有了個伴。再說，這樁婚事根本是命中注定的。如果她沒跟家人走散，我們就不可能認識她。你還能在哪兒找到另一個像她這樣的人呢？」「不怪你，」曾夫人說。「誰見了她不流口水呢？但我還是得問問小三兒自己的意見。」「不用問了，」桂姐說。「要是這門親事能成，我們家塌鼻子小三兒應該會覺得自己交了好運了。」「這就不必擔心了，」曼娘說。「每次我們一提到她，蓀亞就臉紅，羞得不得了。有一天她來我們家，正和襟亞、我跟老師說話呢，蓀亞一聽說她來了，就衝進屋子盯著她看，看得人家都尷尬起來。接著他慢吞吞地說，『蘭妹，你要去英國唸書嗎？爲什麼要聽傅先生的？』她驚訝地看著他，說，『這問的是什麼啊？』『他們說你要去英國，』他說，看起來很害怕的樣子。『你搞錯了，是我哥哥要去，』她平靜地說。蓀亞看上去大鬆一口氣，他跳起來問：『是眞的嗎？你眞的不去了嗎？』『當然，』蘭妹說。『我出國去當一個外國小姐幹什麼啊？』『我就是來問你這個的呀，』他說；『我都嚇壞了。你不是在騙我吧？』『我爲什麼要騙你呢，你這個傻瓜，』她笑著說。『假如我眞的要去英國，去當外國小姐，你會怎麼辦呢？』蓀亞說：『要是你去，那我就跟你一起去，』蓀亞說，臉上一陣紅一陣白的，然後他轉過頭對我說，『你不是跟我們說了她要去英國，而且是傅先生的主意嗎？』我告訴他，是他搞錯了。方老先生吃驚地看著他們兩個，一句話也沒說。」「木蘭看起來怎麼樣？有表現出什麼嗎？」桂姐問。「她臉紅了，很難爲情，我想這說不定是她現在避著我們的原因。」宴會在兩天之後舉行，木蘭和兄弟姊妹一起來了。他們聊到迪人的遠行，還聊到英國和外國戰艦。迪人和方老先生一起坐在貴賓的位置，神采奕奕，興致勃勃，大家都好奇地看著他的洋裝。方先生也很高興，飯還沒吃完就喝得酩酊大醉。曼娘注意到木蘭對蓀亞的態度不太自然，但蓀亞卻是席上最活潑、最快樂的一個。

＊＊＊

於是，對每個人來說，事情都進行得很順利，只除了銀屏，她變得沉默而順從。六月的最後一個星期，傅先生從天津回來，爲迪人提建議、安排行程，還答應和迪人一起去天津，送他上船。迪人父親對他的態度也緩和許多，還帶他去城裡好幾次，開始和他談話，低聲給他忠告。他母親常常哭，每天都爲他準備特別的食物。家裡變得一團亂，姚夫人有種天降大難的感覺，但她已經下定了決心，要一勞永逸地解決銀屏的問題，她不知道他兒子究竟看上這個寧波姑娘哪一點，她恨她造成了這所有的混亂，逼得她不得不接受這不情願的犧牲。

出發前幾天，迪人的母親想起了他剪掉的那根辮子，便向他要，想用來做假髮髻墊自己的頭髮，結果他告訴她，他已經把辮子送給銀屏了。這讓他母親萬分煩惱。「我的兒啊，」她說，「你就要離家了，我也不知道你什麼時候才會回來。現在你長大了，也該考慮些嚴肅的事情了。銀屏服侍你這麼多年，你想對她好我不介意，但她畢竟是個買來的丫鬟，很快就得嫁人的。」「是個買來的丫鬟，就不是人嗎？」迪人怒氣沖沖地說。「我不知道什麼時候才會回來，但是我叫她等我。要是我三年內不回來，你可以把她嫁掉。我把我的狗給了她，我不在的時候，狗就是她的。」他母親簡直嚇壞了。「孩子，你這會兒都要去唸書了，怎麼心思還是放在姑娘身上呢？」「你答應我，我不在的時候，要把她留在這兒。」迪人說。他母親答應了，只要她家不來贖，就不會把她送走。

迪人高興地回到銀屏房裡告訴她這個消息。「你等著我，」迪人對她說。「我是這個家的長子，你只要跟我在一起，就不用擔心了，姚家的財產夠你一輩子過得舒舒服服的。」這結果遠遠超出了銀屏的期望。這些天她的身子說好不好，說不好又不是眞的那麼不好。她幫著收拾迪人大大小小的所有行李，但也免去了其他家務，所以她也不怎麼出門。在這個家所有的丫鬟當中，她現在是年紀最大的，也最注意自己的穿著打扮。

那時她正在迪人房裡試衣箱的鑰匙，當迪人告訴她這些話時，她轉動了一把鑰匙，鎖泮噠一聲鎖上了，像是一切都有了定論。她慢慢地站起來，走到鏡子前，看著鏡裡的自己，理了理頭髮。「你這話是認眞的，還是在拿我尋開心？」她說，臉上帶著狡黠的微笑。她雖然是個買來的丫鬟，卻把家裡小姐的手勢和眼神都學了個十成十。眼見一個姑娘用指頭撫平頭髮，垂下的手掌向下或向內一掀，近乎完美地展現出染得通紅的指甲，這些動作最是讓迪人迷戀。「這世上最靠不住的東西，就是男人的心，」銀屏說。「一切都看你了，如果你是眞心的，你不在的時候，我可以照顧好自己的。」迪人這時已經走到她身後，她轉過身子，伸出一根食指輕輕地戳在他臉上，咬著牙恨恨地說道：「你這個冤家！」「你是答應等我了？」迪人又問了一遍。「要答應還不容易，」她說。「只要你不變心，他們就沒辦法把我趕出這個家。就算有最壞的情況發生，還有一死呢。」「噓，你千萬不能死，」他說。「你一定要活著，等我回來，跟我一起享福。」

「死沒什麼。每個人遲早都會死，」銀屏說。「誰知道未來會發生什麼事兒呢？唯一的區別是一個人死得值不値。要是一個人死了，有人在他墳頭上掉過一滴眼淚，要我說，這就叫死得值。但要是一個人死了卻沒有任何人同情，那就是我說的死得不值了。」「別說這個了！」他說，口氣很害怕。「我娘已經答應我了，你不必擔心。我最討厭聽漂亮的年輕姑娘說什麼死啊死的了！」「有聚必有散，有生必有死，」銀屏引了俗語說，「你不喜歡聽女孩子說死，可你又從來沒當過女孩子。女孩子的命比男人的賤多了，要死不是什麼難事。」迪人突然變得非常悲傷。「如果眞是這樣，那我們都去死吧，這樣就不會有聚散，也不會有這些麻煩和混亂，天下太平。」這會兒銀屏之所以提到死，不過是因爲丫鬟們平常就是這麼說話的。事實上，她生來就有一股韌勁，不但要活下去，還要戰勝生活中的一切不幸。她從眼角餘光瞥見他對她的話認眞了，變得非常悲傷，便走到他身邊坐下，說：「只要你對我是眞心的，我就不死——無論如何都不死。但是你不能離開太久。幾年的時間，情況會有什麼變化是很難說的。」

迪人仰躺在椅子上，像是沒聽見她的話。「也許你說得對。『有聚就必有散，有生就必有死。』但既然會有死和散，又爲什麼要有聚和生呢？這難道不是白忙一場嗎？」「我不死——我就不死，這樣還不夠嗎？」銀屏說。「誰懂得你們這些女孩兒呢？」迪人說。「我常常在想，這世上爲什麼非要有女孩兒不可？」銀屏困惑地看著他，他顯然又陷入了一種想說胡話的情緒裡。「男孩和女孩，也不過就是身子差了一塊肉而已，但想想，這引出了多少麻煩！就拿你自己、錦羅、乳香和碧霞來說吧。你們都跟我一樣伶俐、一樣聰明，甚至長得比我更好看，個性更好。現在我是你們的主子，但幾年後你們都嫁人了，誰又能管得著誰呢？這樣的人生，我實在不懂。有時候我會對自己說，如果生來是主子的是你們這些女孩兒，而我、阿非和我妹妹們生來就是奴才，生活也不會有太大的改變，也許我會很自然就接受了，我眞的不知道誰比誰更有優勢。你想想我爹有的這一切財產和這些錢。我們家雇了幾十個人爲我們工作，所有的店鋪加起來，可能有六七十個人吧，他們每天開店、關店、招呼客人、賣東西、記帳、跟賒欠的人追債，另外還有成百上千個人，多半是跑遍全國各地收購藥材和茶葉的人，他們把貨裝進舢舨，裝貨卸貨，或者把貨扛在肩膀上；而我們坐在這裡，想吃什麼就吃什麼，愛去哪兒逛就去哪兒。他們都在爲這個姚家工作；可是你看看這個姚家。不管你怎麼數，這裡的女人都比男人多。我娘、珊瑚、木蘭、莫愁，再加上你和所有的傭人們，難道這不算是成百上千的男人，由我叔叔帶領著，愚蠢地爲你們這些女人掙錢，讓你們花嗎？究竟是我們在服侍你們，還是你們在服侍我們呢？這就是爲什麼我不想工作，只想花錢的原因。說不定這也正是我父親不想工作的原因。現在我要去英國，我們買箱子，買衣服，訂船票，我還要住旅館。除了花錢，我還能做什麼呢？有時候我會想，要是我和你交換位置，自己幹點活，掙點簡單的飯菜吃，說不定更高貴一點。說老實話，假如我是你的丫鬟，你是我的主子，我得幫你收拾行李，而你得去旅行，你願意跟我換嗎？」

銀屏楞了一下。「收拾行李是女人家的事兒，出門旅行是男人的事兒，」她說。「男人女人要怎麼互換位置呢？」她不懂他究竟是什麼意思，但她忍不住覺得好笑，就跟往常一樣，因爲他說起話來很有意思。迪人走了之後，她心想，自己這麼一個貧窮、無依無靠的南方姑娘，竟然幸運地在這個富裕的家庭裡長大，這是多麼美妙的事情啊。而如果未來眞的如他所說，她成了這個家的少奶奶，或者至少，要是他的承諾算數，她應該能穩當地和他永遠共享姚家的財產，那就更不知道有多好了。

＊＊＊

如今諸事安排已定，行前最後一天，姚夫人才意識到她兒子是眞的要走了，而且說不定一去要好幾年才回來。作父親的也對他慈愛了許多，雖然並沒有說多少話。阿非一直纏著哥哥，迪人又覺得自己是家裡的幸運兒，是重要的長子了，對阿非和妹妹們也有了當大哥的樣子。

那天晚上吃飯的時候，母親掉了眼淚，父親安慰她，又說了一次：「出國留學是件好事。」「我只是心裡頭難受，」她邊哭邊說。「我在想，他打小就沒離開過家，而且年紀還那麼小。」晚飯後，一家人坐在母親房間裡，父親抽著水煙。「迪人，」父親語氣和緩地開了口，「你這趟出洋，花個一萬或一萬五大洋我不在乎，錢掙了就是給人用的。但我希望你能下定決心當個男子漢。你是長子；要是你走了正路，這個家就能得益；要是你走了邪路，整個家都會遭殃。要是你想，拿個學位也行，但最要緊的是要學會作個眞正的男人。『世事洞明皆學問，人情練達即文章』，要是你喜歡，可以在歐洲到處走走看看，開開眼界。但是你必須把你那愚蠢的心態改掉，不要把聰明才智浪費在瑣碎小事上。想想，要是孔太太的兒子有你這樣的機會，他能怎麼利用。」「還有一件事兒，」母親說。「不要跟洋人姑娘混在一起。我可不認洋媳婦兒。我們是中國人，行爲做事和她們不同。還有，不管你去什麼地方，一定要給我們寫信。」木蘭見母親又要哭了，便刻意用歡快的口氣說：「你在信裡一定要告訴我們，是不是眞有個國家叫葡萄牙王國，我聽說當葡萄牙的大臣第一次晉見太后，人家把大臣介紹給她的時候，她說那些人一定是在愚弄她。『怎麼會有國家叫葡萄牙的呢？』她說。『如果是這樣，那一定也有豆子牙國和竹子牙國了。』這下連木蘭的母親也笑出來了。「我保證，」迪人說，「我會從倫敦搭火車去葡萄牙，從葡萄牙王國寫一封信給你們。」

這是個父親、母親、兒子和兄弟姊妹問都非常寧靜和諧的一夜。這樣平靜、和睦，懷抱著天眞希望的日子，在今後的這個家裡，便很少再有了。

第十五章　送行

第二天一早，除了在家裡哭的母親和留下來陪她的珊瑚，全家人都去火車站送迪人了。這是一件令人激動的事情，因爲這個家庭從來沒有經歷過離別。立夫也來了，和他們在火車站碰面，還跟姊妹倆一起上了火車，抓緊最後機會和迪人聊了聊。蓀亞和襟亞在最後一刻衝進車站，這時其他人都已經從火車上下來了，他們只有匆匆說幾句話的時間，然後從窗口遞給他一包禮物。坐在窗邊的迪人戴著白領圈，下面繫著一條鮮紅的領帶，鼻子又高又挺，看上去還眞像個「洋鬼子」。姚先生靜靜地站在月台上，看著火車駛出車站。當火車終於消失在遠方，曾家兩個男孩這才轉過身來，他們看見木蘭身邊站著一個穿著天藍竹布棉長衫的陌生男孩。立夫望著這兩個男孩子，他們穿的是一套湖綠色皺紗袍，上半身是鑲著珊瑚鈕扣的黑緞小褂，辮子打得鬆鬆的，腳上是一雙白襪子和簇新的黑緞雙梁鞋。姚家姊妹也穿著最漂亮的衣服來，她們穿的是一件乳白色皺紗上衣，袖子極窄，再配上鴨蛋青厚錦緞褲子。這陣子窄袖突然時興起來，取代了早些年飄逸的寬袍大袖。素面的乳白色上衣在亮綠色的翡翠鈕扣襯托下，在這樣一個夏日上午看上去非常涼爽。木蘭戴著一對小小的梨形紅寶石耳環，莫愁戴的是海藍寶石，兩鬢各有一綹髮絲從耳前一吋處垂下。立夫站在一群衣著光鮮的俊男美女中間，覺得自己格格不入。兩個女孩都在使勁擤鼻子，木蘭臉上還掛著淚，卻還是擠出微笑向曾家兩兄弟致謝，說：「謝謝你們來。」「對不起，我們遲到了，」蓀亞一邊說，一邊看著立夫，木蘭說，「喔，這位是孔先生，傅先生的朋友。」他們互相行了一禮，莫愁注意到立夫的西洋皮鞋又快要變灰了，雖然比起之前是要黑一點。

一行人出了車站，馬車已經在路邊等著。姚先生說要用他們的馬車送立夫回去，但立夫說他家很近，走回去就行了。姚先生說：「雖然迪人不在，你要是放假沒事做，就常來看我們。」立夫答應了。接著他站在一邊看著他們上車，向他們鞠了一躬，直到馬車離開了才開始走路回家。

姚先生一路沉默不語。他牽起阿非的手握住，心想，也許自己對迪人一直太嚴厲，和他太疏遠了，他決心不讓這種事在阿非身上重演。他要用愛和親切對待這個小男孩，就像對自己的兩個女兒一樣。

在馬車裡，木蘭說，「我有一種奇怪的感覺，好像我們家的一個重擔突然卸下來了。」「你覺得他會就此改了嗎？」父親問道，也許他是想起了自己的年輕時代，感覺自己兒子血管裡桀驁不馴的狂放血液尚未耗盡，「他有了個這麼好的機會，」莫愁說。「也許看看這個世界，在世界頂尖大學裡接受最好的教授指導，會讓他有所改變。」但她父親說：「你還小，所以會說這樣的話。我們家有錢，才這麼花錢。但出不出國，和一個人的學問無關。學問或者男子漢舉止，在任何地方都學得到。你們也看到了，立夫在跟我們道別的時候多有禮貌。在大人面前，他知道怎麼維持自己的身分，卻又自在從容，贏得人們的尊重。這些東西，難道要出國才學得到嗎？」莫愁和木蘭聽了父親的話，都默然不語。

對立夫來說，在他走回家這一路上，心裡想的卻是不同的事。他不知道自己是嫉妒，還是因爲看到另一個年輕人要出國留學而一時激動。他聽說過劍橋和牛津，這些名字激發了他求知的慾望。他不知道迪人是不是眞的明白在劍橋或牛津唸書的機會意味著什麼，也不知道他是不是眞的會去那裡。出國留學對立夫來說是個理想，也許在遙遠的某一天會實現。

他還覺得，姚家和曾家的社會地位高他太多，他實在無法忍受他們的生活方式。他和迪人的友誼沒有增長幾分，因爲迪人只有在批評富人和權貴方面，或者像他們在學校裡說的「寫翻案文章」的能力上能和他交流，除此之外，他們沒有任何共通點。迪人做什麼都不積極，也不認眞，他認爲曾家的兩兄弟也是相同階級的人，這些家庭自成一個世界。立夫在西山第一次和姚家的人見面時，他很驚訝姚家兩姊妹居然會自己做飯，也因此對她們觀感稍好一點。他向來害怕有錢人家的女兒。的確，這些小姐都受過良好的教育，文雅有禮，但他卻在她們身上感受不到女性的魅力。那天他屈尊讓人擦了鞋，完全是出於禮貌，他認爲擦鞋根本是無關緊要的事，而且讓一個丫鬟跪著給自己擦鞋，更是墮落的生活方式。然而他還是很喜歡也很欣賞好東西，比如在木蘭家看到的那些，因爲他是個眞正的貴族——感官上的貴族。

他和母親、妹妹住在四川會館一間三室的房子裡，他們打他出生起就住在那裡。門前有一塊空地，有條骯髒的小溪流過，他小時候就在那裡的一棵大柿子樹下玩。甚至在他父親還是個小官員的時候，他們就住在這裡了，因爲這裡不用付房租。雖然他的父母攢了一筆錢在南方的城市裡買了房子，但他們把房子出租了，好增加一點收入。他們之所以在父親去世後這麼久還能住在這裡，都是托了傅先生的福。這裡的門房說他是看著立夫長大的，立夫很清楚，自己也是看著這個門房慢慢變成一個老爺爺的。這裡的門柱、通道，和門外的那對石獅子他都很熟悉，就跟那枚現在還放在書桌抽屜裡的舊陀螺一樣。隨著他一天天長高，他看到那扇門變得越來越矮，通道也變得越來越窄、越來越短，那對古老的石獅子表面如此光滑，當中也有他的一份力。兩隻獅子嘴裡都有一顆石球，球是用同一塊石頭刻出來的，但可以在獅嘴裡自由滾動。他曾經試過好多次，想把那顆球從獅子嘴裡掏出來，直到他長大了些，也聰明些之後，才終於放棄。

房子有一扇綠色的大門，中間一個紅色圓點，門裡是一條通道，往左拐向一座磚砌的庭院。從院子裡右側的一扇窄門進去，就是他們住的房子，是傳統所謂的「兩明一暗」形式，也就是一間客廳兼書房兼飯廳占全屋的三分之二，另外三分之一是一間臥房。他依然和母親同住一房，他妹妹和母親睡在同一張床上，他自己睡在一張接近窗邊、面對庭院的竹床上。院子東邊另有兩間房，是當廚房和儲藏室用的，有個僕人睡在那裡。

庭院裡鋪著年代久遠的老磚，有些已經破損，正中間是一個男孩做的非專業日晷。底下用來作支撐的是一塊兩尺高的破石板，是立夫撿來的，他說服了門房幫他搬進去，立在院子裡。在這塊石頭頂上，立夫放了一塊一尺見方的全灰色青磚，磚上放著一個用十分錢買來的日晷，這是一個木匣子，上面刻著時間的記號，有一根用來投射太陽陰影的紅色細繩，中心還有個裝著指南針的小圓盤。因為石板頂部不平，他在底下墊了幾塊碎磚讓它保持水平。這個巨大的石頭支架杵在庭院中央，上頭擺著一個三吋長的小小木錶盤，看上去頗有喜感。而且必須承認的是，有時候他會把日晷匣拿下來，在那個地方設陷阱抓麻雀。

但這種事他還做過規模更大一點的。有一次，他在日晷旁邊放了一根竿子，綁上一條線，然後把這條線一直拉到院子的南端，讓它和小日晷上那根紅線完全平行，然後開始檢查小裝置上的陰影，每小時在地上標記一次。他母親允許他玩這個遊戲，就像她因為溺愛他，而曾經允許過他玩的其他許多遊戲一樣，特別是在傳統上，日晷總是和勤奮學生「珍惜寸光陰」的印象連結在一起。但是一根橫過庭院中央的繩子實在是個大麻煩，他母親和僕人都被絆倒了好幾次，他不得不放棄實驗。然而院子裡的磚面上依然可以看到用十二進位制循環二十四小時的時間標記，偶有客人來訪，看了都很驚訝。立夫也從實驗中學到了冬夏太陽角度變化的確切意義。

客廳是典型的中產階級家庭陳設，東牆正中掛著他父親的遺像，兩邊是已故帝師翁同龢寫的一副卷軸，這是他們家爲數不多的珍貴傳家寶之一。那幅字是寫給他父親的，是他父親透過一位朋友求來的墨寶。地板上鋪著席子，天花板和窗戶上都糊了白紙，讓房間看起來相當整潔。靠牆處放著一張普通的紅木方桌，是一家三口的餐桌。立夫的小書桌在東邊窗口。幾把木椅，一張帶靠墊的藤編長椅，一張顏色都已經成了棕色、磨得光滑無比的藤編舊寫字椅，再加上東牆他父親畫像下方靠牆放著的一張半圓形桌子，便是這整個家的家具擺設。開架式書架上擺滿了書，大部份都是立夫父親留下的遺物，包括一套珍版史書《資治通鑑》，和一些普通版本的詩集和文集，而除了一套普通版的《十三經》之外，就沒有更多可以顯示主人國學底蘊的書了。因爲他父親和大多數官員一樣，日子過得很舒心，除了通過科舉考試需要的東西之外，對典籍評述和小學之類的瞭解不過皮毛而已。另外還有一些參考書，立夫還放上了他的新派教科書和梁啓超的《飲冰室文集》，這套文集代表了中國在那十年中引進的所有西方新思想和知識，立夫把整套書讀得滾瓜爛熟。

立夫無疑是這個小小院落的少爺和主人。和許多疼愛自己孩子的母親一樣，他母親對他一直很困惑，也很驚訝。

困惑的是，她只是碰巧生到了立夫這一個兒子，他卻生來便一切完美無瑕。他母親只給了他愛，沒有教育他。當她聽見傅先生說她兒子的那些特殊事蹟，她只是微笑，不知道該怎麼回答。就像曾夫人稱讚木蘭母親時說的：「你這究竟是什麼肚子！」如今木蘭的母親也對立夫的母親說了同一句話。但她越爲兒子感到驕傲，對自己就越謙虛。那年春天，他們的院子裡孵出一窩雞。有天晚上，當他們一家三口快樂地聚在燈下時，她對兒女說：「看那隻帶心形斑點的老母雞，黑呼呼的，牠是怎麼生出這麼多可愛的小雞的？牠們的嘴那麼小，那麼紅，眼睛又黑又圓，絨毛又那麼漂亮！有時候我會想，我就跟那隻黑色的老母雞一樣。」立夫想起母親常常跟他說，他出生的時候，上唇中央有一塊小小的乾皮，尖尖的，於是他又想起了小雞那小小的尖嘴。「一雙鞋三十五塊大洋！」立夫從車站回來，大聲談著他遇見的那些人。「那夠我兩年的學費了！」「等到你今年秋天上大學，花的錢更多，一學期要七八十塊大洋呢，」他母親說。「這倒是提醒了我，你該去收房租了，已經月底了。」於是立夫便匆匆跑去收租付學費了。

＊＊＊

七月底，木蘭的叔叔馮舅爺帶著妻子和他七歲大的女兒紅玉從杭州回來了，他已經在杭州待了一年。紅玉是個很不一樣的孩子。姊妹倆花了很長時間才成爲她的朋友，讓她願意放心說話，或者收下她們給的食物或禮物，之前她收下東西的時候，總會用很生分的態度說「謝謝」。過了好幾天，她才開始把這兒當家，自在地和阿非玩在一起。珊瑚想，也許這孩子是有點害怕她這些北京的表兄弟姊妹，但一個孩子這麼沉默還是有點反常。然而在極短的時間內，她就學了一口京片子，還模仿表兄弟姊妹們說話。她非常聰明，五歲就能認幾個字了，很快的，木蘭和莫愁便開始教她認更多字。在這個家裡待了幾星期後，她變得非常愛說話，姊妹倆問她爲什麼一開始什麼也不說，她回答說，是因爲怕說了杭州口音會被人笑。

馮二爺回京，讓姚夫人心生一念。她決心趁迪人不在的時候甩掉銀屏。她會對銀屏公平，會把她體面地嫁出去，盡量給她找個好對象。但她就是不能容忍她對她兒子的專橫控制。沒有那個女人能理解另一個女人對一個男人的迷戀。她認爲迪人對銀屏的著迷只是年輕時的一段插曲，是青少年時期天天接觸造成的，她相信，只要她不在了，她兒子就會忘了她。她還沒爲兒子選定兒媳婦，卻也不願意讓他在娶妻之前先強行納妾。她不得不把迪人送出國，把他從銀屏身邊拉開，她恨她逼自己做出這樣的犧牲。她已經想好了計畫，還沒有跟女兒們說，但她哥哥這時候回來，她便把這件事告訴了他。他要和她串通好，告訴她，他在杭州已經見過銀屏的伯母，伯母要他把她嫁掉，因爲她已經成年了，希望他在北京給她找個好丈夫。

於是某一天，姚夫人便把銀屏叫到自己房裡，要和她談談。銀屏覺得有點不對勁。自從迪人跟她說他母親答應留下她直到他回來，她就表現出一種不尋常的興頭和渴望，想再次博得所有人的歡心，包括迪人的母親在內，但她知道她不喜歡她，因爲她很少跟她說話。

銀屏進了房，站在門口，說：「太太，您找我？」

「是的，到這兒來，我想跟你談談，」迪人的母親說，銀屏走到她跟前。「如今你在我們家待了十年，」母親開始說，「你也已經是個大姑娘了。根據習俗，我們也得考慮考慮你的未來，這件事已經放在我心裡很久了。去年我們想送你回南方老家去，但是你病了，去不了。我想，雖然你是南方人，但也不是非回南方不可。你覺得呢？」姚夫人停下來看銀屏的表情，只見她垂著眼睛，渾身發抖。銀屏說：「太太，告訴我吧，您究竟想說什麼？」

於是她繼續說下去。「我給你想了個辦法。古人說，男大當婚，女大當嫁。你一直忠心耿耿地服侍我兒子，我們希望幫你找一個能自食其力的好男人，你就要有自己的家了，不再當賣身丫鬟——就跟碧霞一樣，她現在也有自己的丈夫孩子了。」

銀屏還是不肯說話，姚夫人繼續說下去：「上星期二爺從南方回來，說見過你伯母了。你伯母的意思是，既然現在很難找到人帶你回南方，你又已經這個歲數了，我們應該在京裡幫你找個男人。我會給你置辦全套嫁妝的。」

然後銀屏開口了：「太太，我知道您的好意，也很感激。打從十多年前我到您家以來，您一直待我很好，希望我沒犯什麼大錯。如果您允許，我現在還不急著離開您。碧霞去年才成的親，我也還沒到她的年紀。雖然少爺出國了，我要幹的活也少了，但這個家裡還有很多地方需要幫手，雖然我的契約是十年，但我願意再多服侍您幾年。不會花您太多錢的——只要偶爾給我一碗飯就成，而且我也不需要新衣服。等時候到了，您打發我走我就走，也不必給我什麼嫁妝。」「不是我要你走。是你伯母說你該走的。」

「如果這是她的主意，爲什麼她不給我寫封信呢？她可以找人寫信給我的。這可不是件小事。」

「但是她跟二爺說了，那也就夠了。難道你不相信他的話嗎？」「我不是不相信二爺。但這是我人生重要的一步，爲了保護我自己，一定要有我家裡人的字據。我們這些苦命女子沒有給自己作主的能力。要是太太不要我，我也沒法子，只能走，但我得有個字據才行。」銀屏說到這裡，已經淚流滿面。姚夫人知道自己未達目的，但她說：「你堅持要字據，那也成。但我心意已定。等我有了消息，會告訴你的，」她最後這幾句話口氣非常嚴厲。

銀屏抹了抹眼淚走了，她又怕、又困惑、又痛苦。她覺得自己被騙了，她這方是佔理的，太太騙了她自己的兒子，因爲他要她等他回來再說，她是答應過的。但爲了保護自己，就算是爲了挽救這整個局面，她也不能把這些話說出來。她回到自己房裡，撲在床上發瘋似地哭喊：「他才一轉身，他娘就這樣攆我出去！」

銀屏不斷嚎哭，聲音傳遍了整個大宅，引起了一陣混亂和騷動。只聽見太太大聲說：「我們爲她做的又不是什麼壞事。女大當嫁，我們可不能養她一輩子。一個像她這樣的小丫頭，千萬不要太有野心。」家裡所有的男女傭人都清楚太太這話裡是什麼意思。

這會兒連珊瑚、木蘭和莫愁都聽見了，但母親正在氣頭上，她們一句話也不敢說。一開始，姚先生還以爲妻子只是很平常地在教訓丫鬟，當他知道情況不只如此時，便來到妻子房裡，問是怎麼回事。姊妹們都在母親房裡，但丫鬟們都溜掉了，不敢聽。舅爺去店裡了，作父親的問起這件事，母親告訴他，她哥哥從銀屏伯母那兒帶回口信，說要把她在北京嫁掉。「眞的嗎？」木蘭的父親說。「這事兒他沒跟我說。」「你是男人，這是家務事，所以他沒告訴你，」母親回答。「這件事銀屏怎麼說？」木蘭的父親問。「她說她要有她伯母的字據才肯走——我跟她說該怎麼做的時候，她居然跟我要字據！我從來沒聽過這麼無禮的話！」「這倒也不難，」莫愁說。「她老家那邊要是能給我們一封信，反而能保護我們。他家並沒把她賣斷，我們也沒有權利隨意處置她。除非我們拿回合同，不然他們是可以上門要人的。」「那那些病死或逃跑的丫鬟怎麼辦？要是她家就在京裡或者這裡有親戚，我就會叫她收拾東西，立刻走人。」事情沒能解決。父親離開之後，母親低聲告訴木蘭，叫羅大轉告舅爺，他一回來，太太就要見他。木蘭覺得這事有點蹊蹺，但什麼也沒說。她覺得她母親也許遲早要採取行動，但也沒必要這麼急。

半小時後錦羅進來，木蘭問銀屏怎麼樣了。「她還在哭。她說她小小年紀就沒了爹娘，他伯父為了還賭債把她賣了兩百四十塊大洋，為期十年，去年到期了，她願意回去，但少爺不讓。她說，少爺要她等著，還讓太太答應了至少留她三年，但這話她當然不能對旁人說。我就告訴她：『你要是這麼固執下去，一點好處也沒有。少爺已經走了，沒人保著你了。』她說：『要是太太非要我走不可，我就走，但是我要有家人的字據才行。』你們等著瞧吧。她這人夠犟的，後頭還有好戲看呢。」「沒錯！」木蘭說。「她這打的是紹興官腔。但這些話你一個字兒也不能告訴太太。這可不是什麼好看的事。這種事情本來在我哥哥離開之前就該解決的。要是我哥哥眞的答應過她，這對她來講就有點難受了。」「我可以斗膽說幾句話嗎？」錦羅說。「他對她這麼好，一個人不可能對感情毫無知覺。你也看到今天早上少爺離開的時候那狗的樣子了。那畜生一定也感覺到牠主人要遠行了。那麼一個人有這樣的反應，又有什麼好驚奇的呢？承認這件事兒是不光彩，但是他們之間有男女感情也是不可避免的。要是我現在被命令離開您，我一定也很難過的。」

「欸，但是你我的情況又不一樣，」木蘭說。「但是您也得想想，」錦羅很堅持，「她幾乎從還是個孩子的時候就開始照顧少爺，每天早上幫他梳洗、編辮子，幫他拿這個、找那個，他也習慣了她服侍，除了她之外沒人能服侍得了他，也沒人找得到或記得他什麼東西放在哪兒。他一走，她沒事兒可做，會突然間茫然或心不在焉也是很自然的，不能怪她。這會兒突然又要打發她走，她的傷心我們也是可以想像的不是？」這時候二舅爺回來了，和母親在房裡待了半個多小時。晚飯時，銀屏跟往常一樣和其他丫鬟一起服侍，但她看上去不太愉快，大部份時間都無所事事地站著。當接替了碧霞位置的乳香準備給姚夫人添飯時，姚夫人說：「你別添，讓銀屏來。」銀屏上前添了飯，準備把碗放回太太跟前，就在她把碗放在桌上的時候，一滴眼淚掉進了飯裡，她趕緊把碗又端了起來。「賤娼婦！你就這麼不情願服侍我？」太太罵道，她並沒有看見那滴眼淚。「滾開！」她使勁推了銀屏一下。「我養你養到這麼大，你一點不知感激，還把家裡搞得天翻地覆，鬧得全家雞犬不寧。就爲了你，少爺才不得不出國，你害得我們母子分離。你根本異想天開！癩蝦蟆想吃天鵝肉！」銀屏被當眾羞辱，忍不住大哭起來，她用手臂掩著臉，應了一句：「難道我把少爺吃了不成？」憤怒的姚夫人從座位上站起來朝銀屏奔去，但舅爺制止了她，錦羅也迅速擋住了銀屏，不讓她再往前走。「小丫頭，你在老爺夫人面前太無禮了，」馮二爺說。姚先生坐在那裡看著，一句話也沒說。

銀屏轉過身，臉上的表情很受傷，卻充滿挑釁，她哭起來快，要止住也快。「老爺，夫人，二舅爺，」她說，「請原諒我吧。我在你們家住了這麼多年，要是我犯了什麼錯，我隨時準備受罰。少爺出國留學去了，和我有什麼關係，爲什麼要怪我？我的職責就是服侍他，讓他開心，要是他待一個丫鬟好，那是你兒子的事。我犯了什麼罪，又怎麼把這個家搞得天翻地覆的？請告訴我，之後隨您怎麼懲罰我。」「聽聽她這張嘴！」夫人說。「銀屏，」珊瑚出來打圓場，「如果你有話要說，就好好說出來，不應該這麼無禮。」「如果你們要我走，我就走，」銀屏說。「如果你們要我死，那我就死在你們跟前。」用死或自殺威脅是僕人壓制女主人最常用的武器。「誰要你死來著？」舅爺說：「你家和我們立的合同是十年。去年我就準備帶你回去了，但你不肯，也或許是走不了。這次是你伯母讓我幫你安排，我們也是按你伯母的指示做的。如果你想要你伯母伯父的字據，那也成。我會寫信給她，這樣也就沒什麼好爭論的了。你覺得怎麼樣？」

「只要老爺不嫌我無禮，我就說了。」這個丫鬟說。「我的合同結束了。要不你得找個人把我送回去，要是想把我交給這裡的人，就得有我伯母的親筆信。我知道我伯母根本不關心我是死是活，但婚姻是人生大事。我不是那種有父母照顧的千金小姐，我必須自己照顧自己，得要我自己同意了才能嫁人。我是不會嫁到蒙古或甘肅去的。」

「那麼一切就這麼定了，」姚先生終於開了口。「我們會在北京給你找個好對象，我想是不會有人欺負你的。」於是這件事也就暫且擱下。但是姚夫人變得越來越愛罵人，顯然是要讓銀屏知道自己別無選擇，遲早得走。一提到她，姚夫人就說她是「那個不要臉的小婊子」。但銀屏總有辦法把自己的話回到夫人那兒去，她說：「一條養了十年的狗也沒必要拿棍子趕出家門，什麼男人女人，連狗都不如。」

第十六章　教養

那年夏天一連下了十天的滂沱大雨，很不尋常，因爲在北京，夏天的雨通常都是短暫的驟雨，雨一停，整個城市便涼爽宜人。因爲下雨，姊妹倆沒辦法拜訪朋友，只好待在家裡和紅玉一起玩，要她給她們講杭州的故事。姚家打算給銀屏找對象的消息很快傳到了碧霞那兒，一日碧霞回姚家爲銀屏說情，答應會幫她找個好婆家。

令全家人吃驚的是，這時他們收到迪人來的一封信，說他在香港沒趕上船，現在住在香港的一家飯店裡。這讓他母親非常擔心，因爲這證明了他還沒辦法照顧好自己，他父親則是火冒三丈。信寫得不清不楚。他的行李顯然已經上船，因爲信上說他已經發電報給新加坡的船公司，要他們把他的行李送回去。這一點令人費解，因爲對他來說，搭下一班船到新加坡去取他的行李才合乎邏輯。

原來，在從天津出發的船上，他認識了一個英國留學回來的學生，他跟他說了一大堆新生在英國公學裡被欺負，以及打架鬥毆、受折磨，還有低年級學生服侍高年級吃飯、爲他們擦皮鞋的故事。講故事的人爲了增加效果，拼命往裡加油添醋，讓新生的生活聽起來悽慘無比。迪人這時已經把自己引用的那段孟子名言「天將降大任於斯人也，必先勞其筋骨，餓其體膚」完全拋到腦後去了。他下不了出國的決心，行李都已經送上船，他竟在最後一刻決定不去了。

在香港，要花錢他有的是，而且花起錢來沒人管，這是他以前從未有過的。他天生愛交際，而且顯然身上錢多，於是他在飯店裡交了一大票朋友，這些人帶他去參加狂歡聚會。他見得越多，就越喜歡香港的生活。而因爲連他自己也不知道未來打算怎麼做，所以沒辦法在信裡說得太清楚。

三天後，家裡收到他的第二封信，信裡說他喜歡香港，想在出國之前先在那裡提高一下英語程度。他打算進香港的一所英語學院學英語。他父親更是怒不可遏。

這次他另有一封信給木蘭，說他給每個姊妹都寄了一套廣東象牙鈕扣，給銀屏一個銀粉盒，託木蘭轉交。卻沒有任何給父母的東西。姊妹倆本來想別告訴銀屏，把粉盒轉送給母親，又擔心他人還在香港，說不定很快就會發現。

迪人的母親惱恨到了極點。以目前家中的情況，送丫鬟這個禮物幾乎是對母親計畫的一種直接而故意的拒絕。她怕她兒子會回來，決定盡快把銀屏嫁出去。

銀屏卻是喜出望外，決定設法拖延。一天下午大雨傾盆，她還是跟家裡告假去找碧霞，說她早就答應要回訪。但木蘭懷疑，她其實是出門找人給迪人寫信。

雨一直下到八月初才停。自從迪人離開之後，這段時間立夫和他母親都沒有去過姚家。姚家上下都爲銀屏的事佔去了心思，也無暇顧及其他。迪人從香港寄了風景明信片給曾家兄弟，又託他們轉送一張給立夫。姚夫人這才想起了立夫，說：「孔太太和立夫怎麼這麼久都沒來看我們呢？」所以等到雨一停，她便派了一個僕人給孔太太帶了些禮物，請他們到家裡來看看他們。僕人回來之後報告，說有一根大樹枝砸穿了四川會館孔太太家的屋頂，弄出一個大洞，這家人現在住在廚房，家具和箱子都堆在過道裡。

第二天，立夫特地上門爲他們送的禮物致謝。他來姚家，還有部份原因是聽僕人說，迪人已經放棄去英國了。對他來說，這簡直難以置信。當他被問到房子怎麼樣了，立夫說，事情是在一個暴風雨的夜裡發生的，房子沒辦法住了。他說院子裡也淹了水，城南還有些房子塌了。「你們怎麼不搬到別的地方去呢？」姚先生問道。「會館其他房間都住滿了，再說，這種大雨天，要怎麼搬家？」

「我們不知道這件事兒，不然我們會叫你和你娘過來跟我們一起住的。何不現在就過來呢？迪人的房間是空的，你們母子三個可以住在同一個房間裡。」「謝謝您的好意，」立夫說。「不過雨已經停了，我們這就去找泥瓦匠來修房子。」「但是修房子也需要好幾天，在修房子這段時間，你和你娘可不能就這樣待在廚房裡。」姚夫人說：「請你娘到我們家來吧，等你們房子修好再回去。」立夫不喜歡這個主意。他覺得自己住在有錢人家裡一定會不舒服，於是他說他必須留在那裡監工。但是姚先生對這個男孩很感興趣，他說：「你沒辦法決定，那我去跟你娘談談。」

「我自己告訴她吧，姚伯伯，千萬別爲了我們的事勞駕您。」「喔，我也好一段時間沒出門了，想坐車出去逛逛，」姚先生說。於是他便和立夫一起坐車去了會館，他勸立夫的母親收拾一下，盡快搬過來。立夫的母親也不願意，但姚先生對他們實在好，他說：「要是你們不來，我們在傅先生面前可就丟臉了。」的時候，他們決定讓步，接受姚先生的一番好意。他們把值錢些的東西打包帶走，剩下的東西交給老門房保管。門房昨天才從僕人那裡知道了姚家的身分，現在又收到了姚先生給的一大筆小費。於是在老門房和會館中其他家庭的眼裡，立夫一家的地位瞬間提升了不少。

第二天，立夫的母親和僕人趁著天氣好些，忙著把積了一段時間的髒衣服洗乾淨，好讓自己作客的時候樣子體面一點。由於那天還是陰天，孔太太花了很多時間在火上烘衣服，她兒子準備其他東西，並且安排修房子的事。估價一出來，可著實嚇壞了母子倆，因爲房子需要裝一根新梁，需要一個泥瓦匠和一個學徒幹七八天活，可能要花上二十塊大洋，這就得動用立夫的學費了。但立夫的母親說，他們去住姚家可以省點飯錢，如果有必要，他們還可以跟房客借半個月房租，他們的房客每月付租金向來都是很準時的。「說不定傅先生可以請學校讓我們晚幾天交學費，」兒子建議。「我不能這麼做，」他母親說。「要是他聽說這個情況，可能會堅持非借我們錢不可。雖然他待我們一直很好，但我很高興我們從來沒向他借過一個銅子兒。你父親和我決定絕不借錢過日子，我們也一直是這樣做。你長大之後怎麼報答傅先生的恩情，就看你自己了。」「娘，我能請你幫個大忙嗎？」立夫說。「什麼事，孩子？」「我想拿一毛錢買盒鞋油。你知道我其實不在乎這種事，但是我跟姚家曾家的孩子在一起的時候，我這雙鞋實在太顯眼了。」「這就是我老說洋玩意兒太貴的原因，」他母親說。「如果不是學校操練要用，我是絕對不會贊成買洋鞋的。一毛錢夠我買兩個月的針線呢。」但她還是同意了，於是立夫去買了他的第一盒鞋油，回來之後便把鞋子擦得鋥亮。

第二天早上，孔家的人來了，姚家的人都聚在正廳迎接。立夫的妹妹從來沒有去過姚家。莫愁問她叫什麼名字，她母親說：「她單名一個環字，我們叫她環兒。」「她長得跟您很像啊。」莫愁說，孔太太答道：「是啊，她更像我一點，立夫比較像他爹。」這時東院迪人的房間已經爲他們收拾好了，姚夫人帶著他們過去。房間裡陳設優雅，當中還有一張閃閃發亮的外國黃銅床，這在當時是非常時髦的東西。立夫在冰裂紋玻璃格子櫃裡發現了好些迪人留下的東西，包括許多絲綢長袍和中外鞋子。房裡有點暗，從後院看出去，就是他們家的客廳。立夫覺得很舒服，很愜意。

來客一去了房間，莫愁和木蘭就用手肘互相推了推，兩個人都想告訴對方這個大消息。「你看見他的鞋沒有？擦得可眞亮啊。」莫愁喊道。「你當我沒看見？」木蘭說。「他一進來我就看見了。還有他身上那藍袍子，我知道他昨晚一定壓在枕頭底下睡了一整夜，還看得到摺痕呢。」

舅爺一家回來之後，姚先生就有了讓所有人聚在一起吃飯的想法，那麼多人團團圍坐著，有種熱鬧的感覺。立夫一家也因此來到同一個飯廳吃午飯，當所有人都坐下之後，姚先生數了數，一張大圓桌坐了十二個人，吵吵嚷嚷的很是熱鬧，姚先生非常高興。孔太太是個重禮數的女人，圓桌中央的菜若是沒有人幫忙她絕對不去夾。立夫吃飯特別快，當他想給自己再添一碗飯時，卻發現乳香已經把飯添滿了，而且還是用一個精緻的描金漆托盤端上來的。兩姊妹時而靜靜地吃飯，時而看著他們，莫名地覺得有趣。即使是平時文靜端莊的莫愁，只要立夫一開口說些什麼，也都忍不住嘴角的笑意。

他們正聊到曾家，以及襟亞和牛家小姐訂親的事。「是牛財神家的小姐嗎？」立夫很感興趣地問。「你認識他們？」姚夫人問。「不認識，但是我認識他家二兒子同瑜。他之前和我念同一所學校。不過我很久沒見到他了。」「爲什麼？」有人問。「娘，我可以說嗎？」立夫問。「最好不要，」他母親說。木蘭越發好奇，她說：「沒關係的，就只說給咱家裡的人聽。我們不會說出去的。」「他拿了一把手槍去學校威脅老師，被開除了，」立夫說。「拿槍威脅老師！怎麼會這樣？」木蘭問。「他每個年級都留級了好幾年。他很聰明，但不用功。上次他知道自己成績過不了，這表示他又要留級了，所以他拿了一把手槍闖進老師房間，要老師給他及格。那老師當時讓步了，然後威脅要辭職。我不知道後來發生了什麼事，他之後就沒再來過。」「這麼小的孩子怎麼會有槍？」姚夫人問。

「他上學總要帶兩個僕人，一個幫他拿書，還有一個帶槍的保鏢負責保護他。一開始只有一個僕人，但是他說，他爹只要一句話就能讓校長丟飯碗，學校裡每個老師學生都讓他欺負遍了。有一次，他罵了我們班上同學平貴的妹妹，平貴找了幾個年紀大點的男孩子，趁著天黑痛揍了他一頓。之後他就開始帶保鏢了。」「校長丟飯碗了嗎？」「沒有，他們是在校外打他的，天太黑，他認不出是誰幹的。」「啊呀，眞是難以置信！」姚夫人說。「我記得上次見到牛夫人的時候，她還跟我說她二兒子現在在他父親的衙門裡當官了，驕傲得很呢。」

「是啊，」木蘭說。「你還記得她說了什麼嗎？『你們瞧瞧他，這麼年輕，連二十歲都不到，就當上了京官，每個人都對他客客氣氣的。兵丁見了他都得立正行禮，直到他走遠了才能稍息，連年長的官員也跟他混得很熟，無話不談呢。』她得意得不得了，也沒人反駁她。」「這就是中國會打輸日本的原因，」立夫說。他母親連忙道歉。「在長輩面前說話這麼放肆，請大家務必見諒。」「爲什麼要見諒？」姚先生說。「這樣說話更好，就跟一家人一樣。在我們家沒什麼嚴格的規矩要守。」用過午飯之後，阿非央求父親帶他去看洪水。他聽說因爲什剎海的水漫了出來，城北已經被水淹了。姚先生問他的兩個女兒和立夫來不來。立夫說他最喜歡看水，就帶著妹妹去了。但莫愁說，就算是大水，也還是水，她想留在家裡熨幾件衣服。於是姚先生便帶著木蘭、立夫和包括紅玉在內的三個小孩子去。人太多了，騾車坐不下，所以他們雇了四部黃包車，紅玉和阿非坐一部，立夫和他妹妹坐一部。

他們出門之後，兩個母親和莫愁坐在一起閒聊，又過了一會兒，廳裡只剩莫愁和立夫的母親在，她提起了她說要熨衣服的事。「你身邊圍著這麼多丫鬟僕人，怎麼還自己熨衣服？」孔太太問。「我們姊妹總是盡可能自己熨衣服的，」莫愁解釋道，「偶而也會幫爹娘熨一些比較特別的東西。這是女孩子日常該做的事。」「我越看你們兩姊妹，就越覺得驚奇——你們會做飯、做女紅、洗衣服、熨衣服，同時還能跟男孩子一樣讀書。」「女孩兒只要能讀書，就要盡量讀，」莫愁說。「但做飯和針線活本來就是女人的工作，不然要怎麼經營一個家呢？」「這是你娘教養得好。在其他像你們這麼有錢的人家，小姐們是不做這些事的。」

「孔伯母，」莫愁說，「您有沒有什麼東西要熨？拿給我，我幫您熨。」「謝謝你了，我不熨衣服的。只有一些特殊場合穿的絲綢衣服和裙子才熨。」但莫愁既討人喜歡又堅持，於是孔太太取來她帶到這兒最上等的一件黑絲綢衣服，和一件立夫最好的絲綢長袍。立夫的服裝和曾姚兩家男孩的服裝不同之處，在於立夫的衣服從來沒有熨過，只在折衣服的時候攤平而已。熨衣服就算對有錢雇丫鬟和僕人的家庭來說也是一種奢侈的行為。莫愁很快就發現當中有一件是男子的長袍，因為袖子太窄了。

她把那件袍子熨得又挺又平，接著又拿來針線，把一個有點鬆脫的扣眼縫好，然後才把衣服還給立夫的母親。木蘭回來的時候，莫愁並沒有告訴她這件事。

＊＊＊

姚先生帶這群年輕人去看大水的湖就在紫禁城北面，離他們家只有一刻鐘路程。從他們家先往北，在鐵獅子胡同左轉，然後沿著紫禁城的北牆走，直到看見右手邊的湖。這個小湖其實是和宮裡所謂的「三海①」相連的，但柳堤和荷花讓它成了一個民眾休閒的去處。夏日午後這裡人山人海，說書的、舞劍的、拉琴的、賣冰飲的都有，早上的人少得多，便呈現出一種此地特有的鄉間美景。

由於發大水，今天下午這裡幾乎空無一人。混濁的河水幾乎就要淹過堤岸，而從這裡往北就是一些餐館和寺院。水上有幾個女人坐在大圓盆裡，試圖採摘沒有漂走或者沒被洪水沖壞的蓮蓬。從南邊的路上，木蘭可以看到遠處紫色的西山，北面的餐館則掩映在剛被雨水洗淨過的翠綠柳蔭中。一艘船繫在岸邊，顯得異常平靜美麗。爲了到對面去，一行人必須越過堤岸，黃包車夫只得一路濺著泥水前行。

到了北岸，他們下了黃包車，走到一家餐館。小二認識姚先生，趕緊過來迎接。「我們就想要一個樓上的房間，帶陽台，能看到湖景的。孩子們想看大水。」「好的，老爺！」小二說。「您可眞有雅興！這幾天我們一個客人都沒見著，您是第一個。」他們被領上樓，在陽台上就座。姚先生點了一壺上好的龍井茶、瓜子和鮮蓮蓬。這時天朗氣清，隔著水面，他們看見了不遠處高大的方形鼓樓，和紫禁城北海形狀奇特、高聳入雲的白塔，

木蘭坐在一張矮矮的椅子上，一面隔著紅欄杆望著湖面，一面把蓮蓬裡的蓮子剝出來。紅玉是杭州長大的，對這類東西很熟悉，她和阿飛、環兒坐在一張高桌邊，用靈巧的手指剝著蓮子。姚先生舒適地躺在一張矮藤椅上。立夫挨著木蘭坐在陽台上，看著她剝蓮子。糖蓮子他是吃過的，但從來沒吃過剛從

① 什剎海是北京中心城區的一個風景區，位於北京北海公園北門附近，由前海、後海、西海及沿岸名勝古跡組成。

蓮蓬剝出來的鮮蓮子，他興味津津地盯著看。「你們就這樣生吃啊？」他傻傻地問道。「當然，」木蘭說著，便拿了一顆剛剝出來的給他。立夫嚐了一下，說：「不錯，但是和糖蓮子不一樣。太淡了，幾乎什麼味道都嚐不出來。」「就是這樣，」木蘭說。「我們吃這個，就是吃它純粹的清淡和清香。這東西唯有閒人能享受，你吃的時候什麼都別想。」木蘭教他怎麼剝，這次吃了之後，立夫高興得叫了起來。「你要是大喊大叫，就又嚐不出味道了，」木蘭說。「你得一口一口慢慢嚼。過一會兒之後，再喝口好茶，就會有股純淨的清香留在齒頰之間，久久不散。」於是他們就這樣一邊喝茶，一邊嚼著蓮子，看著坐在圓盆裡的採蓮女從眼前漂過。他們天南地北地聊，也談到了各自上大學和中學的打算。最後，他們的話題轉到了迪人身上。

「眞是難以置信，」立夫說，「他有機會去英國唸書，居然不去。」「木蘭，立夫，」姚先生說：「你們年輕人寫信勸勸他。我對他實在沒什麼好說的。」「我們勸過他了，」木蘭回答。「他要走的前兩天晚上，我跟妹妹就跟他談過了，妹妹還說到差點哭出來呢。」「他怎麼說？」她們的父親問道。「唉。他說他跟其他人有同樣的熱情和抱負，叫我們不要擔心，還發誓說他到了英國，一定每天埋頭苦讀十二個小時，拿最高分給我們看。您也知道他是什麼樣的人。他那張嘴什麼都能應承，但只要他想讓你做什麼事，他都能說得你頭昏眼花。不過，爹，他回來以後，您還是得跟他談談——還是說，他會留在香港？」「我給一個朋友寫了封信，想知道他在幹什麼，」她父親說。「除了在倫敦兌現的匯票之外，他身上還有大約一千兩百塊錢，等他錢花光了——我知道這用不了多久——他再寫信來要更多錢的時候，我就必須做決定了。可是我要怎麼跟他談呢？我每次只要看到他的臉就生氣。假如他眞的回來，你覺得我會想再跟他說話嗎？他還算是個人嗎？」一想到迪人，父親就怒不可遏，木蘭看著他大大的眼睛和灰白的頭髮，高高的前額上青筋浮凸，也覺得他看起來確實很傷心。

「也許這眞的沒什麼。」父親繼續說下去。「還好他沒去英國。這可以幫我省點錢。說不定他去了英國，也只學會怎麼玩相機。孽種啊！但如果有錢人家的兒子都成材，有錢人豈不是一直有錢，窮人便一直窮下去嗎？天道輪迴啊！」他短暫的憤怒一過，又轉過身，開始和阿非玩起來，好像什麼都沒發生過。他一定在考慮小兒子和女兒們的未來。立夫一直沒有說話，但在場的他和木蘭不在場的哥哥形成了無聲的對比。木蘭想，如果她哥哥也能和立夫一樣，這個家不知道會有多幸福，自己又會有多自豪。

木蘭很不解，因爲這個無父又貧窮的男子，和富貴人家的兒子一樣有教養。立夫儘管衣著不修邊幅，身上卻有一種天生的優雅和貴族氣質。她不知道他們在白雲觀第一次偶然碰面時，兩人都丟中了銅錢這件事是不是預言著什麼。她忘不了他說過的，關於廢墟的話。「你喜歡廢墟，是嗎？」她說。立夫想起了自己在西山時說過的話。「是的，」他說，「但不是因爲石頭和磚塊本身；是因爲它們承載的古老歲月。」「哪天我們一起去看看圓明園的廢墟好嗎？」木蘭問。「好啊，我想去，只要我們進得去。」立夫說。這時，他們突然聽見底下傳來喊叫和騷動聲。他們衝下樓，聽說一個採蓮女掉進湖裡淹死了。她的圓盆翻了，人們聽見她尖叫求救，看見她冒出水面一兩次，然後就不見了。

她家的人匆忙來救，但爲時已晚。溺水姑娘的母親在那兒痛哭，周圍站著的人說，這湖裡有很多「水鬼」，因爲裡頭淹死了很多女人。紅玉是個非常敏感的孩子，當下嚇得臉色發白。這件事給她留下了深刻的印象，之後幾天，她一直在問當時那溺水的姑娘究竟怎麼樣了，她母親實在無法，只得禁止她再提這件事。

發生了這樣的意外，一群人激動又難過地回去了。

＊＊＊

立夫回來之後，把看見的事告訴了他母親，他母親說，「你最好去換件衣服。這是你的新袍子，都給你熨好了。在這棟大宅裡，你得穿得跟其他人一樣才行。」「您什麼時候熨的？」立夫說。「這樣我不就像個紈袴子弟了嗎？」「穿上，穿上！」他母親說。「是他們家三小姐給你熨的。」立夫換上新袍子，覺得自己一身俗氣，但平整的長袍和黑亮的鞋子確實讓他的外表改變不少。吃晚飯的時候，莫愁看見立夫穿著她親手熨平的那件絲綢長袍，心裡很滿足，但她沒有對任何人提起過。

他們買了一條大鰻魚，是隨著洪水從山上的水潭沖下來的，每個人都享用了這不常見的美味。通常全家人聊天都是聚在母親房裡，但現在有這麼多人，姚先生便叫人開了正廳，把茶送到那兒去。平時正廳除了接待貴客之外都是關著的。這廳又大又高，有兩個房間那麼大，裝修得古樸而宏偉。天花板上懸著一盞三尺高的宮燈，燈光照在厚重的藍色雲龍地毯和淺白菜綠色的窗簾上。正廳西端擺著一張黑雪松木太師椅，上面放著藍緞硬椅墊，椅子前方有張雪松木茶几，兩邊放著兩隻腳凳。每一樣東西都很大，很簡潔，也很樸素。北面牆邊立著一張高高的桃花心木桌子，線條筆直，上面只有三件古玩。正中央的那一件，是個古老鑲金景泰藍三腳香爐。另外是一塊罕見的大理石板，兩尺見方，上頭自然的紋路令人聯想到雨霧朦朧中的景致，有半隱半現的山頂和小樹林，還有兩艘逼眞得難以置信的釣魚舢舨。另一塊大理石板則有類似大鴨子的天然花紋；鴨子的頭、嘴和脖子幾近完美，淡淡的痕跡呈現出身體輪廓，一點褐色雜質綴出鴨掌。椅子上方的牆上掛著一幅米襄陽②的山水畫，有十五尺高，因爲年代久遠，絲絹和墨跡交融，反倒讓人聯想起大理石紋，但米芾的墨色依然濃厚明亮，色黑如漆，筆觸遒健有力。廳內四周擺放著幾把硬木立椅和幾把粵式硬木安樂椅。整體印象以紅木和大理石的莊嚴樸素爲主。

那天晚上，情況有點反常，因爲莫愁很開心，木蘭卻很沉默，若有所思。女士們坐在一起閒聊，父親則坐在一張硬木安樂椅上抽著雪茄，和他的妻舅說話。木蘭獨自坐在一張矮椅上，斜倚著身子，對周圍的聲音恍若未聞。「你怎麼啦？」珊瑚說。「我只是覺得今晚不怎麼想說話。說不定是因爲鰻魚的關係，太肥膩了。」事實上，木蘭心裡千頭萬緒，充滿了她自己也理不清的各種想法。她一直想著那個淹死的姑娘，想著他們吃的那些蓮子，也許就是那個採蓮女親手摘下來的。然後她想到了立夫和迪人，他們在她腦子裡不斷地換著位置，最後連立夫和銀屏的樣子都搞混了。「我一定是瘋了，」她想，「一定是因爲那條鰻魚。」但是她很擔心。她母親跟她說碧霞來過了，木蘭知道她母親決心快快把銀屏嫁掉，所以爲銀屏提了一個人選，對方是個麵粉商人。另外，她母親不准她對外透露一個字，也不准她告訴迪人。而另一方面，那天下午她從父親那邊得知，迪人說不定很快就會回來。要是他回來發現銀屏在他不

②米芾（1051—1107）北宋著名書法家、書畫理論家、畫家、鑒定家、收藏家。號稱「米襄陽」，召為書畫學博士，擢南宮員外郎，又稱米南宮。

在的這段時間竟迅速地成了親，家裡肯定會掀起一場風暴。

＊＊＊

立夫常常在上午或下午回家，看看修繕工作的進展。到了晚上，這家人通常會聚在正廳裡聊到很晚。有時候阿非和紅玉會成爲眾人注意的中心，給大家帶來很多樂趣。紅玉剛學的北京話常常語出驚人，她說的東西也最異想天開。有一次她說了一件事，讓每個人都感到訝異，是關於眼淚的事。「眼淚會從鼻子裡流出來，」她說。「所以眼睛和鼻子一定是連通的。但爲什麼抽煙的時候煙不會從眼睛冒出來呢？」「你怎麼知道眼淚會從鼻子裡流出來呢？」莫愁問道，心裡覺得好笑。「我就是知道啊，」這個七歲的孩子回答。因爲這些晚上的閒聊和共進晚餐，立夫慢慢地瞭解了這個家庭的每一個人，也漸漸自在起來。眾人散了之後，他就和母親妹妹一起回房去，然後在床上看書，一直讀到很晚。有時從後窗望出去，可以看見姚家小姐們的房間依然亮著燈，她們的身影映在絲綢窗帘上。但有一天早上，木蘭問他昨晚看什麼書看到這麼晚，他才知道自己也被人看著，從此便不敢從後窗偷看了。

有幾個上午，他逛進了姚先生的書房，便在那兒瀏覽他的藏書和古玩。立夫對古董一竅不通，但他對姚先生收藏的大量印石印象深刻。一天下午，木蘭帶他去看她父親收藏的甲骨，他完全被迷住了。一開始是立夫在午餐時不經意地聊到《說文解字》，說這本關於漢字演變的書如今已經成爲一門科學。立夫只讀過《說文》裡的五百四十個部首，但他對漢字的構成原理和變化已經被勾起了興趣，對漢字的共同特性也有了更深入的瞭解。對甲骨文的研究這時才剛剛開始，還沒有相關著作出版。但這些之前不爲人知的中文最早形式的出現，卻使他非常著迷，他非常敏銳地意識到，如果對這些髒兮兮的骨頭做一番系統性的研究，必然會揭示出很多東西，而且是連活在二世紀的《說文》作者許慎都不知道的。「想想，這些骨頭已經有四千年歷史了啊！」木蘭說。「不識貨的人一斤賣他一百塊還不要呢。」接著他們看起稀有的古硯，有些硯台上還有著名的前主人留下的銘文。然後他們又看了一批古代名家碑帖，他們在那裡停留了很久，研究比較了各種不同的書法風格和拓本。立夫喜歡趙體的優美圓潤，木蘭則更喜歡魏碑遒勁奇峻、方肩尖角、剛硬的筆觸。立夫天真地解釋說，男人喜歡優雅的東西，女人喜歡有力的東西，「就像男孩喜歡女孩，而女孩喜歡男孩一樣，」木蘭聽了這話，臉便紅了。

立夫從來沒想到過愛情，他彷彿對女性魅力毫無所覺。然而他很喜歡木蘭，因為這些東西她都懂，而且聰明又有活力。他認爲她是個很棒的談話對象，覺得她美極了，就跟趙孟頫的書法美極了一樣。但也就是這樣了。在感情方面，木蘭雖然和立夫同年，卻比一般女孩子成熟了兩歲。

一天早上，立夫想起姚先生曾經要他們寫信給迪人，勸他改過，便在正廳裡寫信，現在正廳平時也都開著了。木蘭看見他，便問他在寫什麼，他跟她說了。這是對他文筆的一個好測試，木蘭說她和妹妹也打算寫。於是木蘭便遣錦羅去叫莫愁過來。莫愁穿著一件白色小褂，頭髮梳得油光水滑，笑著說：「你們倆這會兒又在幹什麼了？」木蘭玩著自己的辮子，說：「立夫哥哥要給大哥寫信，我想我們也可以一起寫。」「好啊，」莫愁說。「其實我們早該寫了。但是娘跟我說了，叫我們寫信給迪人的時候別提家裡打算把銀屏嫁掉的事，還說要他別急著回來。」莫愁瞥了立夫一眼，木蘭說：「不要緊，立夫哥哥知道銀屏要成親的事。現在只有她自己不知道。」「寫勸說信，特別是以我這樣的身分，實在不容易，」立夫說。「我該怎麼說才好？」「我有個主意，」木蘭說。「我最討厭用《秋水軒尺牘》③那種文體寫信。我們試著用明代小品或秦人書簡的風格寫寫看吧！客套熟語一概不用，開門見山，短小精幹。任何人不得超過百字。這樣既實際又省時，按傳統形式寫的話，無論怎麼寫都改進有限。」「好主意，」莫愁說。「要限時間嗎？」「限一炷香時間如何？」立夫建議。大家都同意了，於是他們拿來硯台、筆和花箋，點上一炷香。

立夫和莫愁坐在桌邊，木蘭則在一旁走來走去，撓著頭，還不時從掛著窗帘的窗戶往外看。「你坐下好嗎？」莫愁說。「你搞得我好緊張。」但木蘭只是笑笑，用手指慢慢地捋著辮尾。立夫第一個寫完；莫愁也快了，這時香已經燒得很低。莫愁給了木蘭一個提醒，木蘭回到自己的座位，說：「天啊！我連墨都還沒磨呢。」「用我的吧，」莫愁說。於是木蘭開始飛快地寫，不一會兒，她的信就寫完了。他們先讀立夫的：「立夫頓首。吾兄遠航，乘長風破萬里浪。兄何其有幸！良可羨也！弟如繫廄之駒，不能奮飛。夏雨破屋，弟與母暫居府上。如修繕後仍可籌足大學學費，則幸甚矣！祝兄鵬程萬里。愚弟或將終身曳尾於塗中。」莫愁說：「好！你從反面下手。無一贅字。」接著讀的是莫愁的信：「妹莫愁鞠躬。頃接來信，知兄滯留香江——此即孟夫子云『行拂亂其所爲』歟？若然，則天意已變，諒將降大任於吾兄矣。然拂亂由天，自強由己。母爲兄憂，日形消瘦。南地暑熱，善自珍攝。」「用字得體，行文莊重，」立夫說。接著他們一起看木蘭的：「妹木蘭鞠躬。兄應承自葡萄牙國來信，今如何耶？抑或葡萄牙今已成香菇牙乎？然則無論葡萄牙、香菇牙或豆芽，萬不可易牙過頻。兄贈象牙鈕扣，妹無任感謝，然何以無一物敬慈母耶？霪雨多日，涼意頓生。若可共筆硯之樂，樂何如之！」「妙極了！」立夫說，大家都哈哈大笑。

就在這時，乳香走了進來，手裡拿著一大捧桂花，說曼娘來了。曼娘是熟客，自己跟著丫鬟進了屋，通報時已經站在門口了。「木蘭！」曼娘喊。「你們在做什麼呀，玩得這麼開心？」木蘭喜出望外地跑向她。「你好久沒來看我們了。」「你不也一樣沒來看我。我從我們花園裡給你帶了些桂花來。大部份的桂花都給雨打掉了，就連這些也不香了。」「這是孔少爺，你見過的，」木蘭對曼娘說。「他家屋子被雨打壞了，現在住在這兒。」「這我知道，」曼娘回答。「我還知道你們一起去看大水呢。」「你怎麼知道？」木蘭問。「有人跟我說的。」站在旁邊的立夫深深地鞠了一躬。木蘭想起他們從湖邊回來，看著溺水姑娘的母親和她身邊的人群時，曾家的門房也在那兒，而且還停下來跟他們說話。他回去報告說他遇見了姚小姐，而且還有個男孩跟她在一起，曼娘便決定要去見見立夫。她知道那一定是他，因爲她兩個小叔去送迪人的時候，已經跟她說過在車站遇見立夫的事了。

她們談了談迪人和家裡的其他瑣事，曼娘回家時對立夫的印象非常好，於是她決定迅速採取行動。

曼娘走了之後，莫愁笑著對木蘭說：「你的好姐姐來探查你了。她肯定不是專門來送你桂花的。」

「有什麼好探查的？」木蘭回答。立夫一副完全摸不著頭腦的樣子。

＊＊＊

③《秋水軒尺牘》是清代文學家許葭村書信作品集，與袁枚《小倉山房尺牘》、龔未齋《雪鴻軒尺牘》並列清代三大尺牘。

一天，立夫從家裡回來，報告了一個好消息。「娘，你相信嗎？修房子的費用四川會館會出。是眞的！門房老王親口告訴我的。他恭恭敬敬的，還給我看了會館管事的信呢。」母子倆怎麼樣也琢磨不透，斷定又是傅先生幫忙。但他們並沒有寫信給人在天津的他，他怎麼會知道這件事呢？幾天之後，他出現了，他經常這樣往返於兩個城市之間，和往常一樣來拜訪姚先生。看到立夫和他母親得到這麼好的照顧，他很高興。孔太太提到了四川會館的事，說：「我想您又幫了我們母子一回，眞不知道該怎麼感謝你。」「如果你們眞想謝誰，就謝姚老爺吧。我跟這件事無關，就是寫了封信而已。」傅先生說他知道他們住在這裡的事，因爲姚先生立刻寫信告訴了他。而且姚先生還說，他會私下給四川會館捐兩百塊大洋支付修繕費用，但他的名字不公開。「姚老爺對我們的大恩大德，我們該怎麼報答才好呢？」立夫的母親問。「如果你們想，就當面謝謝他吧。我想他不會介意我把秘密告訴你們的。」當立夫和母親一起去向姚先生致謝時，姚先生說：「這不是爲了你們。我長久以來一直想爲四川會館做點事——你們知道我欠四川的人情嗎？我店裡的藥材有一半是你們省來的。」

立夫和他母親因爲這件事大大地鬆了一口氣。這件事慢慢傳開，孔家母子也更受會館門房和其他住戶尊敬了，因爲他們背後有兩個極具影響力的贊助人。

中秋八月十五，是一年中最重要的節日之一，傅先生應邀來姚家吃飯。這也是立夫在木蘭家的最後一晚。姚先生按中秋吃蟹的慣例，訂了一大籃上好的螃蟹。

他提議今晚就在石砌庭院裡吃飯，賞起月來更好，但珊瑚說天氣已經轉涼了，而且還潮濕，蟹又性寒，最好還是在屋裡吃，如果想賞月，拉開窗帘看也是一樣的。於是僕人端上了熱酒，又在每個人面前放了一碟拌了薑絲和醬油的醋，這是抵擋螃蟹的寒性必不可少的。

家裡每個人都極愛螃蟹宴，每逢螃蟹宴總是很興奮。確實，螃蟹以其獨特的香味、外型和色澤成爲美食家的最愛。中秋時節螃蟹正肥，今年夏天的豐沛雨水對它沒有絲毫影響。但令人興奮最主要的原因是，這不是平常那種由僕人服侍的晚飯，而是每個人都必須親自動手。與其說是爲了吃，還不如說是爲了吃到口所付出的那份努力，讓每一口食物都變得更加美味。有些人吃得快，有些人吃得慢；有人酷愛雌蟹濃郁的蟹黃，有人專吃雄蟹飽滿的蟹肉，還有一些人瞄準了蟹腿下功夫。這和打牌一樣，是對一個人個性的測試。有些人吃起蟹來乾乾淨淨，有些人不管吃的是什麼只管塞滿一嘴。螃蟹宴接近尾聲時已經是一片狼籍，蟹殼蟹腿在桌子中央堆得如同小山。

眾人坐定之後，一只直徑兩尺的翠綠色大盤裝滿豔紅的螃蟹端上桌來，全桌人忍不住發出一聲驚呼。傅先生和姚先生都擼起了兩邊袖子，傅先生叫立夫也擼，立夫說：「我們比孔老夫子還強呢，他只弄短了右手的袖子。④」「那是因爲他只寫字，」莫愁說。「要是他吃螃蟹，他也會把兩隻袖子都弄短的。」大家都笑了，傅先生說：「這證明了孔老夫子從來不吃螃蟹。」「他吃的，我可以證明，」木蘭說。「你要怎麼證明？」「你們還記得孔老夫子老是吃薑嗎？這就有極大的吃蟹嫌疑。」「你在胡說八道，不過倒也有趣，」立夫說。「等等，我還沒說完呢。《千字文》一開頭就說『天地玄黃』，這『玄黃』說的就是蟹黃和蟹膜的顏色。證明『玄黃』是打開天闢地起就有的。孔老夫子這樣的聰明人，怎麼

④ 語出《論語・鄉黨》，孔子在家中穿的皮袍，右袖要做得短一點（「短右袂」），方便寫字做事。

會不知道怎麼吃螃蟹呢？」木蘭這番話讓全桌人笑得更大聲了；珊瑚笑得失控，一不小心把蟹黃抹了自己一臉。「那為什麼《論語》沒有記載呢？」莫愁問。「喔，作弟子的不可能每件事都記下，或者有些雖然記了，但焚書之後就失傳了。讀古書的時候，應該多運用自己的想像力，」木蘭握著一隻蟹腿，說：「我可以想像，因為孔老夫子光是家裡穿的外套都得特別做成一隻袖子長一隻袖子短，孔夫人為吃螃蟹一定也做了一件特別的衣服。這丈夫真煩人啊！當聖人的太太一定很辛苦！」

「說真的，我想考考你，」傅先生說。「你說『玄黃』指螃蟹，有什麼根據沒有？」木蘭立刻回答：「《紅樓夢》裡的詠蟹詩不是說了：『眼前道路無經緯，皮裡陽秋空黑黃』嗎？」「噢，你得吃點東西，木蘭。你話說得太多了，」她母親說。每個人都看得出來，木蘭有點臉紅，話也比平常要多。「還早呢，」她說。「我吃三隻螃蟹和我妹妹吃一隻用的時間是一樣的。」「你不是在吃螃蟹，你吃螃蟹的樣子簡直像在吃捲心菜或豆腐，」莫愁說。莫愁連一隻螃蟹都還沒吃完，她是個吃蟹專家，每個部位都吃得非常乾淨，盤子裡只剩下白白的、玻璃似的碎片或透明的殼。一個丫鬟端上一盤剛蒸好的熱螃蟹，順便把蟹殼收掉。「等等，」莫愁說。「這些腿還夠我吃上一刻鐘呢。」「那些腿別留了，給丫鬟和僕人們吃吧，」姚先生說。「噢，我給他們每個人都留了兩隻呢，」珊瑚說。這時木蘭開始認真地吃起來。

她喝了一杯酒，接著又一杯，然後又饒舌起來。

當她要第三杯酒的時候，姚先生說：「你今晚興致真好！不過最好還是別喝了。」

「我沒事兒。」木蘭說。接著又喝掉了第三杯。

她也是有酒量的人，但這時已經進入了半醉的滑稽狀態，嘴裡不住輕鬆又傻氣說著，有時甚至還頗爲精彩的話。「螃蟹這種生物眞是非同凡響，非同凡響，」她說。

立夫和木蘭舉杯互敬。幸福和悲傷如此相似，快樂與痛苦亦然，誰也說不清那天晚上的她究竟是幸福還是痛苦。

不久，大家都離開了座位，用野菊葉水洗了手，桌子也收拾乾淨，又擺上一桌簡單的餐點，有粥、鹹蛋和各式醃菜。

晚宴快結束時，傅先生說：「可惜現在的學校不教古詩了。不然這種時候吃蟹吟詩，也是一大樂事。」

「我有個建議，」珊瑚說。「我們來玩『折桂傳杯』吧，剛好有曼娘那天送來的桂花。」遊戲的玩法是沿著桌子傳一枝桂花，同時由一個人擊鼓，鼓停下來時，桂花在誰手裡，誰就得喝一杯，然後講個笑話或故事。

遊戲開始了，由阿非擊鼓。鼓停的時候花正好在傅先生手裡，他只好說了一個故事。「從前有個塾師，怎麼樣也收不到學生，所以他決定改行當個看病的郎中。他讀了幾本醫書便開業了。不幸的是，第一個病人就被他給醫死了。病人家屬說他殺人，要去告官，但因爲這個郎中答應付所有喪葬費用，對方便答應和解。可是郎中太窮，沒錢請人來抬棺，他只好帶著自己的妻子和兒子把死屍抬到墓地去。可是呢，那個死人有將近百斤重。半路上，他的妻子要求休息一下。在她準備再次站起來抬屍體之前，她嘆了口氣，對丈夫說：『我的良人哪，下回出門行醫，千萬挑個瘦的！』」

眾人都哈哈大笑，遊戲繼續。花傳到木蘭手裡，鼓聲停了。她吃了不少橙子，依然覺得情緒高昂。

於是她開始說：「很久以前，龍王派了一大群螃蟹鎮守大海。螃蟹將軍每天在海灘上操練，人們可以看見成千上萬的小螃蟹在海灘上演習。有一天，螃蟹將軍恰巧生病，蛇精在海裡造反，龍王於是派珠母仙子來指揮。她冒出水面，站在海邊一塊面海的岩石上，命令蟹兵們整隊。蟹兵們立刻從自己的地洞中出來，排成一橫排，眼睛向右看。這列隊實在太完美了，仙子非常驚訝。於是，珠母仙子下令：『前進！』然而他們卻不往海裡去，而是沿著海灘往右走。接著仙子又下令：『後退！』這排蟹兵便往左移動。仙子很無助，因爲她怎麼樣也沒辦法讓他們往海裡走，她問螃蟹副官該怎麼辦。副官請求讓他發號施令，然後說：『向左轉，齊步走！』瞧！螃蟹大軍就這麼直直地往大海前進了。珠母仙子大惑不解，向螃蟹副官請教。螃蟹副官回答說：『大人，因爲他們都是從英國回來的留學生啊！』」眾人登時明白，都笑了起來，因爲英文字是橫寫的，所以被稱爲「蟹行文字」。

接著那枝桂花到了珊瑚手裡。「我沒有什麼故事可說，」珊瑚說。「誰都不能找藉口，」大夥兒喊道。「不管是什麼，講點能讓我們笑的就行。」「那我說個繞口令可以嗎？」珊瑚說。大家表示同意。於是珊瑚開始說：

「一隻大黑狗遇上一隻壞黑鴨。究竟是大黑狗吠了壞黑鴨？還是壞黑鴨啄了大黑狗？」

從紅玉和環兒，一直到姚夫人、馮太太，每個人都想盡快唸出這個繞口令。結果只有小阿非和紅玉順利唸完，木蘭的母親最後還唸成了「大壞狗」和「黑黑鴨」。「你們看，」珊瑚說，「還是這兩個孩子行。」姚先生四處踱著步，最後停在窗前，說：「看！這月亮有雙月暈呢。」「我們都把月亮給忘了，」珊瑚說。大家抬起頭，看見月亮周圍有一團明亮的雲，而在靠近月心處有兩圈光暈。「這對國家來說是不祥之兆，」傅先生說。「末世總有異象。如今時局動盪，未來還不知道會發生什麼樣的事呢。」「動盪來自人心。」姚先生說。他引了一個不知名詩人題在山道頂涼亭牆上的一首詩，說：天平地平，人心不平。

人心若平，天下太平。眾人又聊了一會兒，便各自回房去睡了。

第十七章　喜事

說來也怪，那天晚上木蘭喝得半醉，舉止也有點出格，卻讓她有了一種前所未有的獨立存在感。她一直很健談，很有才華，也很快樂。當她準備睡覺時，她有一種自我解放的感覺——這自然是因爲喝了酒。她躺在床上，第一次意識到自己活在一個獨立的世界裡，這個世界完全是屬於她自己的。她很難解釋這種感覺，但在這個新世界的背後或深處，她也隱約意識到了立夫的存在。

立夫全家搬回自宅後不久，某日清晨，曾夫人和曼娘來到姚家。莫愁正巧自己一個人在正廳裡插花，她坐在那裡和她們聊了些家中瑣事。小喜兒也和她們一起來了，莫愁說，來了京城這幾年，小喜兒變了不少，整個人看上去文雅多了，儘管她依然是一個心思單純的農家姑娘。

莫愁覺得曾夫人一早來訪必有緣故。這時木蘭手裡拿著一束花，裊裊婷婷地從花園走進廳裡。「什麼風把你們吹來的啊——這一大早的？」木蘭見到她們，十分高興。乳香進來通報，說姚夫人已經準備好，馬上就會出來見客，曼娘笑著對木蘭說：「妹妹，你可以走了。我們今天不是來見你，是來見你娘的。」木蘭有點詫異，她不但看見了曼娘的笑容，也看見了曾夫人嘴角的笑意。「怎麼回事？你們要趕我走？那她呢？」她說，指了指莫愁。「一樣，你們倆最好都走開。這跟你們兩個沒有關係，」曼娘回答。「好吧，」莫愁說。「我們進去就是了。」她向她們道了別，便拖著木蘭走了。她們一離開那裡，木蘭便喃喃自語：「她們到底在搞什麼鬼？」「我跟你打賭，她們是爲了你的『喜事』來的，」莫愁說。「你婆婆討人來了。」聽到自己要訂親的消息，木蘭有一種異樣的得意感，儘管腦袋裡還是一頭霧水。莫愁倒是笑了，而且笑得很興奮，她很少這樣。「有什麼好笑的，讓你笑成這樣？」木蘭說。「此時不笑，更待何時？」莫愁回答。但木蘭卻整個人都糊塗了。她感覺自己的命運似乎已經被決定了方向，她自己都還沒拿定主意，就陷入了某種宿命而永恆的東西裡。

「說不定是你的喜事呢，」木蘭說。「不，不，她們才不要我呢，」莫愁高興地說。「你等著瞧吧，我就要有個新姊夫了。這樁親事毫無疑問，早就定下來了。」「是嗎？」木蘭說。她似乎陷入了沉思，莫愁見姐姐這樣，也突然嚴肅起來。「這難道不是樁好親事嗎？」她認眞地說。「你就要嫁進有錢的官宦人家了，門當戶對的。再說，蓀亞長相好，脾氣也好，你還想要怎麼樣？」「妹妹，別這麼說。要是你覺得他長相好，脾氣也好，那你嫁他呀，」木蘭用嘲弄的口氣說。門當戶對嗎？不管按照哪種社會標準，木蘭嫁進曾家肯定都算是門當戶對。然而她們來提親這時，卻是她初次感覺到自由的時候，她第一次感覺到一種前所未有、醉人的美妙幸福，那種只在立夫面前感受到的幸福。這件事佔據了她所有的心思，在立夫家搬回去這幾天中，她依然沉浸在自己的幸福世界裡，幾乎連銀屏的事都忘了。她也忘了自己和曾家有千絲萬縷的長久聯繫，至少，這家人都默認她已經和蓀亞訂親了。是的，蓀亞確實是個好對象，但是她的心怎麼樣也無法平靜下來。

她第一次嫉妒起自己的妹妹。雖然還沒有人提到過立夫的事，但她已經預感到莫愁遲早會和他訂親。要是她能和她互換，該有多好啊！她斜眼看了妹妹一眼，說：「我不是一直都跟你說，你比我有福氣嗎？」「比你有福氣？怎麼說，姐姐？」「沒什麼，」木蘭說。莫愁看得出姐姐的舉止不同平常，但沒有進一步追問。

木蘭也相信，一個人的婚姻是命中注定的。所以當她母親徵得了父親同意，在晚飯前來到木蘭房裡和她單獨談話時，木蘭只是笑了笑，她母親就當她是答應了。

那天晚上她怎麼樣也睡不著。木已成舟，無可挽回。她開始想起蓀亞——當她第一次在大運河的船上看到他時，那個對她燦爛地笑著的男孩。命運是怎麼把他倆拉在一起的呢？這一切究竟是如何發生，如何開展的，竟至於無法逃脫！她想起蓀亞是怎麼進入她的生活，她和他相處又是多麼輕鬆自在，因爲她一點兒也不怕他。然後她想到他母親對她多麼好，接著又想到曼娘。有那麼一瞬間，她眞恨曼娘這樣干涉她的生活。但她的思緒總是會回到立夫身上，回到他的學識，和他的「廢墟」。四五天之前的那個晚上，當她和立夫互相敬酒的時候，她是多麼快樂啊！當他聽到她訂親的消息，會作何感想呢？他懷疑過她喜歡他嗎？想到這裡，她覺得自己的雙頰發燙，彷彿那晚的酒力至今未退。

姊妹倆回房後，莫愁本來想再次祝賀她，又開始聊起訂親的事，但木蘭只是笑了笑，說：「既然事情已經定了，就定了吧，」莫愁看上去有點失望，但也沒再說什麼。如今，在半黑的夜色中，木蘭看見妹妹安詳地睡在另一張床上，覺得她眞是個有福氣的女孩。

接下來的幾天，她盡量不去想立夫，只一心想著自己的新處境和曾家。在那個家裡，除了曾先生之外，她沒有理由怕任何人。作爲最小的兒媳婦，她的責任很輕。然而，還有襟亞的未婚妻素雲在，她很想知道，身爲妯娌，她和她的生活會是什麼樣子，一般來說，這種關係都是很令人痛苦的。

木蘭和蓀亞的八字庚帖在正式訂親前就要互換。傅先生這時又來了北京，當木蘭的母親向這位業餘哲學算命師徵求意見時，他說木蘭屬「金」，而蓀亞屬「水」，「金在水中閃閃發光」，這門親事是很相配的。傅先生引了一首詩，說：「石韞玉而山輝，水懷珠而川媚。」所有人都聽到了這番話，包括木蘭自己在內，每個人都向她道喜。

人按五行分成金、木、水、火、土五種類型。婚姻則是一門讓不同類型的人互相匹配的科學。有彼此互補的出色配對，也有就算不是互剋，也會加速彼此走向共同毀滅的類型。同屬性男女間的「近親聯姻」應當勸阻，因為這只會強調或增強丈夫或妻子原有的傾向。這事很明白：把一個懶惰（屬水）的妻子許配給一個懶惰的丈夫，只會讓情況雪上加霜，而讓一個脾氣暴躁（屬火）的丈夫娶同樣脾氣暴躁的妻子，只會把夫妻倆都燒成灰燼。肌膚細緻、五官端正、敏銳有捷才的人是屬金的。骨骼關節突出、身形瘦長的人屬木。豐腴、懶散、冷淡、身體線條彷彿向下流淌的人屬水。動不動就頭腦發熱、脾氣暴躁、目光閃爍、善變、額角上揚的人屬火。沉穩、冷靜、身體線條和外表圓潤飽滿的便屬土了。而在每一種類型中，還有或好或壞的子類型或變種，就像木材也有紋理細緻或疏鬆、質地平滑或帶結節之分一樣。另外比方說，金可以切割、或者說「克」木；然而，一塊樹瘤突出、木紋交錯、木面太寬、布滿結節的木頭也可能會把柔軟的金屬刀鋒磨鈍掉，或者更簡單地說，一個粗糙、野蠻的丈夫，就會讓一個神經緊張、容貌細緻的妻子受苦。「那莫愁是屬什麼的？」那天下午，姚夫人思考過傅先生說的話之後，趁著他身旁沒人，又問了一句。「莫愁是屬土的，」傅先生說。「沉穩、冷靜、圓潤、飽滿。這些都是珍貴而有福的特質。她長相有福氣，會旺夫，但對蓀亞來說不是良配。雖然土水可以相混，卻只能混出一攤爛泥，這樣的婚姻不會有什麼好結果。」

「我不是那個意思，」姚夫人說。「那您的意思是？」他問。姚夫人在他耳邊說了幾句話，他笑了出來，眨了眨眼睛，姚夫人等了半分鐘他才回答。「如此甚好！好極了！」他說。「快跟我說到底怎麼樣，不要只是喊『好極了！』」「這個嘛，」傅先生低聲說：「立夫屬木，而且是木中極好的那種。土生木，木就旺。他跟紫檀木一樣硬，你是劈不開他的。但他需要軟化。他更適合莫愁這種屬土的人，而不是木蘭的金，但如果他娶了個容易爆炸、急脾氣的妻子，他可就要被燒掉了。」兩個女孩都不知道有過這段對話，但那天晚上，姚夫人把傅先生的話告訴了丈夫，姚先生說：「這是當然。一個立夫抵得上三個蓀亞，十個迪人。」「你覺得我們家迪人怎麼樣？」姚夫人說。「他就像棵紋理疏鬆、爛了樹幹的樹，樹心都給蛀空了。你還能拿它來做什麼？連當柴火都不行。」「我才不信我們的兒子會比別人差，」迪人的母親說，「你聽他說起話來，是很明事理的，心地也好。」「問題就在這裡，」她丈夫說。「越是空心的樹幹，敲起來就越響。」作母親的腦海裡浮現出一幅畫面，畫面裡有一團小小的火焰，那是銀屏，那團火焰正吞噬著一截迅速燃燒的乾柴火，那是迪人。

她告訴丈夫，她弟弟已經給銀屏的伯母寫了信，說如果她寫了銀屏要的那份字據，就付她五十塊大洋。但她沒有告訴他的是，爲了趕在兒子可能回來之前盡快把銀屏嫁出去，她已經讓她弟弟爲此先僞造了一封信。

＊＊＊

就在木蘭和莫愁要去天津上學前不久，銀屏失蹤了。前一天早上，馮先生給她看了一封據說是她伯母寫來的信，信裡說請姚夫人幫她找個好人家，在北京把她嫁了。如今銀屏已經知道太太的想法是盡快把她嫁出去，所以她一直在爭取時間。她偷偷給在香港的迪人寫了一封信，但是她沒辦法收到他的回信。她的信在家裡很可能會被攔截，她沒有可以信任的人。

當她看到那封據說是她伯母來的信時，她一時無語，在心裡默默地算著日子，不太相信杭州的信能到得這麼快。但是信就是在那裡，而且也沒有什麼簽名的問題，因爲她伯母不會寫字，也不會簽名，但無論如何，他們已經滿足了她索要字據的要求。

於是，到了晚上，等大家都上床睡了，她便趁黑溜到菜園，從後門消失了。她帶著迪人的狗、自己的衣服、和迪人送她的兩個玉戒指，就這樣逃走了。他曾經跟她說過，其中一枚玉戒指值三四百塊大洋。直到早飯時間，錦羅才發現銀屏不在房間裡，她的床也沒有睡過的痕跡。到了十點鐘，他們才發現一排狗腳印清晰地穿過菜園，一直通往後門，後門是開的。

銀屏在北京生活多年，對這座城的方位和不同地區都有相當的瞭解。她雇了一輛黃包車去了西南邊順直門一帶，她選這裡，是因爲離姚家夠遠，人又多，不會太引人注意。那條狗是個大麻煩，因爲它可能會害她被人發現。第二天早上，她給了狗一塊肉，把它拴在自己房裡的鐵床柱上，然後去了一家珠寶店賣她的戒指。她打扮考究，令她吃驚的是，第一個珠寶商就出價一百五十塊大洋。她對這枚戒指的眞正價值心裡有底之後，就去找下一個珠寶商，用兩百大洋的價格把這枚戒指賣了。有了這筆錢，她這半年肯定生活無虞。她花錢會小心，而且她還有一枚戒指，所以她可以一年不幹活等迪人回來。她開始在心裡立誓要報復。她發誓，如果迪人眞的回來，她一定竭盡全力讓他離開他母親；她是個女人，知道迪人的弱點在哪。

她假稱自己從上海來，開始找房間住。便宜屋子的房間都是分開出租的，有時同一個院子裡有好幾戶人家，但銀屏避開這種房子，因爲對陌生人太不設限了。

最後，她選中了一間位在偏僻小巷裡的房子，那條巷子裡只有這個院落，房東是一對沒有兒女的夫婦。屋主是個窮困潦倒的江蘇生意人，他的妻子以前是個歌女。他們要出租的是東廂的一個大房間。家具很破舊，只有一張木床，一個洗臉架，和一張現在已經當成普通桌子用的麻將桌，麻將桌上放著一隻舊水壺和一隻帶茶杯的茶壺。租金是四塊大洋，但銀屏講價降到三塊大洋六十個銅子兒。房東太太發現這個姑娘會說上海話，待她非常熱情，很歡迎她。華太太還很年輕，以前想必是個美人，但現在一嘴黑牙，銀屏看見她床上放著鴉片煙具。她後來才知道，那個男人和這個歌女是私奔的，他付給這個歌女的「媽媽」六百塊大洋之後，口袋裡揣著剩下的一千塊錢來到了北方。後來，男人的父母和他斷絕了關係，他被迫在西四牌樓的一個集市裡開了家乾鮮水果店。多年來，他的妻子一直在一家不錯的茶館裡唱歌，努力幫他的忙。但因爲有抽大煙的習慣，他們發現很難維持生計，現在妻子已經不再唱歌了。房子很不整潔，但他們還雇得起一個老婆子給他們做飯洗衣服。

一切安排停當，銀屏回到旅店，付清了房費，帶著她的狗去了新家。她對華太太說，她丈夫去南方旅遊了，一段時間不會回來，華太太什麼也沒問。

銀屏很快就發現，白天這個丈夫不在家的時候，會有一些男人來找這個女人。他們究竟是來抽大煙還是幹別的什麼，她不知道，也不敢問。有一次，她發現那位丈夫在太陽落山時回到家，但是當老婆子告訴他有個「客人」在時，他又轉身走了。

過了幾天，華太太問她爲什麼老把那條狗拴著。這時銀屏已經知道她過去的經歷，便把自己的故事告訴了她，相似的處境讓這個女人對她產生了同情。銀屏覺得告訴她眞相反倒方便，同樣的，這個女人也坦白地印證了銀屏的猜想，以後就不需要顧忌什麼了。她邀銀屏一起上榻抽鴉片，但銀屏拒絕了。就在這時，有個男客來了，銀屏便準備離開，但那個女人要她再待一會兒。

於是銀屏一步一步地學會了女人誘惑男人的技巧，以及最重要的，那個女人的哲學。「人世間哪有什麼公理正義，」有一天她說。「你看看我，打小就被爹娘賣了。這輩子，能撈到什麼就使勁兒撈，要是抓到了一個男人就別放手。你那太太眞是沒良心，養你也不過就一碗飯的事兒。就像你說的，一條養了十年的狗也不該這樣打出去。不過，聽我說，等你男人回來，好好把他拴在你身邊。我瞭解男人，也知道怎麼拉住他們。」「只要你替我保守秘密，」銀屏說，「等他回來我會好好報答你的。」一天，銀屏被說服了，決定學抽鴉片。女人向她解釋了那盞煙燈的魅力，說那柔和的小火焰和煙霧是如何讓房間立刻顯得熟悉，讓男人感覺到徹底的舒適和放鬆。她解釋說，當一個女人斜倚在煙榻上和男人聊天，或者坐在旁邊爲他準備煙槍時，煙燈的光照在女人臉上，那樣子最是迷人。但銀屏抽大煙只是把它當成一種本領在學，並且小心翼翼地不讓自己養成習慣。

事實上，銀屏漸漸意識到華太太不但多才多藝、嫵媚動人，而且還很會說話。在這個女人協助之下，她給迪人寄去一封長信，信裡詳述發生了什麼事，她人在哪裡，她母親如何不守承諾，她怎麼喊她娼婦，自己又是怎樣忠心履行諾言，等著他回來。

＊＊＊

銀屏從姚家失蹤之後，其他丫鬟都說對這件事一概不知。羅東被派去打聽兒媳碧霞知不知道這事兒，她立刻趕到姚家，說自己聽到這件事也很驚訝。姚夫人和自己的弟弟商量了一下，認爲這件事雖然有點丟臉，對銀屏伯母那邊來說卻並不怎麼重要。姚夫人很實際，她很高興終於甩掉了這個女子。因爲她是自己離家出走的，這個家要擔的責任就少多了。她只說，那個愚蠢的丫頭不感激他們那樣幫過她，只會讓自己惹禍上身。「丫頭終歸是個丫頭，」她說。然而姚先生並不認爲這件事會就此結束。所有人都想不通這個丫鬟要怎麼在外頭活下去，她們都很驚訝，因爲至少她沒有偷家裡的珠寶和古玩，她要偷這些東西輕而易舉，而她們也都相信她會偷。她們認爲她帶著那條狗，遲早會讓人發現的，但她們並沒有費神去找她。只有木蘭一個人認爲銀屏帶著迪人的狗是一種浪漫，聽上去就很有忠貞不渝的味道。

而在這些混亂之外，首要大事是木蘭與蓀亞正式訂親了，並且向親朋好友分贈禮物，等於是公開宣佈。立夫的母親自然也收到了一份禮物，於是母子倆按禮節來到姚家回訪致謝，另外也是趁姊妹倆去上學之前來看看她們。

直到有人通報他和他母親來了，木蘭才意識到自己對立夫的牽掛之深。他母親和姚夫人說過話之後，母子倆便過來恭喜木蘭。「蘭妹，恭喜你了，」立夫跟著他母親說，臉上帶著微笑。「謝謝你，立夫哥。」木蘭也笑著說，但那笑幾乎把她噎住了。她直直地、全心全意地望著立夫，說到「立夫哥」

時，聲音有些發顫。那表情非常勇敢，他覺得彷彿是一支無形的箭，帶著無法言傳的訊息，一種眞心實意、溫柔細膩的東西。以前從來沒有一個漂亮的女孩對他這麼燦爛地笑過。

接著，木蘭在立夫面前又變得活潑快樂起來。愛情的醇酒又一次釋放了她，她又變成了一個快活、好客，比平常更健談的人。

那個時候，有教養的女子是不會承認自己戀愛，也不會允許旁人這樣說的，因爲這簡直就是女孩性格上的污點。但是當立夫離開的時候，她莫名地感覺到快樂的半天又過去了，渴望更多這樣的半天快來。她帶著一顆撕成了兩半的心去上學，在雨天和陰天有點罪惡感地思念著立夫，在晴天陽光明媚時正派合理地想著蓀亞。她本來想把哥哥在西山獵場拍的那張照片也帶走，照片裡有立夫，還有自己半抬起手苦笑的抓拍瞬間，可是她沒有勇氣這麼做。在香港的迪人收到了銀屏的信。他對自己的母親非常惱火，於是又給銀屏寄去了一百塊大洋，這讓那個女房東更加相信銀屏的故事是眞的，因此對她更畢恭畢敬了。他在信裡要銀屏等著他，但要她對自己的行蹤完全保密。他原本在衝動下的第一個反應，是搭下一班船回去跟母親算帳，但轉念一想，卻又對自己做下的事感到害怕。至少他父親是有權利生他的氣的，就像他有權利生他母親的氣一樣。所以他繼續留在香港，還在一所學校註了冊。他待在家的時候雖然行爲不端，卻從來不曾三天兩頭跑北京的戲園子，但如今在香港，只要身上還有錢，他就縱情聲色。但是他在女人堆裡享樂的時候，卻也不打算放棄銀屏，他知道自己很快就得回去。

與此同時，他父親也收到了一份報告，知道迪人現在在做什麼，他正在等待時機，他知道迪人身上的錢很快就會用完。他還直接寫了封信給船公司，要求退還船票錢，免得這筆錢落到他兒子手裡。

這時馮舅爺收到一封杭州來的信。署名的不是銀屏的伯母，而是伯父，上頭還有他的印章。這些都是按舅爺要求做的，但茶莊掌櫃還另外寫了一封信，說銀屏的伯父這封信要價一百大洋，而不是之前商定的五十大洋，他已經把錢付了。如今銀屏走了，舅爺也不再擔心這件事，只是把信留下。他沒讓銀屏的家人知道這個丫鬟已經跑了。迪人寫信回家，也假裝對於銀屏從家裡跑掉的事一無所知，打算讓他母親決定了適當時機再告訴他。

第十八章　秘密

迪人的錢花得比他想像的還快——到底怎麼花的，他自己也不明白，儘管他還記得自己借給兩個朋友幾百塊大洋，後來這兩個朋友就不見了。

接近十一月底，他父親收到一封要錢的信，他斷然回信叫他兒子回來，不然就斷絕父子關係。於是，在木蘭和莫愁回家放寒假的某一天，迪人也到家了。他的外貌有了很大的變化，看上去憔悴而蒼白，眼睛凹陷，顴骨突出，頭髮變得很長，留著一撮鬍子，戴著一副深色眼鏡。而且，他回家時口袋裡只剩下一毛三分錢。

母親又驚又喜。「我可憐的孩子啊，一定吃了不少苦吧！自己一個人在外頭人生地不熟的，也沒人照顧你。我從來就不贊成在這個年紀把你送出去。」她立刻讓下人端上雞湯麵。麵上桌時，珊瑚對迪人說：「這會兒你可得把這麵吃了，這湯裡至少有三四隻雞呢。三天前，娘就吩咐人殺了一隻雞，但你沒回來，接著我們每天都宰一隻，然後全燉進這一小碗湯裡。要是你吃了之後眼睛還不亮，那些雞死得就太冤了。」

迪人喝湯的時候，所有的女眷和丫鬟都圍著他，這時他父親踱著步子進來了。迪人立刻站了起來。木蘭看見父親雙眼圓睜，以爲他大概會當場朝迪人頭上揮一拳；但父親只是咕噥了一聲就出去了，而且一整天都避開他，甚至連午飯時都沒有露面，大概是爲了讓母親和孩子們有一段平靜的時光。午飯後，錦羅給迪人送上一條熱手巾，他漫不經心地問道：「銀屏在哪兒？怎麼不見她人？」「我們也不知道，少爺。有天夜裡她人不見了，之後就沒再出現過。」錦羅答得很響亮，同時卻咬著下唇，若有所思地看著他和太太。「你的狗也和她一起不見了，」阿非說。「這麼說來，狗還值得信任點呢！」迪人衝口而出，這話比他原先想說的更加粗魯無禮。「你這是在稱讚狗，還是在指責人？」莫愁問道。「妹妹，你還是老樣子，」迪人說。「我只是隨口問問。但既然狗在，要找她不是很簡單嗎？你們試過要找她嗎？就算你們不喜歡銀屏，也該想辦法找我的狗。我才這麼一轉身，他們就被趕出這個家了。」

「兒子啊，」母親說，「你誤會了。沒人趕那個丫頭走，是她自己跑了的。」「她會跑一定有原因，」他堅持。「嗯，」他母親說，「你舅舅七月底回來了，就在你走之後不久。他從銀屏她伯母那兒帶了信回來，說希望在北京給她說個親。」「你打算把她嫁掉？」她兒子質問她。「你答應過我的。」「是那丫頭的家人要她嫁。你不明白。你這一走要好多年，他們家的姑娘也到了該嫁人的年齡，再說她的契約也滿了。他們想讓她嫁人，我們怎麼能阻擋人家呢？這是她伯母的信。」「是她伯父，」馮太太糾正，她平常不怎麼說話，對大姑非常順從，因爲她丈夫的地位完全是靠大姑來的。姚夫人看著她說：「她說的對。她伯母在你舅舅動身之前跟他提了這件事，但銀屏要求看見她的字據，於是她伯父就寄了這封信來。」「不對，媽媽，是她伯母的信，不是伯父，」阿非說。他聽說過那封僞造的信，但不知道之後銀屏的伯父還寄來了另一封信。錦羅忍住笑，同樣不知道有伯父信件的兩姊妹則驚訝地面面相覷。一瞬間的混亂狀態，迪人注意到了。

「小孩子知道什麼？」母親罵了阿非一句。「要是你不信，她伯父的信還在這兒呢。你帶著那信沒有？」她問馮太太。「沒有。他把信放店裡，」馮太太說。「我會叫他拿信給你看的，」他母親說。「但是，過去的事就是過去了。我們也不知道她現在在哪。你不要把心思浪費在這些事情上。」「我想，就算她死了，你也不在乎吧，」迪人比之前更生氣了。「兒啊，你瘋了，」母親說。「她是逃跑的，就算餓死了，也是她自己的錯。我們想辦法給她找了一門好親事，碧霞說對方是個很不錯的生意人。你娘並沒有做錯事。」迪人勃然大怒。「是你把她趕走的，我知道。你想把她嫁掉。你明明答應我不會這樣做的，但是你答應了卻不守信。不是這樣嗎？不是嗎？」他母親哭了起來，說：「我這個媽怎麼這麼難當啊。」他完全不覺得羞恥，但兩個妹妹都為他感到丟臉，她們走到母親身邊，想要安慰她。乳香給太太送來一條熱手巾，木蘭說：「哥哥，我想也夠了吧。你先是說要去英國，然後又不去了。你要離家好多年，怎麼能又要去又同時耽誤別人的事呢？娘在她契約滿了的時候把她嫁出去，並沒有做錯什麼。但是現在你才到家，馬上就把娘弄哭了，這個家以後還有安寧日子過嗎？」「好！你們都是好人，這個家裡就我一個是逆子，」迪人喊道。「如果你們連問都不讓我問，我就走，讓你們去過你們的安寧日子。」他母親流著淚說：「就為了一個丫鬟，把家裡搞得雞飛狗跳的。我真不明白你到底看上她什麼。兒子啊，等你長大了，像我們這樣的家庭，只要你想，可以幫你找十個更好的。你累了，去休息一下吧。」木蘭很生氣，因為母親對哥哥的態度實在太軟弱了。

＊＊＊

晚飯時間，父親坐在桌邊，臉上的表情嚇壞了所有的人，尤其是馮太太和她女兒紅玉，她們從來沒見過他臉上有過這種表情。這位老先生雖然個子不高，頭卻不小，還有一雙銳利霸氣的眼睛，鬢邊的頭髮已經灰白，但並不難看，他生氣的樣子讓人印象深刻。迪人沉默地吃著飯，知道算帳的時間就要到了。他穿著西服，留著小鬍子，戴著墨鏡，待在這個純中式的家裡，看起來很滑稽，好像他是個舶來品，是個怪物——不再是這個家的兒子，也不再是中國人。姊妹倆也靜靜地坐著吃飯，不時出現令人緊張的緘默。珊瑚想引開話題，問迪人爲什麼比預定時間晚了幾天到，他用異常沙啞的男人聲音回答說，這次航行不順利。父親一聽到迪人的聲音，眼裡便燃起了怒火。「你回來做什麼？」他怒聲問。「是您要我回來的，爹。」兒子回答。「少放你的屁！你以爲我還會給你錢在南方嫖妓嗎？孽障！」

過去的幾個月裡，姚先生已經把原來提到兒子時會說的「孽種」，加碼改成了「孽障」，另外還有個「魔障」。「他才剛回來，」母親說。「你也該給他留點臉面，至少在下人面前。」「留什麼？臉面？」父親大聲吼道。「他還有臉嗎？他還算是個人嗎？除了這些醜到極點的怪東西，你出去還學了什麼？把你的眼鏡摘掉……給我！」父親用有力的右手把眼鏡捏得嘎吱作響，直到它變成一團扭曲的鐵絲和碎玻璃。玻璃刺破了他的手，流出血來，但他不讓人碰。他用淌血的手把碗盤一推，往後拉開椅子，站起身在附近踱來踱去，那些菜誰也不敢碰。他的臉和鬍子上都沾了血，看起來很嚇人。阿非哭了起來，喊：「哥哥！」姚先生說：「閉嘴！那不是你哥；那就是個魔障！他這個活生生的警告擺在你面前！如果你長大以後也跟他一樣，姚家就完了！」坐在小阿非旁邊的木蘭要他安靜，馮太太則害怕地握著紅玉的手，目不轉睛地看著她。

老人猛一轉身，對大兒子說：「我不會拿鞭子抽你，也不會跟你要什麼帳目——看看你是怎麼在三個月裡花掉一千兩百塊大洋的。但是我已經受夠你了。以後你要做什麼，最好自己先做打算。」

這時迪人站起來，恭敬地立正，馮舅爺也站了起來。迪人用懺悔的口氣說：「爹，我錯了。但是現在起我要好好唸書了。」「唸書？」他父親冷笑著說。「你有過機會的，現在不會再有了。你知道你需要的是什麼嗎？餓肚子對你是最好的。如果你知道餓肚子是什麼意思，你就會對自己身處的位置更加珍惜。」莫愁看著自己的哥哥，不禁想起孟子的話。他那張憔悴的臉，看起來確實像是沒吃飽。「把他關在我書房裡，一天不許給他吃的。」迪人既不服又害怕。這時馮舅爺用他最擅長的生意人口氣說話了。「姊夫，聽我說幾句話吧。我這外甥不消說是錯了，是吧？但生米已經煮成熟飯，現在翻舊帳也沒什麼用，不是嗎？如今去英國當然是不可能了，但在這裡上大學也沒什麼必要。過了這個年他就二十歲了，應該學點生意，您覺得呢？要是您同意，讓他到店裡來熟悉一下業務，幫忙寫寫信也是好的。」珊瑚也起身說：「爹，飯要涼了。您也該吃點東西。這些事情可以慢慢商議。」「我不餓，吃什麼吃？」姚先生回答。「明天就把他關起來。」說完便走出了飯廳。孩子們這時才開始吃飯，但女眷們都匆匆吃完碗裡的東西便算數。這頓晚飯氣氛沉悶至極。「如今你也該改了，哥哥，」莫愁說。「這回你也太過份。你至少也該做做表面，讓爹娘高興一下。爹娘都有年紀了，還讓他們擔心，你應該內疚才是。你畢竟是兒子，這個家是你的。人生在世，爲的也就是在眾人中有點臉面。要是你能聽舅舅的話，把心定下來學做生意，我們姊妹倆臉上也有光。不然，這一切該怎麼個了局呢？」「你說來說去就是這一套，」迪人咕噥了一句。「你老是做同樣的事情，」木蘭說，「我們當然說來說去都是同一套啊。」這時珊瑚要錦羅給父親熱一點飯、湯和菜。東西準備好之後，珊瑚建議，迪人應該親自把飯菜端到父親那裡去，表現出改過自新的樣子，這也是孝順的自發之舉。但迪人臉色陰沉地拒絕了。最後是木蘭和阿非一起去了，她知道這孩子一定能讓父親消氣。姊弟兩個從後窗往裡看，看到父親抽著水煙在看報紙。木蘭讓阿非端著托盤，和他一起進了房間。

老人驚訝地抬起頭，當他看見來的是女兒和小兒子時，心裡有一絲感動。「你會當個孝順孩子嗎？」父親問。「我會的，」小阿非回答。「那就不要像你哥哥一樣。他不做的事情，你要做；他做的事情，你千萬別做。」「我會看著他的，爹，」木蘭說。她看見他鬍子上有個小小的血塊，便叫阿非去拿一條熱手巾把它擦掉。「明天你眞的要把哥哥關起來嗎？」木蘭問。「對。這對他沒有壞處，還可以給他個教訓。應該讓他嚐嚐飢餓是什麼滋味。」第二天，迪人被鎖在父親書房裡，鑰匙在父親身上。但是到了下午，父親不在，母親便隔著牆去跟兒子說話，還想辦法把隔板拆下來，給他塞了幾個熱包子之後匆匆離開，並且叮囑他別留下食物的痕跡。

＊＊＊

馮舅爺是個典型的生意人。他在這個家裡的地位獨特而穩固，因爲他是姚夫人的弟弟，又是姚家這片產業實際上的負責人。他面骨高凸，有著和他姐姐一樣的方臉，總是戴著一頂上頭有顆紅結子的瓜皮帽，手裡拿著一支一尺長的玉煙嘴煙筒。說起話來是典型的商人風格，當中夾雜著許多無聲的「哈」「呵」，在必要的時候，可以根據情況從近乎無聲的低語漸進到大聲的喊叫。語氣中所有的細微變化他都爛熟於心：討價還價的時候，用一種果斷和拒絕的強調口氣提高嗓門；生意即將成交的時候，則用一種發自內心的誠懇語氣軟化場面，他知道在準備讓步的時候，反而要表現出堅持立場的樣子，然後在最後關頭突然讓步，擺出一副友好的姿態，彷彿是他給了對方莫大的恩情似的。他知道怎麼把他想買的東西貶得一文不值，也知道怎麼把他想賣的東西讚得世間無雙。所有激烈的爭論，那些漲紅了臉、大聲重複的話，除了他不滿意你報的價格之外沒有任何意義。而他的讓步總是用在你耳邊的低語傳達出來，彷彿這是最重大的外交機密，你是他最親密的知己。

他把這偌大的產業經營得有聲有色，也贏得了姐姐和姊夫的信任，這是非家族成員的掌櫃做不到的事。姚先生是個非常聰明的人，他把向他稟報的生意重點記得清清楚楚，參與商議並且做出最重要的決定，但不想聽的枝微末節都留給馮舅爺處理。馮舅爺每個月拿六十大洋，但每年的花紅有幾千塊大洋，這是很普遍的慣例，即使其他大多數伙計也不例外。到了這時，他自己也有幾萬塊錢的資產了。

他讓迪人學做生意的建議很明智，不是因爲這份生意需要他，而是因爲他需要一份工作。這建議之所以明智，也是因爲這個舅舅還能和迪人說話，多少可以影響他，這是不願意和兒子說話的父親做不到的。但舅爺也知道，迪人不太可能把生意當回事。

於是第二天，馮舅爺來到書房，迪人還被關在裡頭，他告訴他，他得到了他父親的許可，可以帶他到店裡去。要做的事情並不困難；他只需要觀察伙計們怎麼經營店鋪就行，今天早上，這就成了把他從禁閉中解救出來的藉口。據了解，他會留在店裡吃午飯，就和馮舅爺平時一樣。到了店裡，馮先生拿出銀屛伯父的信給他看，上面有他的簽名和印章，這封信他一直鎖在自己的辦公桌裡。

午飯之後，迪人藉口說要去拜訪在船上認識的一個朋友，然後便去見銀屏。他知道她的地址，當他接近那兒，仔細看著門牌號碼時，他的心激動得怦怦直跳。那是一間小小的泥土房子，門很舊，沒有上漆。一個老婦人來開門，就在這時，他聽到他的狗在裡面興奮地叫著，他知道他來對了地方。「您是姚少爺？」那老婦人問。他進屋的時候，銀屏並沒有衝出來歡迎他，這讓他覺得很奇怪。那隻狗往他身上撲，繞著他跑，然後又撲向他，前爪搭在他肩膀上，只用後腿站著。迪人急著想見到牠的女主人，他把牠搭在他肩上的爪子拉下來，那隻通人性的狗便把他帶到東廂銀屏的房間。但門是關著的，狗坐在門階上叫。那老女僕領著迪人進了正廳，一個約莫三十來歲的削瘦女子站在門口。迪人立刻注意到她有一雙漂亮的眼睛和修得齊齊整整的柳眉。「進來吧，」那女子向他打招呼，一笑便露出一口燻黑的牙。他走進幾乎沒有家具的大廳，卻依然不見銀屏。「我姓姚，」他說。「這我當然知道。您那小少奶奶等您好幾天了呢。」她叫女僕請銀屏出來。女僕回說銀屏身子不舒服，門也從裡頭鎖住了，她打不開。迪人想衝過去，但女房東笑著說：「她一定是生氣了。你不知道這三四天來她等得有多急。她連飯都吃不下，老是走到門口站著張望。甚至連狗都放出去了，看牠能不能找到你。」「這就怪了，」迪人說，他走到銀屏房門前，敲了敲門，喊：「銀屏，你怎麼了？我回來了。」門裡沒有回音。華太太也喊：「銀屏，開門吧。你的小少爺來了，你怎麼能不見他呢？」銀屏的聲音從裡面傳來。「你來找我做什麼？回你家去，把我忘了吧。我是死是活都跟你無關。」其實銀屏從迪人的信裡知道他四天前就該到了。但是他遲了，因為他在天津多留了一晚，想享受最後一個自由之夜，花光最後一塊錢。銀屏一直擦脂抹粉等著他，以為他隨時會來。時間一天天過去，她等了又等，越等越生氣，想他必然是不理她了。華太太教她，他來的時候，她要假裝不肯見他，這時華太太再對他說她是如何一直念著他，又是如何癡心，好讓他心軟，她會讓他見不到她就不離開。所以銀屏一聽到狗叫，就閂上了門，脫下外套跳上床，不一會兒又跳起來化妝。

迪人看了看華太太，一臉的不高興，但華太太只是微笑。「這是你們小倆口鬧彆扭呢。你最好跟她道個歉，因為她等了你四天，你卻一直沒來看她。」「真是冤枉啊，」迪人說。「銀屏，」他又喊了一聲。「你得聽我說。我是前天才到的，我被我爹關起來了，出不來，我會解釋給你聽的。」聽到這話，銀屏心也軟了，她起身拉開門閂，讓他進來。他先是聽見她銀鈴似的笑聲，然後便看見門開了，他衝進去把她抱在懷裡，那狗也跟著衝了進來。「這就好了，這就好了，」華太太說完這話，便出去了。迪人讀過《紅樓夢》，便學寶玉的樣子舔掉銀屏嘴上的胭脂。「慢點兒，慢點兒，欸，」銀屏一邊說，一邊笑著把他推開。她叫那女僕去泡茶，自己領著他進了房間。迪人看見的是一個完全變了樣兒的銀屏。她穿著一件白色內衫，紅緞子小褂，一排密密的絲扣子，底下是一條綠綢褲子和一雙繡花鞋。她的手又白又軟，耳上一對玉耳環，眉毛也跟房東太太一樣仔細修過。雙耳前各留了一綹寸許長的頭髮，剪得整整齊齊。

「把門關上，天冷，」她說。迪人見她床上的被褥是攤開的，便問：「你剛剛在睡覺？」「是啊，而且我還病了。我等你都快等死了。」她打算穿上襖子，但迪人發現房裡的小爐子不太暖，於是說：「你最好回被窩裡去，不然會著涼的。」所以她就坐在床上，身上蓋著被子，卻把一雙白皙的胳臂和緊身的紅掛子露在外面，而他就坐在床邊。他一邊欣賞她，一邊把家裡發生的事情告訴她。老婦人端了茶來，銀屏叫她往爐子裡再添些煤球。女僕走了之後，銀屏叫他把門閂上。「這裡沒問題嗎？」他問。「完全沒問題。這裡誰也管不了我們。」迪人既高興又驕傲，覺得終於有了個自己的女人了。「我們在這裡是自由的，不像在我家那樣，」「你現在覺得我怎麼樣？」她問道。「你眞了不起，」他說。她指著窩在她床邊的那條狗，說：「我一直像你還在家那樣子養著它，餵它吃東西，還留著你的辮子。該做的我都做到了，是吧？要是沒有冒險逃跑，我現在應該已經嫁給別人了。」

迪人說：「我也守著我的承諾啊。要是沒在去英國的路上半途掉頭，我就要失去你了。」「我謝謝你就是了，」她說著，便把他拉到自己身邊，吻了他。他躺在她胸前，她撫摸著他的臉，說：「爲什麼你這麼好，你娘卻那麼心狠呢？我在你家，連條狗都不如，你走了以後，她一張口就喊我『小娼婦』。我知道沒有希望，但是我又不能當面戳破她，說她違背了對你的承諾。不知道有多少個晚上我是哭著睡著的，因爲我想你回來的時候應該已經太遲了。碧霞給我說媒，打算把我像一堆垃圾一樣扔出去，她們還當我不知道呢。全家都瞞著我。我想拖延時間，要我伯母給我一封信，因爲我不相信她們。後來伯母的信來了，我就知道我得逃了，不然就要掉進她們的圈套，被蒙著眼睛嫁出去。我連那封信都不相信是眞的，因爲我覺得它不可能那麼快就到。」「什麼？」迪人高聲問道。「是你伯母的信還是伯父的信？」「他們給我看了一封信，說是我伯母寄來的。我又不識字。除了假裝相信他們之外，還能怎麼辦呢？那信我一直留著。打開那個包，我拿給你看。」迪人把放在床尾那包東西拿來了，銀屏取出她伯母的信。「下三濫的東西！」迪人氣得眼睛都瞪大了。「眞沒想到我娘會做出這種事！哎，我今天早上還親眼看到了你伯父的信。」銀屏根本不知道還有一封伯父的信，這次輪到她吃驚了。「嗯，你的好親娘就是這麼密謀對付我的，」銀屏說。「這就是他們背著你做的事。我也猜到了，但是身爲一個丫鬟，除了裝聾作啞讓別人爲所欲爲之外，還能做什麼呢？」「這事我得去問問我舅舅。」「不，你不能去。這樣他們就知道我在這裡了。反正如今一切都結束了，我也自由了。只要有你在，我還在乎什麼？」「只是一想到他們對你做過的事，我就生氣。」她不斷地撫摸他，吻著他。

他們就這樣坐了大半個下午，直到冬天短暫的白晝接近尾聲。銀屏要他留下來吃晚飯，但他說不行，因爲這是他待在店裡的第一天，他得先回店裡去，再和他舅舅一起回家。

然而房東華太太早有先見之明，已經備好了四道菜：白斬雞、上海熏魚、冷切蒸鮑魚、寧波豆醬炒雞雜，銀屏知道這是迪人最愛吃的菜。她們勸他至少留下來喝一杯。女僕端上熱酒，三個人坐下慶祝他回家，迪人開始喜歡華太太了，還恭維了她幾句。他拿出二十五塊大洋給銀屏，叫她給自己買一床新床褥，再給房裡添點新東西。他還想給那老女僕五塊大洋，但銀屏說：「你不能這樣亂花錢。給她一塊錢她就很高興了。這會兒我們就像在打造一個家，得儉省點才行。」她把老婦人叫進來，手裡拿著張一塊錢的票子，得意地說：「這是姚少爺給你的一塊大洋，快謝謝他，下回他來，記得要伺候得更周到些。」老婦人收下那張票子，行了個半禮，滿臉堆笑道：「別擔心，我老婆子雖然老眼昏花，街上撐表面的窮措大和有錢人家的富少爺還是分得出來的。少奶奶說起您的時候，我就在想不知道您是什麼樣子。現在我親眼見著了，她說的果然一點不假。眞不知道她前輩子做了什麼功德，能認識您這樣一個人。」

迪人要走的時候，發現很難不讓那條狗跟著他。銀屏送他到門口，在他耳邊低聲說，下次來要給房東太太帶份禮物。他得意洋洋地離開了，覺得自己開始了新生活，更爲自己有了個這麼迷人的秘密而自豪。

（未完，請繼續閱讀《京華煙雲（中）京華》

這樣平靜、和睦，懷抱著天眞希望的日子，
在今後，
便很少再有了。

國家圖書館出版品預行編目資料

京華煙雲（上）：瞬息／林語堂著；王聖棻、魏婉琪譯
——初版——臺中市：好讀出版有限公司，2023.01
面；　　公分——（典藏經典；139）

譯自：Moment in Peking

ISBN 978-986-178-638-4（第 1 冊：平裝）

857.7　　　　　　　　　　　111017225

好讀出版

典藏經典 139

京華煙雲（上）：瞬息

填寫線上讀者回函
請掃描 QRCODE

原　　著／林語堂
翻　　譯／王聖棻、魏婉琪
總 編 輯／鄧茵茵
文字編輯／鄧茵茵、簡綺淇
美術編輯／鄭年亨、王廷芬
行銷企劃／劉恩綺

發行所／好讀出版有限公司
407 台中市西屯區工業區 30 路 1 號
407 台中市西屯區大有街 13 號（編輯部）
TEL:04-23157795　　FAX:04-23144188　　http://howdo.morningstar.com.tw
（如對本書編輯或內容有意見，請來電或上網告訴我們）
法律顧問／陳思成律師

總經銷／知己圖書股份有限公司
106 台北市大安區辛亥路一段 30 號 9 樓
TEL：02-23672044　　02-23672047　　FAX：02-23635741
407 台中市西屯區工業 30 路 1 號
TEL：04-23595819 FAX：04-23595493

電子信箱／ service@morningstar.com.tw
網路書店／ http://www.morningstar.com.tw
讀者專線／ 04-23595819 # 212
郵政劃撥／ 15060393（戶名：知己圖書股份有限公司）

印刷／上好印刷股份有限公司
初版／西元 2023 年 1 月 1 日
定價／ 320 元

Published by How Do Publishing Co., Ltd.
2023 Printed in Taiwan
ISBN 978-986-178-638-4